岩 波 文 庫

31-197-2

M/Tと森のフシギの物語

大江健三郎作

岩 波 書 店

目　次

M／Tと森のフシギの物語

序章　M／T・生涯の地図の記号

1

　M／T。このアルファベットふたつの組合せが、僕にとって特別な意味を持つようになって、もう永い時がたちました。ある人間の生涯を考えるとして、その誕生の時から始めるのじゃなく、そこよりはるか前までさかのぼり、またかれが死んだ日でしめくくるのでなしに、さらに先へ延ばす仕方で、見取図を書くことは必要です。あるひとりの人間がこの世に生まれ出ることは、単にかれひとりの生と死ということにとどまらないはずです。かれがふくみこまれている人びとの輪の、大きな翳《かげ》のなかに生まれてきて、そして死んだあともなんらかの、続いてゆくものがあるはずだからです。僕は自分にとってのその見取図に、M／Tという記号をしっかり書き込んでいるように思うのです。それも生涯の地図の、じつにいろいろな場所に繰りかえして。

　ふたつのアルファベット、M／Tという組合せを見つけ出す以前から、この記号であらわされる意味は、僕のしばしば頭に浮かべることでした。生まれる前の自分が根ざしていたところから、いま生きている自分、そして死んだのちにつながってゆくところへと押しひろげられた生の地図に、いくつもくっきりときざみつけられていたのです。森のなかの谷間の村での、誕生の時よりさらにさかのぼって、また世界のどこであれ、おそらくは都市で迎えるはずの死の時より、さらに未来の時へ延びて出るようにして思い描かれる、自分の生の地図に。M／Tと、この記号を用いれば、いかにもはっきり示すことのできるものとして。

M／Tという記号を採用する以前から、この言葉が指す対象は、具体的にとらえていたのです。それを絵に描いてみろといわれるなら、頭で考える先に、もう指が紙の上に描き始めている。そうしたことが、実際にあったのでした。ハラハラし、ドキドキしてくる胸のうちと、やっていることをはっきり理解してはいない頭のなかと、そして素早く確信をこめてクレヨンの線を引く自分の指と。僕はそのようにして、自分という人間が、とどめることのできぬ仕方で三つに分かれてしまう不思議を、はじめて経験したのでした……

戦争中で、当時は国民学校と呼ばれていた小学校三年の時、先生からそのころ手に入りにくかった画用紙を一枚ずつ配ってもらいました。――おまえたちの生きておるこの世界は、どのようになっておるか、その絵を描くように！と、立派な紙の配給に浮きうきする僕らに先生はいったのでした。そして白、赤、青のチョークで、お手本の「世界の絵」を黒板に描いて見せたのです。

日本列島から樺太へ、また台湾へとひろがらせて、かつは朝鮮半島をふくみこんで、つまり大日本帝国の地図に加えて、中国大陸、アジア諸地域の占領地域を、赤チョークで浮かび上がらせる。その上の高いところに、雲に囲まれた天皇、皇后「両陛下」の上半身が描かれている。絵を描く視点はそこにあって、はるか下方に地球を見おろしながら描いた絵というふうです。のちにこの先生は「両陛下」を軽がるしく描いたと、校長から注意されたということでしたが。僕も似たような図柄を、画用紙に描いたのです。しかし日本周辺の地図のかわりに、森のなかの谷間を、天皇、皇后のかわりに、M／Tを描いたのでした。

2

こんなものがどうして「世界の絵」かと、先生は僕の頰を拳で殴ったものです。しかし僕は黙っていました。海ぞいの町で生まれ育って、森のなかの村に赴任してきた教師に説明することのできる「世界の絵」とはちがう「世界の絵」を自分が描いてしまったのだと、心の底で感じていたのでしたから。あわせて誇らしく強く感じていたのは、これが自分らの生きている世界だ、自分らの森と、森のなかの谷間の村はこのような世界なのだ、ということでした。あの時、僕の胸のうちには、まだその記号があったのではありませんが、それでもいま、当の記号を使って、あの時の感じ方・考え方をいいあらわすならば、自分らは大きいM／Tの翳《かげ》におおわれてこの村に生きている、と感じていたのでした。

僕の絵はまず画用紙の中央に、森に包みこまれた谷間を描きこんでいました。谷間の中央を流れる川と、そのこちら側の盆地の県道沿いの集落と田畑に、川向こうの、栗をはじめとする果樹の林。山襞《やまひだ》にそって斜めに登る「在」への道。それらすべての高みをおおって輪を閉じる森。僕は教室の山側の窓と、川側の廊下をへだてた窓を往復しては、果樹の林から雑木林、色濃いヒノキの森、杉林、そして高みに向けてひろがる照葉樹林を、ていねいに写生したものでした。

その上で、森と谷間を見おろす空いっぱいに、雲に囲まれた大女と、その子供ほどの大きさの大人の男とを描いたのです。大女は、長い髪を肩から背に梳《す》きながして、雲にさえぎられた足頸のところまで寛衣をまとっています。もし聞かれたとすれば、名前も答えることができます。オシコメ。祖母から聞いた昔話で、そのように呼ばれている大女。男の方は、オシコメよりずっと小柄ながら、侍の姿をして、右腕には長い鉄砲を抱えこんでいます。こちらも昔話として話されるけれども、村の歴史の記録を見てゆけば、実際の足跡をたどることのできる亀井銘助《かめいめいすけ》。

僕はこの絵を描きながら、谷間の村の神話のような昔話と、昔話に歴史がまざりあっている、そのような言いつたえのなかで、オシコメと亀井銘助が並んでひとつの時代に生きている、ということはないのを知っていました。それでいて、なぜ二人をよりそわせて描いたのか？　僕には自分の絵に大きい女と子供のような男の二人組がどうしても必要な気がしたのです。祖母から聞く村の昔話のなかにいつも女と男の二人組が、二人でまた時にはひとりずつ、大切な役割を果たすのに僕は気がついていたのです。そしていかにもそれはそのとおりであったにちがいないと、感じとってもいたのです。そして、先生が「世界の絵」を描くにあたって、天皇、皇后を雲に囲まれた空の高みに描いてあらわした意味を、僕は村の自分らの問題として考えてみたのでした。そしてオシコメのような女と、亀井銘助のような男の、その二人組ということに思い到ったのでした。昔話のなかの、オシコメが村をおさめた時代には、オシコメにふさわしい、二人組のもう片方の男がいたし、亀井銘助が短いけれども多くの活躍をした幕末の時期には、やはり銘助さんにふさわしい、オシコメの役の女性が一緒に働いたのでした。

3

オシコメをめぐっての昔話は順をおって書いてゆくとして、森のなかの村の昔話を祖母から繰りかえし聞いた、その一番はじめの方の記憶をよみがえらせるなら――つまりここで自分がM／Tという二つのアルファベットをあてる二人組の、いろんな組合せのモデルとして、Mのひとりオシコメについていうなら――村が建設されて、豊かに栄える幸福な時代が永くつづいた後、逆にすべてが貧しく衰えた不幸な時期に、女性指導者として知恵と力をつくし危機を乗りこえさせたのが、オシコメでした。

もっとも僕がはじめてオシコメの話を聞いた時には、村が不倖せであった時期に、さらに困難な行きづまりへと村人の生活を追いつめた張本人に、この昔話の大女は感じられたのでしたが……　オシコメの行なったことのひとつは、村の人びとがそれぞれに持っていた土地と家屋、それに家族までをすべて取り上げてバラバラにし、搔きまぜて、まったく新しい土地、家屋、家族をつくり出す改革でした。昨日まで他人の家だったところに、他人だった家族と住み、他人の土地だった田畑を耕さねばならないのです。自分の土地と家は他人のものとなった上に、血を分けた家族とも別れて。

5

――「血税一揆」には、この村から川下にかけての人が二万人も出て、城下の大川原を埋めましたが。春の凧合戦に人が大川原をいっぱいにするのは、一揆の勝利を祝うてのことであったから、県知事の祝辞などはあったためしがない。私が子供の頃からいままで、自分の目で見たかぎり、それはなかったですが！　と祖母はいったものです。

どうして六つほどの子供が、二万人もの人間の生きるか死ぬかの「非常時」に、大切な役割を果たせたのかと、おなじほどの年頃で、はじめてこの話を聞いた僕は、祖母に問いかえしたことを覚えています。自分がやはり子供ながら「非常時」に大役を果たすという、勇ましい空想に胸をドキドキさせて。それというのも戦争が始まってすぐのことで、「非常時」という言葉は子供の耳にも親しいものだったのでした。

ところが祖母は、僕の胸を熱くしている思いとはうらはらに、昔話の六つほどの亀井銘助の生まれかわりのやったことを、僕が疑っていると思ったのでした。祖母の話では、子供の子供は亀井銘助の生まれかわりにちがいないとされていました。そこで祖母は、子供を相手に話していても、すぐムキになる性格の人でしたが、まったく一所懸命に僕を説得しようとしたのでした。一揆の全体を指導されたのは、年をとった人や男ざかりの人や、何人もの世話役の方らであった。この世話役の方らに、童子は、銘助さんが牢獄のなかで死なれる前に――死なれた後ですらも――考えぬいておかれた、一揆の戦い方をつたえられた。それも世話役をはじめとして知恵と経験のある大人に思っても見なかったような事態が起こるとな、世話役は童子に、銘助さんならばどういう手に出られるか、とたずねたそうな。童子はちょっとの間、銘助さんに聞きにゆく様子で、それから世話役に答えをいう。それを世話役が川原に小屋を掛けた二万人の人らにつたえたのやそうや。銘助さんから童子が聞いてきて教えた戦術ということで、誰も反対の者はおらぬし、それも隅ずみまですぐに徹底したそうな。こういう際には、誰もがひとことも聞きもらすまいと耳を澄ませておるものやから、二万人おっても川原は静かなもので、ボチャンと水音がすると、童子は耳ざとく聞きつけられた。――あれはナマズが蛙をくわえた！　夜がふけたらば自分が釣る。場所はわかった、ナマズ見ておれ、許さぬ！とひとり言をいうて、みんなを大笑いさせたそうな。

一揆の進め方で新しい困難にぶつかるたび、六年前に獄死した亀井銘助に、童子が教えを受けに行ったこと。それは次のような仕方によってでした。世話役が、一揆の交渉の相手である、新政府の派遣した郡令と話し合ううちに、予想もしなかった難しい条件を出される。また行きづまったと、川原の本部に帰って頭をよせあって協議をする。その脇で、童子はナマズのポカン釣りの仕掛けを作ったりしながら、聞くともなしに話を聞いている。

そのうち童子は、いつも脇についている母親に、――わしは陣ヶ森に登って来るが！というと、すこしの間は気分が悪そうに目をキョロキョロさせた後、バッタリ横ざまに倒れてしまう。母親は童子の衿もとやヘコ帯をゆるめたり、苦しそうな小さなしかめっ面の汗をふいてやったりするのですが、彼女の心配げなふるまいは、同じことを童子が幾度《いくど》繰りかえしても変わらなかったということです。

……童子が意識を取り戻す、そしてやはり気持が悪そうに目をキョロキョロさせていた後で、母親に、――銘助さんは、みんなはわかっておろうが、わかっておろうが！これこれのようにするはずであったろうが！といわれたと、その指示の中身を小声でつたえ、そして母親が、世話役に童子のつたえたことを説明した、というのでした。

6

いま祖母の話を思い出すままに書きつけてゆきながら、気がついたことがあります。

亀井銘助とその母親、または義母のことをさきにいいましたが、銘助さんの生まれかわりとされる童子の活躍でも、いつも母親が脇にいて、周りの大人たちとのなかだちの役を果たしていたということです。つまりは童子であるTのための、Mの役割を果たしていたということなのです。

また祖母は、童子が「血税一揆」に生死をかけている二万人もの大群集のなかで、もうひとつ果たした別の役割についても話しました。ナマズの一件にはふれましたが、童子は大人たちが難しい問題に頭をなやませている時、滑稽なことをいって笑わせ、みんなの気持を生きいきさせたというのです。また滑稽な冗談をいうだけでなく、六歳の子供らしい自然さの、考え方のあやまちが、大人たちに当の行きづまりからの新しい突破口を、思ってても見なかった新しい現状の見方・抜け出し方を、示すようであったのです。

「血税一揆」という名のもとになった、血税という言葉にしてからがそうであった、と祖母はいいました。一揆の世話役は、村むらの庄屋《しょうや》たちをはじめ、それぞれに学問をした人たちでした。いま大川原に一揆として集まっている城下町で、昔、弟子たちを育てた中江藤樹《なかえとうじゅ》という学者の、その学問の流れをくむ者らだと、誇りを持っている人たちなのです。新しくできた政府が、国家の発展のためには、人民の血税が必要だといったことについて、その意味を文字面《もじづら》のとおりに読みちがえる、というような人びとではなかったのです。

ところが銘助さんの生まれかわりといわれる童子が、——これは新政府の役人が、西洋人の猿まねをして、人民の血をギヤマンの盃《さかずき》で飲むのじゃ！　と言いたてたために、それを子供のまちがった空想だと承知している人たちも、しだいに腹立たしい気持になったというのです。そしていつの間にか二万人の大群集が、それに同調していたのでした。

祖母は銘助さんの生まれかわりの童子が、まだ六歳ほどの男の子であるのに、娘ざかりのどのような女の子もかなわぬ美しさで、童子が大川原に一揆で集まった人たちの小屋掛けの間を歩くと、誰もかれもが、疲れていた心と身体のすみずみまで、生きいきさせる力をえた、ともいっていました。童子の頭には、生まれた時から、後頭部に頭蓋骨の一部分が欠けているような傷あとがあり——祖母の別の話では、亀井銘助にも刀傷《かたなきず》としてあったものだというのですが——童子は母親に、うない髪という髪の結い方で傷あとのある後頭部をかくしてもらっていたけれども、男の子らしく活発に走り廻る童子の、髪の束はポンポン弾んで、傷あとがよく見えたということです。それでもなお童子は美しかったのでした。祖母は童子の美しさにうっとりする人たちの様子を演技してみせながら、彼女自身も実際うっとりしてしまうようでした。そして、——その傷あとの禿げたところまでが美しいものであるから、「若い衆《し》」らはまねをしようと、うしろの髪を丸く剃ったほどやった！ といったのでした。

ついに「血税一揆」は民衆の勝利するところとなり、一揆と正面から対立して弾圧しようとした郡令は、東京へ逃げ戻ることもできず、城下町の宿舎で自決しました。童子が伝達した亀井銘助の一揆しめくくりの指令にしたがって、大川原を清掃して、二万人の一揆の人びとはそれぞれ村ごと・集落ごとにかたまりながら、他のかたまりに名残を惜しんで、川上へ戻って行きました。ところが森のなかの谷間へ、われわれの村のかたまりが帰りついた時、童子の姿はなかったのでした。

7

銘助さんの生まれかわりの童子は、どこに消えたのか？ 谷間を囲む森へ登って行ったのです。それも様ざまな果樹の林をジグザグに横切る細道を歩いて森に向かうのとは、まったく別の仕方で登って行ったのだと、祖母の話を聞く前から僕にはわかっていたものです。それでも童子の消えて行き方を祖母にはじめて聞いた時には、驚きにみちた感動があったのでした。

あわせて印象深かったのは、谷間の村で生まれ育った祖母が、幼い頃、直接に童子の母親からそれを聞いた、といったことです。大川原の清掃と、小屋掛けの取り壊しのほぼ終わった段になって、一軒だけ正式に建てた家として残されていた世話役たちの本部で、童子は母親と休んでいました。そのうちまた気分が悪くなったように横になった童子の身体が、板張りの床の、そこだけ一枚畳を敷いてある所から、祖母が自分の手で示した仕方では、ひろげた拇指《おやゆび》から小指の先までほどの高さ、頭から踝《くるぶし》まで水平に浮かびあがっているのに、母親は気がつきました。もうその時すでに、童子の身体の色あいが薄くなり輪郭はぼんやりしていたともいうのですが、それを心がかりに思う間もなく、童子は宙づりの恰好のまま、背骨を軸にして、ゆっくり回転しはじめたのです。――そういうことをしているならば、さらに気持が悪うなりますよ！　と母親がたしなめながら、廻る身体に手をふれると、童子の身体はグラグラして回転も遅くなるようでした。しかしそれでも手を離すともとどおりになったばかりか、いったん始まった回転はしだいに加速して行き、そのうちビュンビュン唸りながら回転する童子の身体は、母親の手をはじきとばして、そのあまりの速さに全体がボーッと浅葱《あさぎ》色に光る繭《まゆ》のように見えていた童子は、スッと消えてしまいました。

――わしは銘助さんと永い話がある。母様《かあさま》は、急いで追いかけることはないよ！　長生きしてくださいや！　という鈴の鳴るような声を、見えなくなった童子は残して、それは脇の世話役も聞いたそうです。

祖母の話は面白いものの、あまりに不思議なところは、子供の聞き手を面白がらせるために部分的に作られた話ではないか、とも思ったことを覚えています。それでいてなんとも懐かしく、引きつけられるようであったのでした。このそれでいいてということが、大切な気がしたことも覚えているのです。これはあらかた祖母様《ばあさま》の作り話だと思うが、それでいいて、懐かしく引きつけられる……

懐かしいと感じとること。それも自分が直接にかつて経験したことのよみがえりというのではないが、しかも懐かしい。それはこの森のなかの谷間で、はるかな昔に幾たびも幾たびも起こったことだからではないか？　そのように僕は感じたのでした。そのように考えた、というのではなく、そのように感じた、ということも大切だと思います。そして子供の僕にも、このように強く感じるということは、もう自分の頭で考えてひっくりかえすことはできない、そのように強い理由があるからこそ、そう感じるのだと信じるほかなかったのでした。

8

僕が生まれるよりはるか前に、宙に浮かんだまま消えて森に登り、そこでいつまでも頭に傷あとをつけた愉快な子供として活動しているように感じられる童子。僕は童子を懐かしく感じ、その懐かしさがもうひとり別の、やはり自分が生まれる以前に死んだ人間へとみちびいてゆくように思っていました。それはやはり頭に傷あとのある亀井銘助の方へ、ということでしたが、とくに銘助さんがまだ子供の年齢で、それでも谷間の人びとを救うために奮闘したことをいう、祖母の話に、僕はとくに深い懐かしさを感じていたのです。もともとひそかに森の深みに川すじを辿ってさかのぼって来た人たちが建設し、村独自の歴史をかさねながら、外側の人びとの目からは発見されることをまぬがれつづけた時期。それは永くつづいたのですが、やはりついには藩の役人に見つけ出されてしまい、それまで完全に村だけで自由だった状態から、藩の支配下に入って行かねばならぬ、その難しい時に、少年の銘助さんが活躍したといわれているのです。藩の武士たちが、谷間を占領する軍隊として村に入ってきた時、かれらの先頭には鉄砲隊がいたのですが、銘助さんはいつの間に準備していたものか、藩の鉄砲隊のそなえている武器よりずっと大きい銃を、果樹の林の斜面から森に四方を囲まれた空に向けて放ち、長いコダマを響かせて武士団を驚かせました。しかもいったん武士たちと村の世話役との話し合いが始まると、あれは歓迎の花火だったと言い抜けて、お咎めなしだったというのです。相手の中心人物は藩の権力を代表していたわけですが、そのような人物を相手に危険な遊びのようなかけひきを、まだ子供の年齢の亀井銘助はやってのけたのでした。

そのような銘助さんへの懐かしさは、銘助さんの生まれかわりといわれる童子への懐かしさと、ぴったり一致するように思われたのです。祖母の話を聞いているうちに、ふたりがひとりの人物の別べつのあらわれだったと信じられてくるほどに。それも祖母自身が、なによりこの懐かしさを聞き手にきざむことを第一の目的として、話しているようでもあったのです。

ところが当の懐かしさの感情は、今度は自分が話をする側となって人につたえようとすると、なにより表現しにくいものに感じられたのでした。祖母に聞いたこと、また祖母のことをよく知っていて僕に好意的だった村の老人たちに聞いた昔話を、今度は僕が、まず妹に話す。その限りでは、妹に懐かしさの感情はよくつたわるようであったのです。それでいて話の聞き手に妹の友達が加わると、そうではなくなってしまう。そして妹にはこの懐かしさの感情がよくつたわっているつもりだったが、それはそう思っていただけのことで、自分の感じる懐かしさは、妹をふくめ他の誰にとっても、なじみの薄い感情なのじゃないか、と思うようになったのです。

それが始まりでした。僕は谷間を出て隣町の高等学校に入り、つづいて地方都市の高等学校へ転校して、さらに森から遠く離れる、ということになりました。そして僕は、新しい環境で見つけた友人たちに、森のなかの村の昔話をして聞かせることにすっかり臆病になってしまったのでした。もちろん幾たびも話をしかけては、辛い体験をしたあとのことでしたが……

9

ところが大学を卒業して十年以上もたって、僕は谷間の村とは似ても似つかぬ、東京での暮らしのなかで、ある一日、子供の頃の自分に大切に思われた懐かしさの感情をよみがえらせる経験をしたのです。それも森のなかの自分の村と関わりがあるというのではない、アメリカのインディアンの部族の民話についての、人類学者の本を読むうちに。

それはウィネバゴ・インディアンの「トリックスター神話」を研究した本でした。いつも滑稽なふるまいをすることで知られ、小さな動物たちからだまされ・だましかえすこともし、常識のある大人の目から見ればいかにも愚かで、衝動のままにふるまって、集団の規則や秩序を破るいたずら者。しかもそういうふるまいをつづけるうちに、部族の人びとに新しい技術や、深いものの考え方を教えてゆきもする、そのような特別のいたずら者。それを民話のなかに読みとって、トリックスターと名づけているのです。

実際のウィネバゴ・インディアンのトリックスターの話のなかには、次のようなものがありました。燃えているたきぎで暖まって尻を焼いてしまったトリックスターが、道を歩いてゆくうち、知らぬ間にさきの場所へ出てしまって、落ちていた脂肪のかたまりをひときれ拾って食べる。これはおいしいと、喜んで食べるうちに、それが火傷《やけど》を負った際に焼けて落ちた腸の一部だと気がつくのです。そこで自分のことを、つくづく愚か者だと——つまりトリックスターのもうひとつの意味ですが——そう嘆きながら、残った腸を結びあわせた。その際あまり強く引っ張ったので、人間の尻はいまのようなくびれたかたちになった、という話。

ウィネバゴ・インディアンのトリックスターの話は、右の例でもはっきりしているように、北米インディアンの生活の匂いがするものです。それでいて僕は、なにより懐かしさをそこに感じとり、それが薄れぬうちに、永い間手がかりがつかめないまま、その前で足踏みしていた問題が、解けているのに気がついたのでした。

亀井銘助も、銘助さんの生まれかわりの童子も、時には滑稽な、子供じみて危ういようなふるまいをしながら、しかし当の失敗もふくめて、谷間の村の人たちに、新しい生活の仕方を教えたのでした。とくに一揆においてのような、一地方の農民の生活が行きづまって他に道はなく、死にもの狂いで一丸となって、藩の指導者や郡の高官に談判に行く、そうした危機では、銘助さんや童子の、常識や先例にとらわれない働きが、次つぎに難しい問題点を打開したのでした。かれらの働きぶりは、じつに懐かしい特徴をそなえているのですが、いまウィネバゴ・インディアンのトリックスターの生き方・活動の仕方とつきあわせてみて、それらは同じ性格のものだと納得されたわけなのです。

ウィネバゴ・インディアンのトリックスターは、村むらで、独自の仕方による多くのことをなしとげると、最後にはミシシッピー川をつたって大洋にくだり、天へ昇ります。このトリックスターの話のしめくくりもまた、僕には銘助さんの生まれかわりの童子の、森への登り方を、懐かしく思い出させたのでした。村の人びとの一揆のなかでよく働き、仕事を終えると宙に浮かんでグルグル回転し、そのうち透きとおって、この世ではない所へ昇って行ったトリックスターとして……

10

M／Tのトは、そこでtricksterの略字というわけです。やはり手もとの英和辞書を見ますと、tricksterについては、ただ次のような訳語があてられているのみです。詐欺師、ぺてん師。ウィネバゴ・インディアン自身の使う、トリックスターにあたる言葉は「ワクジュンカガ」で、それは一般には手ぎわのいいやつという意味だということです。そして考えてみると、僕が祖母から聞いた亀井銘助の話も、銘助さんの生まれかわりの童子の話も、右にあげたそれぞれの意味で、トリックスターの話だということができます。さらにそれより豊かな意味もふくまれているのであって、それらの多様な意味をふくみこんだ総体として、亀井銘助や童子や、ウィネバゴ・インディアンのトリックスターが、僕に強い懐かしさを引き起こすのです。

獄中で死ぬことになった亀井銘助は、その点ではやはり失敗をおかした人間というほかありません。それでいてかれが指導した一揆そのものは、参加した農民の中心的な要求は受け入れられ、犠牲者はひとりも出さぬすばらしい成功だったのでした。その意味で、銘助さんは、まさに手ぎわのいいやつです。一揆を解決するにあたって、銘助さんは参加者の誰ひとり「お咎めなし」という約束を、藩からとりつけていました。一揆後、しかし銘助さんは領内を脱出して、京都に向かいます。ウィネバゴ・インディアンのトリックスターは、旅に出る時こういうのでした。自分はひとつ所にとどまるとゴタゴタを引き起こしてしまうか、ゴタゴタのたねになるかする、しかし人びとの間を歩き廻っているかぎりでは、平和をもたらすことができる。自分はそういうトリックスターだ。それと照らし合わせれば、銘助さんはこのかぎりでは、手ぎわのいいやつにふさわしい身の処し方をしたのでした。

ところが京都に滞在中、銘助さんは『露顕状《ろけんじょう》』という文章を、藩の有力者に提出して、泣きついてしまうのです。「お咎めなし」のはずなのに、なぜ自分ひとりが領内を出てから追及されているのか？　城下でさかんに出廻っている噂の、一揆の際に自分が横領した資金で、京都の豊かな暮らしを支えているという話は、自分をかつての仲間から孤立させようとするデマだが、誰がそれを流しているのか？　役にも立たぬ、そうした泣きごとを並べたてたのです。もっともウィネバゴ・インディアンのトリックスターが、ミンクやシマリスにいっぱいくわされ、悲鳴をあげるのと通いあうところがあるとすれば、それもトリックスター銘助さんの、もうひとつの面をあきらかにするでしょう。

そのうち銘助さんは、京都で家来を召しかかえます。しかもかれらに「菊の御紋章」

のついた陣羽織を着せ、太鼓と鉦《かね》と二種類の笛を演奏させて、つまり軍楽隊つきで領内に戻って来たのでした。自分はさる宮家《みやけ》に仕えることになった、そうである以上、藩の権力はもう自分には及ばないと、かれを目の敵《かたき》にする藩の有力者に向けてアッピールするのが、この軍楽を奏しながらの帰郷の目的でした。しかし銘助さんはそのまま捕えられ、ついには獄中で死ぬことになったのでした。

11

銘助さんが京都の宮家に仕えることになったから、もう藩の力は自分に及ばぬと、城下町を軍楽隊つきで行進したこと。仕官が本当だったかそうでないかはわかりませんが、それは維新の直前、四国の小藩として、勤王か佐幕かどちらにも方針を定められず、揺れに揺れていた藩の幹部たちに、ショックをあたえるデモンストレーションだったでしょう。自分を圧迫する藩に対抗するプランを思いつくと、軍楽隊つきの行進で宣伝する。そういうところまで誇張するところが、銘助さんのお調子者らしい特徴です。ウィネバゴ・インディアンのトリックスターも、ひどい目にあいつづけていながら、なにか得意な思いつきを実行することになると、すぐにも上機嫌になって、はしゃぎまわります。

僕らは子供の頃、谷間の村で、愉快な遊びとして、銘助さんの行進の真似をしたものです。いつも梅雨が終わってすぐの、はじめての夏らしい日にやる遊びでしたが。

楽器といえば太鼓ひとつが楽器で、他は金盥《かなだらい》を叩きならし口笛を吹いて行列し、四辻でグルグル廻っては、——人間は三千年に一度さくウドン花《ゲ》なり！　と叫ぶ遊び。軍楽隊の先頭にたつ銘助さんの役は、小さな鼻の下に墨で大きな口髭《くちひげ》を描いています。新聞紙で作った陣羽織に、これは駐在所の巡査に見つからぬよう気を配ったものですが、「菊の御紋章」をつけたのを着て、やはり新聞紙製の、日の丸を赤く描きこんだ陣笠をかぶっています。ヤンチャ坊主の演じる銘助さんの脇には、頼みおとされて遊びに加わったひとりだけの女の子が、うなじのところで髪を束ね、銘助さんの母親あるいは義母の役柄で、つきそっているのでした。あれはまさにM／Tの遊びだったのでした。

ウィネバゴ・インディアンのトリックスターの話で、M／Tの組合せがはっきりあらわれているのは、さきにのべた人間が主人公のものとは別の系列の、ウサギが中心になり、トリックスターらしい様ざまないたずらをする、というものです。ウサギはかれの祖母から、生きてゆく知識や冒険の技術をあたえられます。ところが手のつけようのないいたずら者の孫は、様ざまに庇護してくれる祖母に繰りかえしいっぱいくわせ、祖母にとって大切な親戚を裏切ったり・殺したりすらします。祖母はさすがにウサギをこらしめようとするのですが、逆に手きびしい反撃を受けて考えを変え、あらためて孫を愛育する役割に戻るのです。

この系列のウィネバゴ・インディアンのトリックスターの話からも、僕はやはり懐かしさの感情を揺さぶられたものです。森のなかの谷間の村に、このような昔話はあった、と感じたのも確かでした。しかしなにより僕は、自分自身の子供の頃のありようと、辛抱強く村の昔話を話しつづけてくれた自分の祖母の組合せを、そこにかさねて見るようだったのでした。

なぜ自分が選ばれて、毎日、祖母から谷間の村の昔話を聞かせられるのか？　それはただ僕の祖母が誰よりたくみな昔話の話し手であるためか？　じつはそうしたことを考えてみるいとまもないほどに、僕の覚えているかぎりもの心ついた時にはすでに、祖母から村の昔話を聞かされていたのでした。祖母の体力が衰えて、桃色の頬をした小さなおばあさんになり、とうとう亡くなる前の二、三年ほど、僕はそれこそウィネバゴ・インディアンの昔話のウサギ同様、悪知恵を働かせて、祖母に話を聞かせられるのを避けようとしました。しかし祖母は寝たきりになった後も、はじめのうちはやはり彼女としての、ありとあらゆる手をつくして、一日に一度は僕を話を聞く席に座らせたのでした。

12

祖母が話す谷間の村の昔話は、まるごと神話の雰囲気のものから、話の関係者が谷間でただ一軒の「飲食店」でうどんを湯掻いている、片足の悪い老婆であったりする、現にいま自分の生きている時につらなった歴史の匂いのするものまで、多彩な内容でした。そしてどのような内容についても、祖母は愉快な話上手だったものです。現にいったん聞くとなると僕はいつでも熱心に聞いたのでした。それでいて僕は、さきにいったとおり祖母が死ぬ前の二、三年、彼女が横になっている、または調子がよくて身体を起こしている前に座って話を聞かねばならぬ進み行きを、なんとか避けようと、目がさめるとすぐ心をくだいた記憶を持っているのです。

なぜ、祖母に話を聞かされることを逃れようとしたのか？　いま考えてみると、その理由のひとつは、当時から自分にもはっきりわかっていたものをあげることができます。祖母は昔話を始める時、いつも定まった文句を唱えました。そして僕がおなじ文句を唱和しないかぎり、話を進めようとしなかったのです。その定まり文句は、祖母が僕を嚇《おど》しつけるつもりでこしらえた言葉だと思い、さらにも反撥していたものでした。ところが高校に入る年齢になって、わが国の民俗学を創始した学者、柳田国男の蒐集している、昔話を語り始める際の定まり文句のうちにそれがあることを発見しました。

——とんとある話。あったか無かったかは知らねども、昔のことなれば無かった事もあったにして聴かねばならぬ。よいか？

——うん！

もし僕がいくらかでも真面目でない態度で唱和したなら、祖母はとりつくしまのない断乎とした様子で言いなおしを命じます。これより他はいつもニコニコしていて、僕に強い言葉をかけることのない人だっただけに、この定まり文句の受け答えには緊張するのでした。とくに、問いかけは祖母のいうとおりに続けたあと、ひとりで力をこめて、——うん！と答えねばならないのが、わざとらしくて嫌なのでした。

それに加えて、漠然とした奇妙な恐れが、子供の僕にあったのです。いまも思い出そうとすると、祖母の抑揚と声音《こわね》がまず浮かびあがってくるのですが、まったく独得な仕方で祖母が定まり文句を唱える。それはなにか自分にはうかがい知れぬところで、呪文の役割を果たしているのではないか？　自分は祖母の定まり文句に唱和し、あわせて、——うん！　とひとり返事をすることで、呪《まじな》いの実現に力をかしているのではないか？いまの自分の言葉で、子供だった頃の思いをなぞるならば、僕にはそのように恐れる気持があったのでした。

——昔のことなれば無かった事もあったにして聴かねばならぬ、という呪文に声をあわせた後、——うん！　ととくに自分で請けあうようにいう。それは昔の実際にはなかったことを、話で語られるとおりに、それらのことはそのまま現実にあったと、過去を造りかえてしまう、そういう作業を行なっていることではないか？　僕は漠然としか自分の心のなかで言いあらわすことができない、しかし根強い恐れを抱くようになっていたのでした。

その時分、子供向けの古い雑誌で、タイトルの脇に「未来科学小説」と刷りこんである、不思議な小説を読んでいました。タイムマシーンに乗って過去の世界へ出かけた男が、あやまって殺人をおかしてしまいます。そして現在の世界へ逃げ帰ってみると、当の男自身が消滅するほかないのです。男が過去の世界で殺してしまったのは、かれの先祖だった、という話。その小説を読んだことが、漠然とした恐れをかもしだすのに影響していたようにも思います。

13

祖母が昔話を始めようとしてこう言います。――昔のことなれば無かった事もあったにして聴かねばならぬ。そして僕が力をこめて――うん！　と誓言することで、知らぬうちになにか恐ろしい事態に巻きこまれていっているのではないか？　そのように子供の僕が恐れた心の動きの、確かな筋みち。

それを今あらためて辿りなおしてみましょう。まずはっきり記憶にあることとして、こういう点に気がつくのです。――うん！　という僕の返事にこたえて、いったん祖母が話し始めると、あったか無かったかは知らねども、といっていながら、祖母の口から出る言葉のいちいちが、いまこの言葉で語られる物語は真実起こったことなのだ、と信じさせずにはいない、僕の心にしみいる力をそなえていたのです。話の内容自体は、まったく奇妙なものが多くあったのですが……

そしてこの森のなかの谷間の子供である自分は、祖母の語る土地の昔話と深く結ばれているにちがいない、と感じるのでした。いまの自分としての言葉で表現するなら、これらの物語のなかにばらまかれている分子のような要素が、時をへるにしたがってかたまり・細胞をつくり、それがどんどん増殖して自分という生命を持った子供の身体と心になっているのではないか、という気持。その思いから逃れられないために、祖母の昔話を聞くことを恐れている、それも深いところで強く引きつけられながら……ということであったように思うのです。

さらにもうひとつの理由がありました。それはもの心ついた時から、もう祖母の昔話を聞く役廻りをあたえられていたことで、自分が望む望まぬにかかわらず、大きい責任を背負いこまされているのではないか、という不安だったのでした。そのような責任のある役廻りからは、なんとか逃げ出さねばならない。そうでなくては自分の人生がひとの準備した役廻りで置きかえられてしまうという、これもよく考えようとすれば漠然としていながら、夜眠れない時など蒲団のなかで足をバタバタさせたい切迫感の、不安があったのでした。

しかもその不安は、ある日、一挙に具体的なかたちをとったのでした。まだ父親が生きていた時の出来事として、はっきり思い出すことができます。国民学校の、遠い四国の森のなかからまず宮城《きゅうじょう》を「遥拝する」ことにはじまる朝礼で、校長が『古事記』はどのように書かれたか、という話をしたのです。それはこういうふうな、おおいに感情をこめた話しぶりでした。――皆さんは、立派な古代の神話と歴史をつたえてくれる人たちを持っていて幸いでした。もし稗田阿礼《ひえだのあれ》がもの覚えが悪く、太安万侶《おおのやすまろ》が正確に書きしるす能力に欠けていたならば、どうなったでしょうか？　ぼんやりした神話と歴史が、まちがった書き方で、今につたわってしまっていたならば、皆さんはどんなにか不幸なことでありましたろうか？

谷間の村の昔話を、祖母が僕に毎日話して聞かせる。どんな本も書きものも見ないで。それは村の神話と歴史を正確に書きしるした記録が、まだ作られていないからだ。亀井銘助の指導した一揆のことなら——子供の自分には見せてもらえないが——三島神社の神主さんは、その曽祖父《ひいじい》さんが世話役の中心人物のひとりであったこともあり、『吾和地《あわじ》義民伝』という本を持っているのらしい。ところが祖母は、——ああいう刷りものなどは！と信頼をおかぬ様子だ。むしろ僕がいつかその本を読む日のために、前もってあやまりを訂正するようにして話をするほどなのだ。……僕がもの覚えの悪い子供であり、正確に書きしるす能力などいつまでも養うことができないとしたら、いったいどうなるだろう？

14

朝礼の後は、しだいに泥のようなもので胸を重くつめてゆくふうにして、考えあぐねていた僕は、ノロノロと家に向かいました。どういう理由で選ばれたのだったか、自分にはまったくわからぬことながら、僕は記憶にあるいちばん幼い時には、もう祖母の話の聞き手だったのでした。それも妹が同じ祖母からお伽話をしてもらうのとは、はっきりちがっていたのです。僕がそういったとして妹は、――祖母様《ばあさま》のお話は、内容から見るかぎりKちゃんへの昔話も私へのお伽話もよく似たものだった、というだろうと思います。あの頃の僕自身、これは自分が聞いたのと同じ話だと、妹の傍でこちらはノンビリ寝そべって話を聞きながら、微笑するようにして思ったことがいくらもあります。それでいて妹はともかく僕の方は、自分が聞かねばならぬ昔話と、妹へのお伽話にくっきりしたちがいがあるのを知っていたのでした。

さきにも書いたことですが、僕が話を聞かされる際は、まず祖母の前に座って、次のように唱和しなければ、祖母はいつまでも口をつぐんだままなのです。――とんとある話。あったか無かったかは知らねども、昔のことなれば無かった事もあったにして聴かねばならぬ。よいか？――うん！　祖母がお伽話をつづけている間に、妹が眠りこむとすれば、祖母は愛しげなしぐさで、妹の赤い小さな顎のあたりまで蒲団を引きあげてやったものでした。ところが祖母の昔話の途中で僕が眠ってしまうなど、考えてみることも不自然な感じだったのです。祖母の昔話が始まるまでは、おおいに工夫をこらして祖母をだしぬこうとしていたのに、いったん祖母が口を開くと、僕はもう観念して話のひとくぎりを聞き終わるまで聞きつづける。それが記憶にあるかぎりずっとつづいた、生活の慣《なら》いであったのでした。

　このような習慣で結ばれている祖母と孫の一組は、森のなかの谷間の村に、他には決してないことも僕は知っていたのです。校長の話を聞いているうち、気がついてみればそれは恐ろしいことだ、という思いがやってきたのでした。僕の家のような祖母と孫の一組は他にないのに、しかし子供ら仲間は、誰も僕をからかったりおとしめたりすることはない。魚釣りやキノコ狩りに行こうと誘いに来ても、裏座敷から低いがよくとおる声で話しつづける祖母の、菜種油の表面の波だちのようなリズムがつたわってゆくと、みんな文句をいわず立ち去った。このところ、村に疎開して来ている都会の子供らまでもがそうなっている。僕が森のなかの谷間の村の神話や歴史を聞きつたえ、書きしるす役廻りをさずかった子供であることを、誰も疑わぬというように……　それは恐ろしいことだ、という思いが、僕の胸を息苦しくさせていたのでした。

　家に戻ってみると、土間から上がったところの板敷きの広間で、父親が内閣印刷局におさめる三椏《みつまた》の真皮の束から、黄褐色《おうかっしょく》のアラ皮の小さな残り滓を、切出しでとってゆく、かつはその三椏束の、紙幣原料としての繊維の品質を区分けしもする、という作業をやっています。僕は鞄をかけたまま土間に立って、校長の、——稗田阿礼がもの覚えが悪く、太安万侶が正確に書きしるす能力に欠けていたならば、どうなったでしょうか？という問いかけを緊急に大切なもののようにつたえたのでした。

——阿礼一万人、安万侶千人、という学者もおるそうな。心配せずとも、それだけの数のなかにはもの覚えが良い人も、正確に書ける人もいたと思うよ、と父親は背をまっすぐに立て、頸をガクンと垂れた恰好で、注意深く仕事を進めながら答えたのでした。

15

谷間の変り者として他から干渉されないが、なにか事があると信頼されているのがわかる父親の、日頃口にすることの多くが、家族内の話としては納得されるにしても、友達に話すのは適当でなく、国民学校の先生に話したりすれば、厄介なことになるのを、僕は経験から知っていました。しかも風変りな父親のそのような言葉に、僕は学校で思いあぐねてきた屈託を解きほぐされ、励まされることがよくあったのです。

しかしこの日の父親の、——阿礼一万人、安万侶千人という言葉は、僕をさらに息苦しい窮地に押し込んだのでした。やっぱり、やっぱり！　と僕は、父親の仕事場の脇を通りぬけたものの、祖母の寝ている奥座敷の傍には行くことができず、もう一度、竈《かまど》のある暗い土間におりて水甕《みずがめ》の水を飲み、その間も胸苦しさに身もだえするようにしてひとり言をいったのです。たとえ古代でも、あの人らは一万人が記憶して、千人が書きしるす。こちらときたら覚える人間はただひとり、かつは同じひとりが書きしるさねばならないとして、書く仕方もなにも、まだ習い始めたばかりときている……

この当時、僕は恐ろしい夢を、それも進み行きではただ恐ろしい夢というだけでは終わらぬ夢を、続けて見ていたのでした。素裸の僕がただひとり、二階建の家ほどの大きさの惑星の上に立っている。僕の周りというより惑星の周りの大気は、黒ぐろと翳《かげ》っています。僕は寂しく辛く恐ろしい気持で、一所懸命に耐えるようにして、丸い惑星の上に立っているのです。なぜなら子供の僕がそこにひとりで立っていることに、「全体」の運命がかかっているのだからでした。むしろひとりで立っている寂しさ辛さというよりも、その「全体」の運命への責任ということが、息がつまりそうに恐ろしいのです。そのうちもひとつの新しい恐ろしさが、吸いこんでくるような大きい誘惑としても、胸のうちにあらわれてくることがあるのでした。「全体」の運命への責任をすっかり放り出すようにして、この球体をした足場から身を投げることができる！　もう寂しさ辛さというより、恐ろしさとからみあった熱望が、胸苦しいまで高まります。そしてついに僕は、黒ぐろとした大気のなかへ身投げしてしまうのです。その瞬間、それまでの緊張から解きはなたれた清すがしさ・身の軽さに喜びの叫び声をあげるほどで、無限空間へ落下してゆく自分の周りには、白熱したニクロム線で張ったクモの巣のようなものがチカチカしているのです……　そして目がさめると、自分のだらしなさへの無力感にあわせて、慰めも感じながら涙を流している、という具合なのでした。

この夢は、身投げしない場合はもとより、喜びの叫び声をあげて身投げして終わる際も、実際生活で自分の抱えている問題が解決されたのではない証拠に、またあらためて繰りかえされました。そして僕は夢を分析する仕方を知っていたのではありませんが、この夢の息苦しさが、村という「全体」の神話と歴史を、祖母に聞く昔話として自分ひとりが覚え、やがては書きしるさなければならぬ、その責任の思いと関わっていることにはまちがいないと知っていたのでした。

床につきっきりになった祖母が、裏座敷で呼んでいると母親や妹にいわれても、そのうち僕は祖母の顔を見にも行かぬようになりました。わずかな時間も蒲団に起き上がれぬのだから、向かいあっての最初の定まり文句の唱和も、祖母にはもうできぬのだから、と理窟をつけて。つづいて祖母が死んだ時、僕はただうつむいていたのですが……

16

祖母の死について、ひとつだけ父親が僕にいった言葉。──祖母様《ばあさま》は、身体が強健であったから、死ぬまでに永く苦しまれた。年をとって死ぬ際には、身体を弱めておかねばならぬなあ。

それは本当に恐ろしい言葉のように聞こえたのです。それでも恐ろしさのいちばん核心の意味は、実際に自分が年をとって、すぐにも死のうとしている時になって、はじめてよく理解することができるのだろうと、そのように思いもしたのでしたが…… さらに僕がひとにはいえぬ秘密として、思っていたことがあります。死ぬ直前の祖母の身体が強健であったというのは心臓のことで、足は衰えて起き上がることもできなかった。もし足も丈夫であったならば、僕を谷間じゅう追いかけ廻してつかまえ、裏座敷の床の脇に正座するまで首根っこを離さず、──とんとある話。あったか無かったかは知らねども、昔のことなれば無かった事もあったにして聴かねばならぬ。よいか？ と自分に唱和させ、──うん！ という返事で、僕が祖母の死んだ後もずっと有効な約束をするまで、催促しつづけたのではなかったか、ということでした。

祖母がそれをせぬままに死んだのである以上、僕はついに最後のところで祖母をふりきった、という安堵感があったのです。もう自分に村の神話と歴史を話して聞かせ、覚えこませようとする人間はいない。僕がまだ断る知恵もないうちから引き受けていた大仕事を、やりとげさせようとする祖母は、死んでしまった。僕はもう、稗田阿礼一万人、太安万侶千人の果たした役割を、子供の身で、それもただひとり背負いつづけなくてよくなったのだ……

祖母の葬儀の前後、家族や親戚から、また隣近所の手伝いの人たちから、表情を覗きこまれぬように、僕はうつむいて黙っていましたが、生まれてはじめてのように感じるほどの、晴ればれした解放感が身体のうちにありました。僕は犬を飼っていましたが、葬儀の準備の、誰もが弱よわしく怒っているようなざわめきを裏座敷の方に聞いて、表の土間にしゃがんでいると、摺《す》り寄《よ》ってきた雑種の栗色の犬が、下から僕にニッと笑いかけるのです。僕はビクリとしたのですが、それは、犬が、笑うということからではなしに、数日来、自分が誰も居ないところにしゃがんでは、いま犬がしたとおりにニッと笑っていたと感じたからなのでした。

ところが祖母の死から時をおいて、また新たにあの夢を見はじめたのです。黒ぐろと翳《かげ》った大気を背景に、やはり陰気な惑星の上で胸苦しい思いをしながら耐え、それからとうとう身を投げて、「全体」への責任から自由になったという心の軽さ・身の軽さに喜びの叫び声をあげる、そして無限空間を落下する夢。

そのうち僕は自分が祖母の死の後、誰にも内密に感じとっている解放感は、この夢の結末の清すがしさと喜びにみちたそれには及ばない、と自覚するようだったのです。それに加えて、この夢を見て目ざめた際の、無力感と寂しさは変わらないのに、いまは大きい慰めなしに、煎餅蒲団のなかで恥ずかしい涙を流している、とも認めるほかなかったのでした。

17

祖母が死んだ翌春に、父親が死にました。なお戦争のつづいている時代でした。夏のはじめ、谷間を流れる川の上流の集落で、子供が溺れ死んだという噂がつたわって来ました。淵の入口で流れを堰《せ》きとめる大岩の下に潜ると、奥に空洞が開いています。そこを子供たちは「ウグイの巣」と呼んでいたのですが、それはウグイの大群が空洞のなかの水の流れにさからって、いつも静止しているように見える速さで、川上に向けて泳いでいるからです。水の量の少ないよく晴れた日には、大岩の下から放射状にウグイの群れがあらわれて、川虫を漁《あさ》っているのが、橋の上から見えることもあります。しかしそれは「ウグイの巣」のウグイの大群のうちの、まだ若い魚の群れが遊びに出ているのにすぎないのです。

溺れ死んだ子供は、その集落でいちばん深い淵の、やはり大岩の根方に潜り、上下の岩棚の間に肩から頭をいれて横に移動し、岩棚の狭い関門では頭を斜めにして通過した様子です。再び広くなった所で、肩はこちら側、頭は向こう側、しかしその頭はまっすぐたてて、空洞の奥のウグイの群れに狙いをつけると、伸ばした腕先のゴムヤスを発射しました。大きい一尾がヤスに串刺しになってビクビク震えるのを支え、入って来た通路を逆方向に移動して、狭いところを頭を斜めにして通り過ぎねばならぬ地点で、肝心なことを忘れてしまい、上下の岩棚に頭をガッキと挟まれて、溺れ死んだのでした……

噂を聞いた翌朝の、谷間の子供らがまだ誰も川原に降りて来ぬ時刻に、僕は陽の光を照りかえす浅瀬のきれいな水を蹴ちらし、僕の谷間での「ウグイの巣」のある、ミョート岩という大岩の淵に向かったのでした。ヨモギの葉を丸めて水中眼鏡をぬぐい、ゴムヤスを片手に勇み立って、それまで僕の肺活量では無理な深みだと避けていた、大岩の根に潜って行ったのです。

これは一度もう経験したことだ、と感じたことを覚えています。僕は上下の岩棚のはざまを器用に移動し、狭くなった関門では頭を斜めにして、難なく通りぬけました。つづいてまっすぐに頭を起こした僕は、目の前の空洞の、夜明けの微光のような薄明りのなかに、数知れぬウグイたちを見たのです。萌黄色《もえぎ》の体にはこまかな銀色の点をびっしり並べて、みな同じ方向に泳ぎながら静止しているように見えるウグイは、墨色の丸い小さな目で、めずらしそうに僕を見かえしていました。ゴムが朽ちて実際の役には立たぬヤスを発射し、手前のウグイの列をわずかにかきみだしただけで、僕は横に移動する帰りのコースを辿り、そして気がつくと、頭頂と顎を岩棚に挟みとられていたのでした……

パニックのなかでジタバタしている自分の、栓のようにつまった頭が、身体ごと巨大な力で「ウグイの巣」のなかへ押し出され、捩《ね》じられて、あらためて岩棚の間を引きよせられる。澄んだ水のなかにフワッと血の煙が立ちのぼるのを僕は見たように思いますが、次に記憶にあるのは、淵の流れ出しの浅瀬に身体を斜めにして浮き沈みしているところです。脇には全身水に濡れた母親がひざまずくようにしているのを見て、僕はまた気を失ってしまいました……

妹によると、母親は、この朝なにか勢いこんで決意しているのらしい僕の様子をあやしんで、後をつけたというのです。そして浅瀬に引っかかっている僕を救助して医院に運び、傷ついた後頭部の応急処置をしてもらった、ということなのでした。

18

ミョート岩の根方の「ウグイの巣」で溺れかけた経験について、その直後から僕が繰りかえし思い出した問題点があります。岩棚の隙間をくぐり抜けて、目の前の空洞に無数のウグイがそろってひとつの方向へ泳ぎつづけ、墨色の小さな丸い目を、新しい仲間でも見るようにこちらへ向けた時、僕もこれからはずっと夜明けの微光のような薄明りの水の底で、エラ呼吸をして生きてゆくのだ、と自然に考えたこと。

朽ちて力のないゴムに弾かれたヤスが、水の抵抗にフラフラと進み、手前のウグイたちの列をわずかにかきみだす。ウグイたちがまた同じ方向へたゆみなく泳ぎながら静止するようであった時、萌黄色の魚体のこまかな銀色の点の全体が、なにか意味のある文様をはっきり浮かべる。そして僕はこの「ウグイの巣」が、ウグイの群れの魚体の斑点でなにもかもを書きあらわしている図書館だ、と感じたのです。それならば、森のなかの谷間の神話と歴史こそがここに書かれているのだと、いまひとり村の子供が溺れようとしていることすらも書かれているはずだと考えた時、僕はわれにかえりました。そして出口へ向けて急ぎ戻ろうとして、岩棚に頭を挟みとられたのでした。

さらに僕は、大きい力で岩棚の奥へ押し出され、捩《ね》じられて、あらためて引きずり出された時、自分の頭から血の煙の立ちのぼる水を通して、濃く短くヘノヘノモヘジ式の眉と、怒ったような目を見ひらいている、母親の顔を見たように思うのです。それはとくに母親に対して真偽を質《たず》ねにくいこととして、僕は誰にも黙ったままでいたのでした。

この溺れそこなう出来事のあと、それも頭の怪我がいまも指で辿れるあとを残しながら治ってからのことですが、僕は自分にはっきりした変化が起こっているのをさとったのでした。あの黒ぐろと翳《かげ》った大気のなかの惑星に立っている夢を見なくなっていましたし、もうそれを見ないことの理由も承知しているようであったのです。夢の意味は、森のなかの村の神話と歴史を、祖母に語り聞かせられるままに覚え、いつか書きしるさねばならぬという自分の役割を重すぎる負担に感じており、そこでいっそその責任を放《ほう》擲《てき》して自由になる、というだけの夢ではなかった。その域をこえて、もっと端的に、責任に耐えかねるまま、自分から死んでしまうという夢だったのだ。ミョート岩の根方の深みで溺れ死にそうだった時、僕はやはり白熱したニクロム線のクモの巣を見るようで叫びだしていたのだから、と……

頭の傷が治り、衰弱していた身体がもとに戻ると、僕はよく出歩いて、神主さんはじめ祖母の友達だった谷間の世話役の老人たちに、村の昔話を聞かせてもらいに行くようになりました。それをよく記憶し、書き方を自分に訓練して、いつかはそれを書きしるしえる日が来るようにと……　そう考えて過ごすうちに、はじめに書いたM／Tという組合せが、まだこのアルファベットふたつの組合せというのではないまま、しかし懐かしく大切な実体をそなえて感じとられるようにもなっていたのです。三十歳を過ぎて、はじめてアメリカ東部の大学寮にセミナーで滞在していた時、きみのいうM／Tとはmountain timeの略語か、と同室のアイルランド人の劇作家に聞きかえされて、――ああ、「山の時」、僕の森のなかの谷間の村にも、独得の「山の時」が流れていたのだ、自分はいま太平洋のこちら側にいても、幾分かはその時の流れのうちにある、と感じたのでした。

第一章 「壊す人」

1

海から大きい川をさかのぼって、その川が渓流となり、さらには奥の山に雨が降った時だけ目につく草むらの流れ道となるのをつたって、森に囲まれた水甕《みずがめ》のかたちをした盆地に到り、若者らと娘たちが、新しい村を創建しました。永く苦しい旅のうちにかれらのリーダーとなった若者が、そのうち「壊す人」という呼び名で語りつたえられ、本来の名は忘れられてしまっていること、さらに「壊す人」という呼び名の意味が、子供の時分の僕に、ふたつながら割りきれない不思議さを残していました。――あまり偉い人のことは、その人の本当の名前を呼ばなくなるから、と祖母はいったのでしたが……

二番目の不思議さについては、確かにこの伝説的な人物がなしとげたことの語りつたえに、幾度も大規模な壊すことが中心になっているのです。その点はよく承知しながら、――それでも村を作り出す指導者であった人が「壊す人」というのでは、という思いが頭をかしげさせたのでした。なにかにつけこの世界のなりたちについて自分としての方程式を解こうとする、そういう気持の強かった子供の僕に、それはいつまでも引っかかりを残していたのでした。ずっと幼い頃の、祖母の話の聞きはじめから、そう感じていたと思います。祖母の死んだ後は、彼女の言いおきがあったのでしょう、すすんで僕に昔話を話してくれるようになった、神主さんをはじめとする、村で有力な老人たちの前にかしこまっている時にも、その思いはいつも頭にあり、それでも、——祖母様《ばあさま》によく質《たず》ねることができなかったものを、この人たちにはさらに質ねられない、と心のなかでいうほかはなかったのでした。

村で尊敬されている老人たちを訪ねて昔話を聴く新しい習慣が始まってから、こういうことも持ち上がりました。申しあわせておいたように、老人たちは誰もが、自分の聞きつたえている昔話を話してくれる前に、祖母が唱和させた定まり文句を、僕にのべてさせたのです。——とんとある話。あったか無かったかは知らねども、昔のことなれば無かった事もあったにして聴かねばならぬ。よいか？　正座した僕が大声でそういいます。老人たちもくぐもり声でついていうのですが、僕の言葉が終わると、つづいてかれらが、——うん！　と大声で応じるのです。それはまるで僕の方が老人たちに話を聞かせようとしているのだとでもいうようで、僕と老人たちの実際の関係がすっかりひっくりかえるおかしさでした。

こうしてひっくりかえった仕方で定まり文句を唱えてから昔話をしてくれる長老たちは、みなそれぞれに重おもしい顔つきで、それだけにかえって、僕の生徒のように、

――うん！　というのが、くすぐったい気分であったのですが、これらの立派な大人たちが、村を作り出した指導者として「壊す人」のことを話し、その呼び名にどんな不自然さも感じていない様子なのが、やはり不思議であったのでした。それに結んで、村の昔話として聞かせられ、覚えこむことのうちに、子供の生活感覚ながら、疑問に思う挿話はいくらもあったのです。

「壊す人」は、二十五人の若者たち仲間とともに、城下町から追放されたのでした。若者たちはそれぞれに藩の武士階級として高い格の家の、それだけにいつも遊び暮らしている無法者らだったということです。とくに「壊す人」は、藩主の縁つづきの、家老職筆頭の当主の、末の弟でした。かれは家長であり藩の責任をとる者らのひとりである長兄の嫁と、それも自分より十歳も年上のあによめとしめしあわせて、藩からの追放者としての身分を、自由に新天地をもとめる者らの集団に置きかえる指揮をとったのです。村が作られてゆく、神話のような昔話の中心人物が、子供の僕にもあからさまな掟破りをする若者だったということが、まず当惑させられ、かつかならずしも不快でないドキドキする思いのみなもとだったのでした。

2

　森のなかに村が創建される昔話の、それも指導者であった「壊す人」が、あにいよめを連れて逃げた人間であることに、昔話を聞きつたえてゆく役廻りとして、――これは困ったことになった、と僕は思いました。祖母はすぐにもそれに気がついていたはずだと思います。このあにいよめは、谷間の昔話のなかでオーバーと呼ばれる美しい人で、海沿いの藩の領地から晴れた日には蜃気楼のように浮かびあがって見えるので知られた、浮《うき》島《しま》という島の、「海賊」の棟梁の娘であったということです。そのような生まれのこともめずらしく感じられて、このあにいよめを奪いとって森へ向かった、という話に胸をドキドキさせていたことには、祖母もかえって目が届かぬ様子であったのでしたが……

　ねばり強い話し手の祖母は、僕が反撥しないように、こうとりなす仕方で話しなおしたものでした。――「壊す人」の二十五人のお仲間は、みな親御らが様ざまに高い身分の人たちであったから、親の威光を笠にきて、城下の盛り場を悪さをしてまわる者らで、まあよくいえば無邪気な無法者たちでしたが！　藩の改革の失敗からこれらの人たちが追放されたとつたえる話もありますが、それならば、なぜ若い者らのみであったのか？

まだ子供のような、元気が良いだけの「若い衆《し》」らに、なんの改革ができたものか？　藩の改革はあったにしても、自分らに良いように改革してくれと、それに乗じて身勝手をねごうては、いれてもらえぬ腹いせに、さらに悪さをしてまわったのじゃあるまいか？　それでこういう者たちは、有力者のお子たちでも、このまま城下においておくことはならぬ。そういう進み行きになったのでしょうが！　牢に入れたり斬首したりはできない。そうはいうても、よその土地に送り出すのは恥さらしで、家老の方がたが困っておられたらな、筆頭家老の奥方であったオーバーが、まだ若い御主人に入れ知恵をされたそうな。それならば自分の里から一艘の船を廻させるから、追放される人らを乗せて浮島の沖に出せばよかろう、素人だけで流れの速い海峡を乗り切れるものではないといいます。こう耳うちされたそうな。

藩の家老がみなでそう定めて、まだ子供の殿様に報告すると、面白いといわれた。浮島から船が一艘調達されて、嫌われ者の「若い衆」らが乗り込まされたわけでしたが！　沖へ出るとすぐにな、船頭らは艫《とも》に曳いて来た小舟に移って浜へ戻ったそうな。そうしたらば船底から、赤い腰巻に白い袖なしの娘らがな、こちらも二十五人現れてきた。島育ちの腕前をあらわして帆を張るやら代わるがわる舵をとるやら、娘らが大活動するのがな、浜から遠眼鏡で見張る者らに見えたそうな。なかでも勇ましく全体の指揮をとるのがオーバーで、帆に風を受けた船が水道を横切って進み始めると、オーバーは浜を向いてアカンベーをされたそうな！　それは昨日まで自分の婿さんであった、筆頭家老に対してのことであったやろうな。オーバーは船を調達する際に、「海賊」の娘らを船倉にひそませておくようにと、父親の棟梁に密書を書いて、その上で自分もいつの間にか船に乗っておられたのでしたが！

「海賊」は「浮島水軍」ともいわれて、その昔は独立しておったが、いまは藩の海軍がわりで、家老らが不始末を怒れば、棟梁は娘の乗り組んでおる船を島に近づかせることはできぬのやし、配下に命令して行方を探索してもみなければならん。それでも「若い衆」らの船はどこにも見つからんかった。オーバーはいったん水道を抜けた船を迂回させて、浜づたいに航海されたのじゃった。坐礁しても仕方がない、それより他に、父親の「海賊」に見つからぬみちはないのじゃからと、いかにも勇敢なことでしたが！

3

ところが若い無法者らは、船を浜ぞいに迂回させたことが不満でならなかったのでした。航海の経験もない自分らが、このあたりの島の間を外洋に出るためには、危険な水道をいくつも乗り切らねばならぬことも知らずに、琉球にまで辿りついて新天地を伐《き》り拓《ひら》くという心意気でしたから。実際、永い航海のための水に糧食のみならず、目的地についてからの農耕の用具、穀物の種子、果樹の苗木、それにまず必要な、大がかりな開墾のための用具、加えて番《つが》いの仔牛三頭ずつまでが船には積みこまれていたというのです。また桶には生きた鯉や鮒までが……

祖母のいうところでは、それら新しい農耕の計画のための豊かな品物が船に積まれたのは、若い厄介者らに琉球の新天地の開拓の夢を抱かせて、すすんで乗船させるためであったばかりでなく、すぐにも難破して死ぬはずの若者らにあわせて「海神様」に捧げる供物でもあったということです。若者らの乗り組んだ船の行方は、翌朝早くから「海賊」たちの船が探したのでしたが、それもこれらの物資が波間を漂っているのを見出して、藩の有力者たちに報告するのが、まず第一の目的であったというのでした。

ところが「海賊」の棟梁の娘オーバーは、藩首脳のもくろみの裏をかいて、また海の向こうの新天地へ冒険心を抱く若者たちを説得して、浜づたいに沿岸を東へ航行する計画を示したわけなのでした。そしてオーバーの指揮にしたがう「海賊」の血を引いた娘たちは、たくみに船をあやつる技術の持ち主でもあったのです。

――航海が続けられておる間、船は女らの天下であったそうな、と祖母は楽しげにいいました。はじめのうち「壊す人」は「若い衆《し》」らのなかのありふれたひとりで、あにいよめのオーバーのなさりようを感心して見ておるだけであった。ところが船が廻りこむように東に進んで、吾和地《あわじ》川の河口に差しかかると、それは浜を出てもう三日目の夕暮時であったそうなが、はじめて「壊す人」は指揮をとる人間として、そのまま船を川へ乗り入れよう、といいだされたそうな。風向きがそれに具合よいのでもあった。浜に遊びに行ったらば、夕暮には海の方から気持の良い風が吹いてくる季節がありましょうが！　その際「壊す人」が、命令を女たちにつたえるオーバーにかさねていわれたのは、こういうことであったそうな。我らは浜からまっすぐ海の外へ出て行くことになっておった。我らは海の向こうに、新天地を思い描いて準備もした。ところがそれは海の底の冥界へくだってゆく船出であったような。オーバーが横へ進路をとってくれたから、いまのところ冥界へ落ちずにすんでおるが、このままでは東へ、東へと行くばかり。宙ぶらりんで、いつまでも海に浮かんでおるばかりだ。それならばいっそ、浜から外へ出るのとは正反対に、浜から川づたいに陸の内へ登って、冥界とは別の所へ行きつこうやないか？

4

谷間の村の神話としていちばんはじめの昔話に、大きい影をおとす「壊す人」。城下から厄介払いされる若い無法者たちのなかで、とくに指導者というのではなかった間から、かれはやはり面白い人物だった、その証拠に、と祖母はいっていました。——あれは「極端な考え方をする」という評判であったそうな。もっとも子供は誰でもが、極端な考え方をする人らですが、とも祖母はいって意味ありげに僕をジロジロ見たものでした。船に乗り組まされて海へ追放された時には、「壊す人」はじめみんな子供のような年であったのやから。ただひとりオーバーの他にはな!

あの頃、算数好きの側面を強く持っていた子供の僕は、その「極端な考え方をする」「壊す人」のやり方について、プラスの符号のついている進み行きの見通しがよくない場合、全体の大きい部分をカッコで囲んでいったんマイナスの符号をつけて、やりなおしてみる仕方だ、と思ったものです。

浜を大きい円弧として、それに接線を引く。それと九十度でまじわる縦軸にそって、突き出して行くと、海の底の冥界に下降するほかない先行き。それならば逆の方向へ、つまり内陸へと入り込んで行くならば、しだいに山の高みに上昇するのでもあり、冥界とは逆の世界が開かれるはずじゃないか、もしかしたら新しい生命の世界が……

汐が満ちてゆく勢いに、河口から平野部の内ぶところ深く逆流してゆく流れのまま、船は吾和地《あわじ》川をさかのぼって行きました。この川は水量も多く、底も深いのです。それでも海を航行するために建造された船が、平底船のように、川瀬のあきらかなところに到ってもなお川上へと進みつづけることはできません。「海賊」の棟梁の娘で航海術の知識のあるオーバーが、島の娘たちを指揮して船の舳先《へさき》を河口からずんずん乗り入れて行ったのはなぜだったか？　すぐにも船が川底につっかえて動きがとれなくなったとしても、「壊す人」が「極端な考え方をする」ことで、局面を打開してくれると、もうすでに指導者として、かれを信頼しはじめていたのではないでしょうか？

その日、陽が沈んでから砂地にきしむ音をたてて、ガタリガタリ身震いするようにして、月の光の照らすなか船は坐礁しました。オーバーは、「壊す人」が河口でした命令の当否については何もいわず、ただ若者たちにこう呼びかけたのでした。次の干潮までに船をなんとか始末をつけなければ、さらに厄介になる。それも夜の明けぬうちに人目を避けて仕事をやらねば！　それを受けて「壊す人」は、ただちに船を破壊しよう、これまで船に積んできた食糧やら道具類、穀物に家畜など、なにもかもを載せて川をさらに遡行するために、船材で筏を建造しなければならない、といったのです。筏に不必要な船材は、干潮のままに流して、沖で坐礁・沈没したものが漂着したように見せかけよう、ともいいました。

それまでの航海では腕をふるう機会のなかった若い無法者たちが、月の光をたよりに、勇んで船を解体しました。その指揮をとる「壊す人」は、この場合、まさに名前にふさわしい働きをしたのでした。

5

「壊す人」という呼び名の青年が、沖へ出るかわりに浜から川をさかのぼり、海底の冥界へ沈むかわりに山間の高みへ登って、新しい生命の天地を拓こうとする若者たちの、指導者格になって行く、その上での、さらにこの名にふさわしかった大仕事。それはかれらが水の道をつたわってさかのぼって行った末、もう岩肌からの水のしたたりが目の前にあるのみという行きどまりで、前方をふさぐ大岩塊を、持参した火薬で爆破したことです。この大岩塊が、じつは黒く硬い土の塊《かたまり》だった、と話す老人もいたのでしたが、僕はダイグワンクワイと聞こえた祖母の発音の面白さを耳に残しているまま、それを

「大岩塊、あるいは黒く硬い土の塊」というふくみで、大岩塊と書きあらわしたいと思います。
大岩塊がふさいでいたといわれる場所は、谷間の村からいえば、川下に出て行く際の、頸と呼ばれていた地点でした。そこを出入りするたびに、村から出て行き・村に戻る、という思いがきざまれたのですが、それにかさねて、小山ほどの規模であったはずの大岩塊のことをいつも思ったものです。しかしその頸の地点の、両脇から山腹が迫っているのではあるが、やはりひとつの岩の塊では閉ざしえぬように感じられる大きさに、僕は大岩塊が頸の全体を埋めていたのではなく、山腹の急勾配の斜面をつなぐダムの堰堤《えんてい》にあたるものが、そこにあったのではないかと考えることもありました。大岩塊は当の堰堤を支える、いわば重しの役割ではなかったか、と想像したのでした。大量の火薬を用いたにしても、頸全体を埋めるほどの大岩を一挙に爆破することは不可能ではないかと疑うことがあったのです。

祖母の話すかぎりでは、大岩塊は一回の爆破によって破壊されたのでしたし、その一回の、ということはこの話の重要なカギでもありました。狭い谷間に鳴りとよもした爆破のこだまにつづいて、中空に吹きあげた岩の砕片の落下と土煙がおさまった時、激しく雨が降りそそいできた、と昔話はいいます。大雨は五十日間、降りつづきました。子供の僕の頭が思い描いた眺めとしては、大岩塊がバランスを支えていた堰堤が崩れ落ちたところへ、この大雨で、それまで谷間に堰《せ》きとめられていた永年の堆積物が流れ出し、川下の平野部の耕地を荒廃させ、そこに住む人びとには疫病さえもたらしたのです。

しかも五十日たって雨があがると、晴れわたった空のもと、洗いだされた緑の森に囲まれている谷間の、かつて沼地であった一帯が、新しく人の住みうる土地となっていたのでした。その中央には、清らかな川が陽の光を照りかえして流れており、山腹が両側からせり出して狭くなった頸を通りぬけて、村の創建者たちがそこをさかのぼって来た、山あいの曲がりくねった険しい路の脇を流れ、平野部に出ると吾和地《あわじ》川に合流して、海へ流れ出ているのでした。

大岩塊の、またはそれが支えるダムの堰堤のような壁の、すぐ下まで辿りついた時、「壊す人」は別にして、城下町を追放された若者らと「海賊」の島から参加した娘たちとは途方に暮れたと思います。それまで深い山あいの渓流にそった、あるかなきかの杣《そま》道《みち》を辿りながら、前方に山また山がせり出してきても、それらは屏風をかさねるように連なっているのであって、ひとつの山裾をめぐれば、次の山に到る道は、細い渓流がそこから流れおりてくる以上、確かにあると考えていたはずです。ところが渓流が草むらのなかの細い水の道にかかわったのち、両側から山腹がますます迫る間を、堰堤のようなものが閉ざして行きどまりになり、大岩塊の根方から真っ黒の水がチロチロ湧き出している。そういう場所にたたずんで、長い旅の疲れもあり、茫然としていたことでしょう。ところが、それまでの苦しい道中のなかで、しだいに指導者として頼りにされるようになった「壊す人」ひとりは、いかにも快活に、（それを話す祖母の声音《こわね》を思い出して、僕も話を聞いた際の愉快さをよみがえらせながら書いています）――爆破しよう、火薬なら担いで来た、といったのでした。

6

高校に入ってすぐの夏休み、ひとりで『古事記』を読んでいて、大きな懐かしさにとりこまれるような一節に出会いました。《千引石《チビキイハ》を其《ソ》の黄泉比良坂《ヨモツヒラサカ》に引き塞《サ》へて、其の石を中に置きて、各《ア》ひ対《ム》き立《タタ》》すというところ。つまり冥府と生きている人間の世界との境界に、千引石という岩が置かれているということを読んで、僕は谷間からの出口の頸にあった大岩塊を思ったのでした。

自分が生まれて育った村を、大きい石の向こうの冥府になぞらえて懐かしく感じるというのは奇妙に響くと思います。村を建設した若い人たちも、いつ武装した追っ手に見つけられるかも知れない山あいの杣道《そまみち》を登って行き、行きどまりの境界に到ったのですから、それまでかれらが苦労をかさねてきた道のりこそ冥府を横切る旅だったとして、大岩塊を破壊しさえすれば、これまでとは反対に生命の国へ入って行けるのだ、と希望を抱いたにちがいありません。

しかしそれには、大岩塊を爆破すればという条件が、やはり大きかったのです。それをなしとげる前は、千引岩の向こうの冥府を、大岩塊の向こうの湿地帯とかさねてとらえるということが、村の創建者たちにもあったのではないかと思います。それというのも、理由があるからです。大岩塊が崩されるのとあわせて始まった折からの大雨で、湿地帯に溜まっていたものがすっかり洗い流されてしまうまで、そこは異様な悪臭にみちみちている場所だったと、祖母は話したのでした。冥府も、硫黄の臭いにみちみちている場所のはずです。

——この悪い臭いときたらば、まだ人間が猿であった昔からしておったそうな！と祖母はいっていたものでした。ともかくも山腹の間がふさがって岩と土の堰堤《えんてい》を生じて以来、その向こうにありとある汚らしいものが溜まってガスを発生させたのが悪臭の原因だというのでした。悪臭のガスは毒性をおびていて、発生源の湿地帯のみならず、そこを囲む乾いた斜面にも悪臭のガスのために草一本生えず、迷いこんだ獣はもとより、真上を飛ぶ鳥も、毒にあたって湿地帯に骨をさらしたということでした。森の緑の輪は、湿地帯から遠いずっと高みにあったのです。

悪臭は風に運ばれて、城下町を追われた若者たちと「海賊」の島の娘たちが、船を壊して造った筏を曳き、さらに川幅が狭くなると筏を分解して橇《そり》を造り、それに荷物を載せて、渓流の脇の杣道を登りつづけた間も、かれらのところへ届いていました。嫌な臭いのしてくる方向を避けて、別の行先へ向かおう、という提案も、若者たちや娘らの幾人もが出したといいます。

ところが「壊す人」は、ここでも「極端な考え方をする」人間の面目をあらわしたのでした。自分らはこの悪臭のよってくるみなもとへこそ向かおう、そこは他の人間らが避けて近づかぬところにちがいないから、むしろこの悪臭は安全のしるし、と「壊す人」はいったのでした。それでもこの悪臭のみなもとの場所で人が生きてゆけるものか、と反問されると、ともかくもそこに行きついてから悪臭の始末は考えようじゃないか、と「壊す人」はいったそうです。

さて大岩塊を爆破することを言いだした「壊す人」は、仲間たちを安全な場所に避難させさせると、ただひとりで火薬を装置しました。ところがその段になって、爆破に使う導火線が短すぎることに気がついたのでした。しかし勇敢な「壊す人」はそのまま導火線に点火すると、いっさんに走って川下の大竹藪に避難しました。そして大竹藪は、事実降りそそぐ石や土の塊《かたまり》からは「壊す人」を保護したのです。その点、「壊す人」の目くばりは正しかったのでした。ところが爆発の際に起こった火のつむじ風が大竹藪を燃えあがらせ、「壊す人」に火傷《やけど》を負わせたのでした。爆破の土煙が霧のように谷間を埋めているうち降りはじめた激しい雨は、大竹藪の火事も消して、やっと「壊す人」は焼死をまぬがれたのでしたが……

7

大竹藪で火傷を負って倒れている「壊す人」を発見し、避難していた仲間たちのところへ連れ戻ったのはオーバーでした。のみならずオーバーは「壊す人」の火傷をなおすために、真っ黒の膏薬《こうやく》を作りました。原料は、船の材木で造った橇で運び上げた荷物におさめられていたということです。やはり橇からおろした大鍋で、オーバーが島の娘たちを指導し、大量に膏薬を製造したのです。――大鍋の膏薬が残り少なくなったらば、作り足し、作り足ししてな、現に子供のあなたらが火傷をした際に塗る膏薬は、昔のままの大鍋で作ったものですが！　と祖母は話したものです。たまたま僕は、膝の火傷がなおったばかりでした。淡い桃色のきれいな傷あとの――村の膏薬は、どのように大きい火傷でも、汚い傷あとにしない、という近隣でも評判のあるものだったのです――ツルツルした表面を指先でなでながら、祖母の話を聞いたことを思い出します。

膏薬ができあがるまで、オーバーは全身に火傷を負っている「壊す人」を、勢いを加えた大雨のなかに立たせて、火傷を冷やし、かつは焼けただれた皮膚が癒着せぬよう心遣いした、ということでした。さらには「壊す人」が衰弱して、蚊のなくような声ながら発した指令を、仲間たちみなのために伝達もしたのでした。とりあえず、「番屋《ばんや》」を建築するようにと。

大岩塊があった場所から百メートルほど下方、左側に、いったん頸へ向けてせり出した山腹がしりぞいて展《ひろ》がる高みの、山ツツジに覆われた大きい岩棚の下に、床を組み丸太や竹を差しかけ、若者たち娘らが、これから永く続く――それを「壊す人」はあらかじめ知っていた様子なのでした――雨の日々をしのぐため急ぎ宿舎を設営するように、全身の赤い火傷を雨に叩かせて冷やしながら、小さな小さな声で「壊す人」はオーバーをつうじて指令したのです。

そして激しい雨なりに、長雨の始まりらしい、ゆったりした気配も加わってきた雨のなかで、寝床がしつらえられた、岩棚のいちばん高みの奥に、全身膏薬を塗りこめた

「壊す人」は横たわったのでした。「壊す人」はオーバーをつうじて仲間たちに指令を出し終わると、痛みのあまりに気を失って、その倒れかかって来る雨に濡れた身体を、火傷がさらにも痛まぬようオーバーはやんわり抱きとめて、近くの大きいモチの木の根方に運び、やっと冷えてきた膏薬を塗ってやったのでした。岩棚の奥で眠る「壊す人」は、真っ黒なミイラか、蛹《さなぎ》のようであったそうです。目の上には手拭いに膏薬を厚く塗ってのせてあって、さらにもミイラか蛹らしい様子だったということなのでした。

この間、「壊す人」が大火傷で死んでしまったのか、虫の息ながら生き延びつづけているのか、古くからの仲間の若者たちも、新しい仲間の娘たちもよくは分からぬままでした。オーバーひとりが、神棚のように一段奥の高みにしつらえた寝床の、真っ黒の「壊す人」の世話を、黙もくと行なったのです。五十日間降りつづける大雨の日々、ずっと……

8

まだ元気だった時分、祖母は、谷間の村の昔話をしながら、時どき聞き手の僕をトリックにかけようとすることがありました。つい僕が引きいれられて滑稽な思いちがいをすると、二人ともどもそれを笑って楽しもうとするつもりなのです。そのためにも、すぐさまこちらが思いちがいに気がつく、単純なトリックでしたが。五十日間雨が降りつづける間、山腹なかばに建てられていながら、「番屋」は高山の霧のなかにあるようで、その仮造りの大屋根を見通すことはできなかった、というような話の進め方が、僕をトリックにかけるための廻り道なのです。

　そういって僕に、大雨の激しさを納得させた上で、祖母は以前に話してくれていた、「番屋」は深い庇《ひさし》のような岩棚の下を掘り拡げて、そこへ丸太や竹を差しかけ壁をこしらえたものであることを思い出させるのです。仕方なく僕が笑いだすと、祖母も楽しげに声をあわせて笑うのでした。もっともこうした話の細部のくいちがいは、いま僕の考えるところでは、村の昔話自体にも、祖母が聞き覚えている段階ですでに、様ざまな語りかえがあり、むしろ祖母はそれらの多様な語り方を、すべて僕につたえようとしていた、ということであったのではないでしょうか？　いま僕はそう思います。

　このようにして祖母から聞いた話を、戦争の中頃から村に疎開して来ていた、アポ爺、ペリ爺というあだなの双子の天体力学の専門家にしたことがあります。このあだなの由来は、かれらが谷間と「在」の子供らのために開いたお話会での、月の軌道を説明する劇で、かれらが演じた月の遠・近地点の呼び名によるのでした。つまり、apogee と

perigee。学問のある他所者《よそもの》たちから、村の昔話をせせら笑いでもされたならと、あらかじめ武装しながら、つまり自分自身、ホラ話として受けとめているのだとして、僕は昔の火薬であの頸を埋めていた大岩塊が吹き飛ばされたという話をしたのです。ところが三十代後半であったはずであるのに、そろって高く額が禿げ上がり、カモノハシの嘴《くちばし》みたいなかたちの赤い唇をした双子の学者たちは、――いや、そういうこともありえたはずだ！　と声をそろえていったのです。そしてかれらは僕に、自分が選ばれた聞き手として覚えてきた昔話を自信をこめて話すよう励ましてくれたのでした。かつは双子の学者同士が、話し合いながら僕に説明する仕方で、そのありえたはずのところを示してもくれました。石を山積みにしてゆくと、その側面にクリティカル・ポイントというものがあらわれてくる。その場所に力を加えると、石の山全体が崩壊する。つまり山腹を埋める堰堤《えんてい》全体の、クリティカル・ポイントとして、大岩塊があったのだろう、というのがその説明だったのでした。

　五十日の大雨で幅の広い色とりどりの黴《かび》の層に覆われてしまった「番屋」で、ついにオーバーが、――明日こそは、雨があがるのであるから、始めねばならぬなあ、と静かな力のこもった声を真っ黒のミイラのような「壊す人」から聞きとったむね、みなに伝えました。そこで若者たちと娘らが勢いこんで取り囲むなか、しばらくすると「壊す人」は、蛹《さなぎ》が殻を破って羽化するように、乾いた膏薬の黒い瘡《かさ》を内側からパリパリ押し破って、火傷のあとのすこしも残らぬきれいな身体をあらわしたのでした。

9

五十日もの間、膏薬の真っ黒な表皮に覆われて、火傷《やけど》から恢復しようとつとめた「壊す人」が、新しい生命の活力をそのままあらわす、輝くような裸で立ちあがった時、仲間の若者ら娘たちは、意外なことが起こったという驚きはなしに、ただ胸が沸きたつような喜びを感じました。さらには次のような「壊す人」の言葉にふるいたったのには、やはり理由があったのです。かれらは数日来、その前触れをしだいにくっきりと感じとっていたのでした。

――追って来ておった者らは、大水で全滅したから、我らが明日から始める建設を妨害する者はない！ さあ、始めようや！ 我らはもう充分に休んだ！

実際、前触れは明瞭なものだったのです。湿地帯から堰堤《えんてい》の破壊された頸をへだてること百メートルの下方に小屋掛けして暮らした五十日間、若者ら娘たちを悩ませつづけた大悪臭がしだいに薄れ、十日ほど前からふと懐かしく感じるほどの臭いが、雨をはこぶ風向きの変り目ごとにわずかにブリかえす程度でした。雨の勢い自体も、この数日は草木を芽ぐませる春さきの雨ほどの柔らかさでシトシト降りつづけてきたのです。

翌朝は、夜明けから雨がやみ、さわやかな白さの雲に風が勢いをあたえて、みるみる青空はひろがりました。若者たちと娘らはひとりずつ組になって、岩棚の小屋掛けから出ました。雨の降りつづく五十日の間に、自然にその組合せができあがってゆくようだったのが、晴れあがった日に、それぞれみんなの正式に認めるところとなった、というふうに。笹にごりの水が、音をたてて流れている新しい川の岸まで、まずみんなは降りて行きました。それから岸づたいに、五十日前は大岩塊の堰堤が閉ざしていた頸を通りぬけて、これから谷間の村が建設される場所へと入って行ったのでした。

この「入城」に際して、若者ら娘たちが喜ばしく目にした眺めを、いま僕は明瞭に思い浮かべることができます。子供の時分、ほかならぬ自分の目で眺めた、直接の記憶のように。それも谷間の村の建設予定地へ「入城」する若者らと娘たちの、組になったふたりずつを、森よりも高い所から見おろす視覚の記憶として……

それはつづいての村の建設の神話を祖母に聞く際に、僕があわせてした、もひとつの経験と結んでいます。城下町を追われ船で浜づたいにめぐり河口から入って行くあたりは歴史の話であるのに、いったん悪臭のする道の行きどまりで大岩塊を爆破し、五十日つづく雨に降りこめられるあたりからは神話になってしまう、その不思議な逆行の印象を、むしろこころよく感じたことも思い出すまま、僕はいま神話と書くのですが……その村の建設され方を話してくれながら、祖母は、——一番はじめの村の眺めは、お寺の屛風に地獄絵として描いてあるから見せてもらえ、と住職に口ぞえしてくれたのでした。そこで花祭りとかお盆とかいうのではない、時期はずれの一日、ひとりで地獄絵を見に行っての、その強い印象が記憶をかたちづくっているのです。

10

地獄絵の、最初の印象からいうならば、それは大規模な火山の、火口原を俯瞰《ふかん》した眺めでした。しかし火口原ならば、そのもっとも高い所は剝き出しの山稜です。ところが地獄絵では、赤い山肌の上部が青黒い森につながり、森は広大にひろがって絵の上半分を覆っているのです。森の下方の、赤い山肌のつながって行くところは、あきらかに谷間の村の地形でした。焼けただれたような、代赭《たいしや》色の地面が剝き出しになっています。そしてそこいらじゅうで、濃い朱と淡い朱で描きわけた、水に揺らぐワカメのかたちの炎が立ちのぼっています。高い炎のもとには、筋肉の隆起と窪みが傷あとのように見える、フンドシひとつの若い鬼どもが、赤く短い腰巻の若い娘たちを追い廻しています。もっともこの光景は、むしろ両者が遊びたわむれているとも、心楽しい協同の労働にせいを出しているとも感じられたのでした。

子供ながらに僕は、この鬼どもと女たちは、谷間の村を建設した人びとだ、かれらが雨のあがった新しい土地に入って行なった労働のありさまを、この絵は記録しているのだ、と感じました。最初の印象でそう感じとってしまうと絵の様ざまな部分に描かれている情景が、祖母の話をかたちを変えて描き出したもののようで、僕はお寺の本堂脇の妙に縦長の部屋で、その長い辺にそって拡げられた屏風絵を前に、懐かしい気持こそすれ、恐怖心をそそられることはなかったのです。

森の暗い緑でふちどられた、巨大な赤い擂《す》り鉢《ばち》のような谷間に、堰《せ》きとめられていた湿地帯から、大雨が洗い出した土地を田にする。またその湿地帯から立ちのぼる悪臭のするガスが植物を立ち枯れさせてきた、森に到る斜面を畑とする。「壊す人」はそのような計画をたてて、仲間たちに率先して働いたのでした。

――急いで働け、休まず働け。その準備によく身体を休息させるため、大雨の五十日間があたえられた！　すでに仲間たちのひとりというより指導者格の「壊す人」は、周りに声をかけつづけたということです。「壊す人」には、はっきりした考えがあったのでした。大昔から今に到るまで、湿地帯からの悪臭のするガスによって、森から谷間に降りてこようとする植物の力は押しとどめられていた。それがいまや自由な勢いで降りて来る。解き放たれた植物の力によって、森からの斜面と、新しく出来た柔らかい平地がいったん占領されたならば、これだけの小人数で開拓することは不可能となる。その大きい不安が「壊す人」にはあったのでした。いまにも繁茂する植物の力に谷間の底まで閉じつくされて、ついには川べりのわずかな砂利原だけが残り、そこすらも勢いのよい蔓《つる》が縦横に這いまわり始めるのではないかと、「壊す人」は恐れるかのようでした。

——実際、その昔には森のきわは——と祖母はいったのでした——、いまよりずっと高い所にありましたが！　僕も祖母が話すとおりの、かつての谷間の地形図を、地獄絵に読みとるように思ったものでした。

11

「壊す人」は、湿地帯から悪臭をたてていたガスがもう立ちのぼらぬ以上、森のきわが谷間に下降してくる速度は大きいものにちがいないと、見てとっていたのです。「壊す人」は仲間たちの先頭に立って、大雨の流し残した倒木の根株やゴロタ石を整理して、耕地を造る仕事に汗水たらしながらも、その日の作業が始まる前の早朝と、終わった日暮前とには、ひとり森のきわに向けて登り、植樹して歩いたということです。早くも当時から「壊す人」には、仲間たちと建設する村のためにということではあるのですが、ひとりで働く性癖があらわれていたのだと思います。

山火事の際に、防火ベルトを設定し、こちらから火を放って、拡大してくる山火事の力に対抗する方法があります。「壊す人」は森の増殖してくる力に対して、やはりこちら側から、人間のコントロールする植林を行なってゆくことで、森の下限は村が決める、という態度を示したのだったでしょう。そのようにして「壊す人」のきざみ出した森の下限を越えて、永い時がたつうち増大する森の力は谷間に下降してきているのですが……

「壊す人」が、谷間からの決定として森の下限とした地帯は、谷間からどの方角に向けて森へ登っても、ほぼ同じ時間でそこに行きあたりました。高みで谷間を囲む水平な環《わ》のように、ずっとつないでウルシの木が植えられていたからです。巨木となったウルシは、やがて独自の技術を開発して栄えた村の製蠟事業に、豊かな素材を供給したのでした。しかし「壊す人」が抱いていた第一の構想は、まず森の力をそこで押しとどめることであり、つづいてはつないだウルシの輪で谷間を囲み、こっそり外側から近づいてくる敵が、ウルシにカブれることなしには谷間に侵入できぬようにするという、村の防衛のための考えであったのでした。

「壊す人」はウルシの他にも様ざまな種類の植林を行なって、すくなくとも僕らが子供だった頃までは、巨木となったその生き残りを谷間から森を見あげて指さすことができたのです。植林の総仕上げとして、「壊す人」は自分の楽しみのために、谷間の中央に突き出している山稜の突端に、一本のドロノキを植えました。

巨木となったドロノキの根方の谷間よりには、山稜を崩壊からまもっている広い岩鼻がありました。「十畳敷き」と呼ばれる岩鼻の、角ばったふちとドロノキは、谷間のどこからでも見えたものです。谷間から見あげると、ドロノキの幹は十メートルほどの高さで瘤をつくり、そこから折れているように見えましたが、森に登って見おろせば、幹は森の方角へ急角度で捩《ね》じ曲げられていたのです。

そしてそれは「壊す人」の毎日の「体操」の結果だったと、祖母はいうのでした。「壊す人」は夜が明けると「十畳敷き」に登り、谷間に異変が起こっていないかを見渡すのが日課でした。そのあと山稜の尾根づたいに谷間へ向けて助走すると、ドロノキを跳びこえて「十畳敷き」に着地する「体操」をしたのです。ドロノキが成長するにつれて、「壊す人」の身体自体も大きくなったのですが、ついには梢を跳びこえた勢いで谷間へ転落しかねぬことになりました。そこで「壊す人」は、ドロノキを跳びこえる際、梢を摑んで一回転し、岩鼻に着地する、という方式をあみだしたのです。

　年々ドロノキは成長して行きました。あわせて「壊す人」の身体には「巨人化」ということが起こったのです。祖母は「巨人化」の具体的な内容は説明せず――こうした時、祖母はいかにも神話を話しているのだという様子でした――、ただ「巨人化」された、つまり常識をはずれた大男になられた、とだけいったのですし、僕にはそれだけでよく納得できる気がしたのです。そしてドロノキの樹幹は、毎日「巨人化」した「壊す人」に強い力で引っぱられたあまり、十メートルほどのところで瘤をつくり、そこから捩じ曲がってしまう結果となったのでした。ドンドンドンと地響きをたてて助走して来る「壊す人」が、高いドロノキを跳びこえざま、曲がったところの瘤を摑んで一回転される、その「体操」は、――本当に勇ましいものであったそうな、と祖母は歌うようにいったものです。

12

はじめは仲間たちと一緒に働いていた「壊す人」が、村の建設が進むにつれて、自分ひとりその専属となるようにしてなしとげた事業は、植林のみではありませんでした。川すじをさかのぼって谷間に辿りついた際の、最初の働きが示しているとおり、「壊す人」は火薬の知識を持っていました――この働きでの失敗した側面をつうじて、つまり火薬をあつかうに際しての軽率な失敗から、かれの性格のマイナス面も示されたわけでしたが――「壊す人」はまた植林に加えて、水産にも知識と興味を豊かに持っていた様子なのです。

爆破の際に深くえぐられた岩盤の窪みに流れこむ川は、頸の脇に淵を造りました。そこにたたえられた水が流れ出す、すぐ川下は岩盤が露出したままの広い浅瀬です。その両脇に、「壊す人」がノミできざんだといわれる溝があります。その浅瀬と溝の一帯は、僕が子供の頃も「大簗《おおやな》」と呼ばれていました。それは「壊す人」が、大岩塊の爆破の際に避難して、逆に火傷《やけど》を負った大竹藪の竹を伐《き》り出《だ》し、簗をつくって川魚をとる装置を仕掛けていた場所だからだ、ということなのでした。

湿地帯から黒い水がしみ出していた間、ずっと下流まで、この川に川魚はいっさい棲んでいなかったということです。ところが大雨の五十日の後、谷間の底を清冽な川が流れるようになると、まだ川水が雨の影響で笹にごりしているうちから、数多い岩魚《いわな》とアマゴが湧き出していたというのです。川面には、朝早くと夕まずめに、これも湿地帯からガスが立ちのぼっていた間は一匹もいなかった羽虫が濃く飛びかいました。そしてよく肥った川魚がジャンプして羽虫を捕える様子が、村の建設に励む人びとの目についたわけなのでした。

新しく生まれたばかりの川に、どのようにして岩魚とアマゴの大群が現れたのか？「壊す人」は、それを次のように説明したということです。この森のなかの盆地を川が流れていなかった間も、それはただ地表においてそうだったのみで、地面のなかを鏡の川は流れていた。そこには岩魚とアマゴが群れていた。いま地表にあらわれた川に、鏡の川から岩魚とアマゴが移って来たのだ。鏡の川に蓄えられている魚の量は無限に近く、地表の川から魚が失われれば、つねに一定量を保つだけの魚が移って来る。川虫も羽虫も豊かにあることだし、自分らが「大簗」で岩魚とアマゴをいくら捕えたとしても、水産資源が涸渇するということはない……

実際「大簗」は、村の建設期に連日重労働する若者ら娘たちにとって、重要な蛋白源となったのでした。海につながる下流から鰻も登って来るようになると、「大簗」脇の二本の溝にジンドーという鰻とりの装置が沈められました。つづいて「大簗」から川上にかけて鯉の養殖すらも行なわれたのです。村の食糧計画において、「壊す人」は川魚の豊富さにすみやかに注目して、成果をあげたのでした。「大簗」が造られてしばらくは、その脇に小屋掛けして暮らしながら、川魚漁の装置に目をくばったともいいますから、「壊す人」はもともと魚をとることが好きな若者だったのでしょう。「大簗」にはまた別の機能もあったのですが、ともかくその時期、「海賊」の島育ちのオーバーは川魚漁にせいを出す「壊す人」に影のようによりそって、装置の改良に協力したともいわれています。いまでも僕の谷間の村では、川魚漁の場合、溺れぬようにと男と女ふたり一組で川に降りるのです。

13

「大簗《おおやな》」の川漁装置は成果をあげて、谷間に建設された村の食糧計画に、永年にわたる基礎をあたえました。しかし五十日の大雨があがって、建設が始まった直後は、岩魚《いわな》やアマゴが新しい川に充ちていることに気がついても、「大簗」の装置はなかなか追いつかなかったでしょう。かつは運んできた食糧も、五十日間の雨ごもりで底をついていたはずです。それを考えれば、建設のはじめの時期、働く若者らと娘たちが、蛋白質としてはサワガニ、炭水化物としては森のきわの斜面で掘りとるヤマイモを食糧とした、という話は、そのとおりだったろうと思います。まずサワガニは、五十日の大雨の後、まだ草木は一本も生えていない代赭《たいしゃ》色の地面を、さらに真っ赤に染めるようにして無数に湧き出したのでした。

サワガニを捕え、茹でて石臼でつぶし、ヤマイモをつないだ団子。僕が子供の頃にも祭りなどに食べたものですが、村を建設する若者らと娘たちはそれを毎日の主食にしました。サワガニが役に立ったのはそれだけではありません。湧き出したサワガニを捕食しようと森から降りてくるオナガなどの野鳥や、イタチほかの小動物、そして時には猪までもを、若者らのすばしこい者らは捕えて食糧としたのです。サワガニは村の最初の時期の食生活を、全面的に支えたのでした。

さきに僕がひとりで見に行ったことを書いた地獄絵に、筋骨たくましい鬼どもが、かれらの掌よりも小さい頭をした亡者たちを臼にいれ、杵で突きつぶす光景もあったのでした。谷間の地獄絵が創建期の村での労働の過程を反映するとすれば、これは直接サワガニをつぶして団子をつくる光景であったにちがいありません。臼の周りの、朱の濃淡で描き出される、突きつぶされてグシャグシャの四肢の山は、団子にまるめられる前の、つなぎにまないいたの上のサワガニにも見えたのでした。

ヤマイモについていえば、それはすでにいったとおり、サワガニの団子のつなぎにするものでしたが、その採取はサワガニをただ拾い集めるのとはことなって、骨の折れる仕事なのでした。森のきわに自生しているものを一本掘り出せば、若者ら娘たちの全員の一度分の食事をまかなえるほど、よく発育したヤマイモでしたから、まるごと損なわずに収穫するためには、大きな穴を掘らなければなりません。そしてその穴掘り作業から、人びとは村を建設する途上の仮住居について、新しい着想を得たのでした。

かれらは森のきわの斜面が、横穴を掘り進めるのに適当な場所だと考えたのです。つまりヤマイモを一本掘り出した穴をさらに拡大すれば、人が住まうことのできる洞穴となることに気がついたのでした。そこで大雨の五十日間のつづきで、岩棚に小屋掛けした「番屋」で共同生活していた人びとが、若者ひとり娘ひとりの組になって、自分らの個人の住居を森のきわに掘り出し、移り住むことになったのです。

森のきわに並べて掘られたそれらの穴のなごりだというものは、戦争の時期まで残っていたものです。入口をふさいでいる板を剝がして、周りを掘り拡げると、思いがけず乾いたカビの臭いのする穴が奥深くあらわれました。食糧難で飼いつづけられなくなり、森のきわに棄てられた幾匹もの犬が野犬化して、これらの穴に棲んでいるという噂もあり、僕らはヤマイヌと呼んで恐れたものでした。

14

森のきわの穴を個人の住宅として暮らしはじめた創建者たちの、第一年目の耕作物はソバでした。「壊す人」は横穴の住居の脇から、まずその側の山腹の斜面と、ついで川向こうの山腹の斜面へと、淡い緑の葉のベルトをつくり出すようにソバを蒔《ま》かせました。それからソバのベルトを二重三重にかさねて、しだいにその山腹をつなぐ輪を下方へ進め、しまいには川のほとりにまで到らせたのでした。種子を蒔いた日のズレにしたがって、いくらかずつ開花の時期のちがうソバの花が、森のきわにはじまって谷間の底へと、淡い桃色と白の波だちをつたえて、——それはきれいな眺めでな、「壊す人」はそのようにして、きれいなソバの花の文様で、森のきわから谷間の平地までの耕地を、いくつもの層に分けられたのであるそうな、ゆくゆくは土地を分配しなければならぬから、と祖母はいったものでした。ソバの畑を層に分けた境界のしるしとしては、まっすぐな線条を描いて大豆が植えられました。ソバと大豆の葉と茎は、かつて耕されたことのない土地に滋養をあたえるためのものでもありました。さらにはすぐにも来る冬にそなえて、横穴の住居を暖かくするために、乾いたソバガラ、豆ガラは大量に必要であったのです。

若者ら娘たちが、大雨の洗い出した土地の整備に始まって最初の耕作に従事していた間、「壊す人」はそのプログラムを作り、先頭に立って実行に移しもしたのでしたが、いったん日々の仕事として開墾と農耕が進行し始めると、さきにいったように、しだいに専門的な仕事にひとりたずさわるようになりました。年をへるにしたがってあからさまになった孤独癖を、「壊す人」はもうすでに若い頃から示していたのです。もっとも祖母はそれが、城下の無法者だった頃からの性格ではなく、火傷《やけど》をして身体じゅう真っ黒に膏薬《こうやく》を塗り、岩棚の小屋掛けの奥で死んだように横たわっていた間に身についてしまったもののはず、というのでした。——誰でも五十日もミイラか蛹《さなぎ》のようになってじっとしていなければならないならば、人間嫌いにもなるやろう、と……

しだいに、ひとり自分だけで仕事をする方向に進んでゆく「壊す人」が「大簗《おおやな》」の整備と植林、それに自分らの新世界に異変が起こっていないかと見廻ることをかねた朝の体操に加えて、とくに植林が順調に行くようになってから情熱をそそいだのは、「百草園」の整備でした。野生の植物に自分も詳しかった祖母のいうところでは、「壊す人」はもともと食用になる青草を集めて、菜園のモデルを作るのが目的だったらしいのです。つづいて薬草が多くの種類栽培されて、谷間に発生する病気から人びとを救いました。薬草にあわせて毒をふくんだ草も育てられ、それは「壊す人」の神話に重要な役割を果たすことにもなります。

子供の頃、谷川沿いに「百草園」跡まで登って行くと、われわれの地方にはめずらしい灌木の実・草花が幾種も見つけられたものです。

15

「百草園」を育てあげた人間としての「壊す人」を考える時、周りの人びとに対して閉鎖的な、かたくなな性格というよりは、ある優しさを僕は受けとめていました。それは谷間の人間みなにいつまでも分けもたれていた感情でもあったと思います。毎年秋のはじめには、谷間の女の子たちが「百草園」跡へ連れだって出かけて、大きい根株から幾本もの捩《ね》じ曲がった古い幹が出て、そこからの新しい枝が藪のような茂みをなしている「壊す人」以来の木から、ムラサキシキブの実を採ってきて、髪かざりにしたものでした。そのような場所としての「百草園」を造り出し、ひとり管理した「壊す人」が、晩年になるにしたがって、ある異様なきびしさの人間となってゆくことに、話を聞きながら僕は悲しみのこもった驚きを感じてもいたように思います。

「壊す人」が僕に奇怪な圧制者の印象をあたえた最初は、祖母の話してくれる「壊す人」の仕事のうち、魚をとるのとはちがう、もうひとつの、「大簗《おおやな》」の役割に話がおよんだ時でした。祖母はその話を、定まり文句を唱えてから谷間の神話や歴史の話をするいつもの仕方とはちがうやり方で話したのです。

祖母がその話をしたきっかけとしては、まず村での、盆の灯籠《とうろう》流しの特別な風習がありました。谷間の中央にかかった橋のたもとから降りた川原に、浴衣で集まった子供らが、細い木組みに紙を貼った舟に、蠟燭《ろうそく》の灯をともして流します。かつては全国に知られた晒蠟《さらしろう》の産地として、古い家には手延べ蠟燭が残っているのです。それを短く切って舟の底の釘に固定した灯籠舟は、明らんでゆるゆると流れ、頸の大きい淵に集まって燃えつきます。「大簗」の浅瀬へ流れ出ないように、水面には網が張り渡されているのです。

もともとは「大簗」に造られた芝や笹の装置が、網の役割を果たしていたのでした。それは川魚をとるためのものであるよりは、むしろ「大簗」から下流に谷間の人間の生活痕跡をあらわすものが流出せぬよう堰《せ》きとめるためだったのでした。装置の大がかりな次つぎの改良のために、労力の提供をもとめられた仲間が、開墾だけでも大仕事なのに、と不満をあらわすのを、これで魚がとれるのだから楽しみじゃないか、となだめたのはオーバーだったということです。ある盆の灯籠流しの晩に、祖母は子供の頃の思い出話をするように、そう話したのでした。「大簗」が建設された後、しばらくは「壊す人」がその脇に小屋掛けして、川魚の漁を管理しました。しかし「壊す人」は、仲間たちが不用意に川へ流した品物をさらえとって、いちいちその不心得者をつきとめることに精力を使うようだったのでした。土地を整備して行く過程でも、地獄絵にあったとおり、若者らと娘たちは大雨が流し残した木の根の類を焼却しなければなりませんでしたが、火をつける前に、いつも「壊す人」がドロノキの根方の「十畳敷き」に登って、谷間から煙を立てていい気象かどうかを調べたのでした。煙をすぐにかきみだす風が森で吹いている日・吹いている時刻にのみ、焼却作業は行なわれました。幸いなことにそうした風の吹くことが多い地形でもあったのでしたが……

「壊す人」は、谷間に新しく建設された村に自分らが隠れ住んでいることを、下流の村の人びとや山仕事に入る杣人《そまびと》らに発見されてしまいそうなふるまいをした仲間に対しては徹底的にきびしい、村の警察機関の役割を担当するようにもなって行ったのです。

16

このようにして谷間の新しい土地に、しだいに「壊す人」を指導者の役割に押しあげながら、村が建設されて行きました。祖母から話を聞くうちに、——まったくこれは永遠のようにも永い、それを考えると目がくらみそうになる！　と僕はしばしば感じたものです。それでいてまた祖母の話には、あっという間に村が作りあげられ、人びとの住居が森のきわの横穴から、川に沿った道の両側に建て並べられた家となり、しかもそれらは古びて、川すじをさかのぼって大岩塊に到った若者ら娘たちは年をとり、かれらの子供らや孫たちの世の中になっていった、という印象もあるのです。その上で、新しい大事業が、やはり「壊す人」の指導のもとに行なわれることになった、というように、僕は祖母の話を聞きとったのでした。しかもその大事業から「壊す人」の毒殺にいたるまでの話は、僕がもっとも昂奮して聞いた、村の創建期をしめくくるエピソードだったのです。

ある年「壊す人」は、新しく作られたというよりもうすでに古びてさえいる村で、それぞれに家庭を作り、子供や孫に囲まれて暮らしている、かつての若者仲間を次つぎに招集しました。この話で僕をまず引きつけたのは、「壊す人」と仲間たちがみんな百歳を超えていたということでした。そしてかれらはみな「巨人化」していた、ということなのでした。

村創建のそもそものはじめ、五十日の大雨を耐えしのんで火傷《やけど》を癒した「壊す人」が、真っ黒な膏薬《こうやく》の蛹《さなぎ》を破って、きれいな白い身体に戻った時、早くもかれの身長は常人のサイズを超えはじめていたといいます。その勢いでぐんぐん「巨人化」して行った「壊す人」につづいて、他の仲間たちも、村を建設するための労働をかさねるにつれて、やはり「巨人化」して行ったのでした。

この世界ができあがって以来の悪臭をたてていた湿地帯から、五十日の大雨が洗い出した土地には、そこを真っ赤に染めるほどのサワガニが湧いたのでしたが、それは新しい土地にはらまれていた力によるものだった、と祖母はいいました。それと同じ力のみなもとから、この土地で地獄絵の鬼と亡者のように、全裸に近い恰好で立ち働いた創建者たちにエネルギーが浸透して、かれら彼女たちは百歳を超えても体力を失わず、その身体は「巨人化」していたのだ、とも祖母は説明したのです。

「巨人化」ということがどれくらいの規模であったのか祖母に質《たず》ねた際には、谷間から見上げればいつでも見えるドロノキが目安になる、という答えでした。「壊す人」が毎朝の「体操」に、谷間へ突き出ている山稜を助走して跳びあがり、一回転して谷間にドシンという音を鳴り響かせて岩鼻に降りる、その回転のために掴んだドロノキが――いま生えているものは実際のそれの二代目であるけれども――具体的に参考になるというのでした。ドロノキは巨大で、葉の茂りの盛りにはその根もとの岩鼻の「十畳敷き」は、晴れた日も湿っていて乾くことがないといわれているほどでした。ふたかかえもある樹幹の、十メートルほどの高さで折れ曲がっている箇所の瘤に手をかけて、「壊す人」は回転したのです。それは「壊す人」がゆうに木と同じ高さの大男であったことを示すでしょう。その「壊す人」にならうように、村を創建した仲間たちみなが、やはり「巨人化」していたのでした。

17

さらにもうひとつ「壊す人」と、その指揮のもとに労働する、百歳を超えているが壮健な男たちの、「巨人化」した体力の規模を、納得させる場所がありました。そこに立ってみると、祖母が時にはふざけた滑稽譚のようにして話した「巨人化」ということを、あれは本当にあったことだと信じられるようであったのです。谷間から登って森に到れば、「壊す人」が「巨人化」した仲間と行なった大事業の、いまに残っている遺跡が見られたのでした。ここで遺跡という言葉を使うのは、「壊す人」らの土木事業の造り出したものが、いったいどのような用途のものであったのか、今となっては推しはかりがたいからです。そこを舞台に行なわれた、夢のようにはるかな気持のする出来事の話は、祖母から聞いていましたけれど……　遺跡とはいいながら、しかしその大きい石組みによる構造は、およそ谷間の村にこれまで建造されたいかなる建物よりも堅固に残っていたのでした。

　森のきわから奥へ入りこんで行くと、敷石道にぶつかります。まだ国民学校にあがる前から、僕らは誰もが驚異の念とともに、この敷石道を見に行ったものでした。幼い子供だけでもこの敷石道までは森に入って安全で、逆にそこから向こうへ入ることは大人でもひとりでは危ないといわれていたのでした。敷石道が大人たちの間では「死人の道」と呼ばれていることと、このような敷石道は谷間の村独得のものだと、はっきり僕が教えられたのは、戦争になってからで、先にいった村に疎開してきていたアポ爺、ペリ爺というあだなの、双子の天体力学の専門家が実地調査して、国民学校の大教室で行なった「死人の道」講演会によってでした。

　盆地を囲む森へ、川の北側斜面を東に登ると、「死人の道」はきわめて大きい楕円の周をなして、ほぼ川すじの集落の長さに見合うだけ、水平に延びています。敷石道は道幅こそ一定でないが、縦に計測しても横に計測しても、完全に水平に築かれているそうです。それがじつに高度な幾何学の知識と土木工事の技術によるものだと、学者たちは講演したのでした。

　この講演があった夜、僕は谷間の底にある自分の家の寝床で——たまたま満月の夜でしたが――、天井と屋根を透して、盆地の真上の天の高みから、巨大な目が見おろす様子を空想したものでした。そのうち夢を見るようにして、僕は天上の大きい目と自分とがひとつにかさなるのを感じとったのです。真上から見おろすと、満月の光を反射する「死人の道」は、まさに白く光る水の帯です。僕は自分の目でそれを見ているように、想像したのでした。月に光る敷石道は、谷間を流れる川と平行な、もうひとつの川で、ふたつながら天の高みの巨大な目のための、標識として建設されたのではないか、とも僕の夢想は展開したのでした。村からいえば他所者《よそもの》である二人の科学者たちは、この建造物が示す高度の知識と技術について詳しくのべながら、しかしこれがどのような目的のために建設されたかはわからない、といいました。昔からの言いつたえがあれば自分たちに教えてもらいたいと、講演の聴衆に問いかけ、シーンとした沈黙のみがそれにむくいたのです。

その時、僕はもし科学者たちが、この敷石道が誰によって建設されたのか、と質《たず》ねたのだったら、すぐに答えることができたのに、と残念に思っていました。年をとるうちに「巨人化」した「壊す人」と、その仲間たちが建設したのだと……　もっとも「死人の道」の大事業の頃には、もう「壊す人」はかつての城下の無法者仲間を、自分と対等の間柄だとはあつかっていなかった様子なのですが。

18

百歳を超えて「巨人化」した「壊す人」は、もう「大簗《おおやな》」の脇の小屋で川魚漁の監督をしたり、「百草園」で新しい耕作物や薬草の研究をしたりというかたちで、昔の仲間たちと接触することはなくなっていました。ただ毎朝山稜を走ってドロノキの瘤を摑んで一回転し、岩鼻の「十畳敷き」に跳びおりる音を谷間に響かせるだけで、それでも村の人びとは、その隠れた影響力を感じつづけていたのでした。したがって、その「壊す人」から、子供に孫、なかには曽孫《ひまご》まで一人前の働き手となった、大家族をなして暮らしているかつての仲間たちのところへ連絡が来た時、かれらはすぐさまそれに応じたのです。

「壊す人」がわざわざ連絡をよこしたのはなぜであったか、と祖母は説明を加えたものですが、この頃の「壊す人」は、谷間で平和な家庭生活を築きあげている昔の仲間たちからは離れて暮らしていたからだ、というのです。その頃「壊す人」は森の奥に、オーバーと二人で住んでいたのでした。それでも毎朝早く「壊す人」のたてる、山鳴りのような音を聞かぬ日はないのですから、誰も「壊す人」が身辺からいなくなった、と感じることはなかったのでした。しかも「体操」する「壊す人」に面と向かうことは避けて、誰もその早い時刻には、山仕事に出て行こうとはしなかったというのです。それは僕が子供の頃にもひとつの習慣に尾を引いていました。夜明け方に雷鳴がとどろくと、――今日は「壊す人」が走っておられる！といって誰もが家にこもったのです。

森で暮らす「壊す人」は、もう谷間の人間の使う言葉ではなく――祖母は森の言葉・谷の言葉といったのでしたが――、この盆地の土地の精霊にしか通じないような言葉で大声にひとり言をいいながら、原生林のなかを休みなく歩き廻っているといわれていたのでした。

森のなかでの暮らしで、「壊す人」とオーバーは食物をどのように調達していたのでしょう？　祖母は昔話をしながら、おたがいに矛盾するふたつの話をして平気でしたが、この場合も祖母は、時によって別の言い方をするのでした。まずひとつは、ドロノキを跳び越す「体操」が終わる頃を見はからって、順ぐりに当番になる谷間の女たちが、森のきわから入って、「壊す人」の食事場と呼ばれていた、湧き水の脇の平たい石に食物を運んだ。「壊す人」はもとよりオーバーも、並の人間の大きさではなかったから、必要な食物の量も相当なもので、当番は谷間の女たちに苦しい負担だった、というのです。

一方では、「壊す人」がオーバーと食糧を自給自足した、と祖母は話しました。まだ谷間での農業生産が充分でなかった時分、「壊す人」は森で「天狗の麦めし」という、食用になる土を採取して仲間に食べさせたということですが、いまはもっぱらそれを常食にしていたというのです。さらには、野生の植物から食用になるものを選ぶのは「壊す人」の得意なところでした。森の深みには鞘と呼ばれる沢が開けていて、その真ん中に森の地面から発して森の地面に没する、短い川が流れているのですが、そこでアメノウオをとって蛋白源にしていたともいうのでした。「壊す人」は晩年までそのように質素な暮らしをしていたのに、谷間の人びとが今や、ぜいたくとはいわぬまでも豊かさをもとめるようであるのが、「壊す人」には不満だった、とも祖母はいいました。それも創建者の次の世代、次のまた次の世代たちは、谷間の村の安定した農耕生活のなかで育った者らとしていたしかたないが、老人となった昔の仲間までがその風潮を許しているのはどういうことだと、「壊す人」はついに腹を立てて、裁判をとりおこなうことに定めた、そして森の高みから連絡をよこして、かつての仲間たちをひとりずつ召喚したというわけです。

19

召喚の使者に立ったオーバーは、自分が「海賊」の島の父親に手配を頼んで連れてきた娘たちがみな、創建者の若者たちと結ばれ、子供を生み孫、曽孫までを得ている者もいるのに、「壊す人」との間に子供は生まれず、それだけ百歳を超えてもなお若わかしく見える人だったということです。

　さて、召喚にあたってオーバーは、いつも日が暮れてから谷間へ降りてきました。そして召喚される創建者の家の戸口に立ち、聞こえるか聞こえぬかの小声で、「壊す人」の使いで来たことをいうのでした。そして家に迎えいれられても、決して土間から上がらず、縁側に腰をおろしもせず、家の女たちに、アー、アーという嘆声をあげては話をするのでした。「壊す人」は、ああいう気性《きしょう》の人間であるから、思い立ってしまうと、考えをあらためたり帳消しにしたりはしない、私にはどうすることもできない。だからといって森を越えて逃れようとしても、そこは「壊す人」がいちばんよく知っておる場所であるから、その目をまぬがれることはできぬだろう。やはり明日の朝には、森のきわまで登って来てもらわなければならない。アー、どうしてこのようなことが始まったのかなあ、アー、谷間に村が作られて以来、こうした裁判のようなことは決して行なわれないで時がたってきたのになあ、とオーバーは嘆きに嘆くのです。そこで、やはりアー、アーと嘆いて話を聞いていた、召喚される創建者の家族の女たちの方が、オーバーを元気づけて送り出さねばという気持になるのでした。そうでなければ土間に立ったまま、悲嘆のあまりに息が絶えてしまいそうであった、と祖母は話しました。

　召喚される創建者の家の女たちも、当然にそれを嘆いたのでしたが、当の召喚される本人は、むしろ永い間ついには逃れることができぬとして予期していたことが、とうとう起こったという様子で、知らせを平静に受けとめて、身の廻りの整理をし、いつもより早めに床についたということです。翌朝は夜が明けるか明けぬかに、森のきわへ登って行かねばならないのであったからです。また創建者の家の男たちは、それも若い者らは、祖父あるいは曽祖父にふりかかった、避けられない災難を家の女たちと嘆くかわりに、翌朝自分たちが果たさねばならない使命に緊張して、夜を過ごしたのでした。かれら若い男らが召喚された創建者を、森のきわへ送って行って、「壊す人」による裁判に立ち合うはずであったからです。

　祖母の話には、こういうところにしばしば時の流れとしてつじつまのあわない所があったのですが、自分は、「壊す人」の裁判に立ち合った若い人らが年をとってから、こういうのを聞いたことがある、と話すのでした。若者らが、その祖父または曽祖父について夜明けがたに森のきわへ登って行くと、湧き水の脇の「壊す人」の食事場に、大きい古びた樹木のような人間が待っていたそうです。若者らの祖父または曽祖父はみな「壊す人」の前に出ると、どうしても頬笑んでしまい、かつべソをかいてしまうという表情になりました。いかにも懐かしく、敬愛している相手から、いま糾弾されていることへの思いがあった、というのでしょう。ところが「壊す人」はケンもホロロな表情で、個人的な親しみはいっさい受けつけないのでした。そしてすぐさま始められる裁判の、「壊す人」による論告は、いま召喚され告発された創建者が、最初に谷間に入った時から、その時現在にいたるまでに、村の全体を危機におとしいれかねぬふるまいをした、それをいちいち数え上げることとでした。

——話を全部聞いてしまわれるとな、どの創建者も、「壊す人」のいわれることは、なにもかも本当にあったのであるから、弁明も反論もできるものではないとな、そのとおりであったと頭を垂れて罪に服されたそうな、と祖母はいうのでした。裁判に立ち合うて、脇で聞いておる若い人らはな、「壊す人」の話のひとつの区切りごとに、うん、こういう出来事があったのかというてな、昔の歴史を勉強してゆくようであったそうな。村が出来上がってゆく間には、まだ咎められんでもよかったほどのことがな、いったん村の基礎がかたまったのちには、やはりちゃんと始末しなければならぬとな、納得したそうな。それは仲間同士の感情ではどうすることもできぬ、裁判におよぶほかはないものじゃと、法律を勉強してゆくようでもあったそうなよ。

「壊す人」の裁判の判決は、誰に対しても終身禁錮・重労働でした。刑のきまった創建者は、家族の若い男らを谷間へ降ろして、自分ひとりは森のきわの、村のはじめにかれらが穴居《けっきょ》生活をした思い出を持つ横穴に住みついたのです。そして森の奥から出て来る「壊す人」の指図のままに、先に召喚された者らが続けている「死人の道」建設の大事業に参加したのでした。そのうち創建者たちのなかでもなお召喚が来ない人たちは、なんらかの理由で自分は仲間はずれにされたのか、そもそも「壊す人」の記憶から自分はすっかり脱け落ちてしまっているのかと、寂しく落ちつかぬ思いにとらわれたということです。そこでとうとう誰よりも遅れて、最後に召喚された創建者などは、喜び勇んで裁判を受けにおもむいたほどで、それを迎える「壊す人」は、やはりその祖父または曽祖父の裁判に立ち合った若い男たちの話では、まったく恐ろしい不機嫌さであったそうなのでした。

20

「死人の道」を建設する石材の石切場は、森のなかに開けた沢、鞘の東側斜面でした。石を切り出した跡は子供の時に見たことがあります。アポ爺、ペリ爺の二人組に引率されて、みんながお互いを結びつける赤く染めた凧糸を持ち、森深く「探検的遠足」ということをした際でした。全体に苔むしてはいるのですが、鋭い岩の切断面が露出している、その範囲は大規模で、僕は、「死人の道」の石の量の厖大《ぼうだい》さを思ったものでした。

アポ爺、ペリ爺たちは、石切場の発破技術も高度なもので、これならば大岩塊の爆破もうなずける、といっていました。他所者《よそもの》の学者であるアポ爺、ペリ爺が、当の爆破に始まって、切り出した石を運ぶ工程を、森のなかに残っている石運び道のあとから組み立てるようにし、それに加え「死人の道」の設計と施工自体についても、「壊す人」へ大きい尊敬を抱くようであるのを嬉しく思ったものです。

「死人の道」の水平な表面がはっきりあらわしている方向は――いま僕は天文学の知識の不足から、その時よく納得したアポ爺、ペリ爺の黄道《こうどう》に関わる説明を復元できないのですが――、この二人の天体力学の専門家によれば、永年の天体観測によって割り出された、単純だが意味深い角度だということなのでした。その説明につづいて、アポ爺、ペリ爺がいった不思議な言葉を覚えています。――この角度をあらわす道は、谷間での人間の生活には、直接的な意味をもたぬとしても、宇宙から飛来した、意識をそなえているものには、はっきりした意味をつたえるのではないか？　いまも僕は、人工衛星から地表を写した写真の詳細な解読について読むたびに、谷間周辺の衛星写真を手に入れたいと思います。それというのも、南米のジャングルの巨大建築の衛星写真による眺めは、まさに宇宙から飛来するロケット乗組員への信号のように見えたからです。

　さて鞘の石切場から運び出した大きい石を、しっかり築いた土台に、「壊す人」の引いた線のままに積みあげて行く、その気骨《きぼね》の折れる重労働に、身体は「巨人化」してなお壮年の精力は保っているにしても、百歳を超えている老人たちが、三年間にわたってしたがったのでした。日が暮れて手もとが暗くなるまで働き、それ以上働くことができなくなれば湧き水のところで身体を洗い、谷間の女たちが炊き出しをして運んできている夕食をとる。そして森のきわに掘られた横穴の住居へ眠りに戻るのです。重労働・終身禁錮の囚人ではあるにしても、「壊す人」より他に見張っている看守はいなかったのですが、老人たちは、谷間からの灯火が家族たちの団欒を偲ばせる自分の家に戻ろうとはしなかったのでした。

——丸三年間も、創建者らは家に戻られることがなかったということなのやが、と祖母はいったものでした。それで谷間の女らは、大変な負担であったけれども、死んでしもうた家長に供えるつもりで弁当を運んでおったのやそうな。それでも翌日行ってみたらば、お供えした弁当はみな食べてあるのやった……

21

——三年間も森のきわで寝起きして、しかも森に入ったすぐのところで建設作業をしておるのならば、自分らの祖父《じい》様《さま》やら曽祖父《ひいじい》様《さま》やらを、どうして谷間の若い者や女らは、見舞いに行かなかったのかなあ、とある日僕は質《たず》ねました。

——石の道造りがなにもかも終わる以前にな、谷間の女たちが、湧き水のところにかたまって、作業場で監督しておられる「壊す人」に嘆願してな、この冬ばかりはどうか、家長のみんなを家に戻して暮らさせてくださいとねがわれたそうな。例年にない寒い冬のはじまりで、このまま森のきわの横穴で寝泊りしておってはな、年をとった人らが凍え死にされるのじゃないかと、心配してのことであった。そもそもはオーバーがそう考えられたが、自分から「壊す人」にねごうたのでは聞いてもらえぬからと、やはり日が暮れてから谷間に降りてきて、相談されたのであったそうな。そこで谷間の女らが湧き水の脇まで登って、木立の向こうの「壊す人」にねごうておると、「若い衆《し》」らが血相かえて追いかけて来てな、女らを散らされたそうな。「若い衆」らはみなそれぞれに、自分らの祖父様や、曽祖父様の裁判に立ち合った者らでな。創建者らは終身禁錮された身分で重労働するほかには、谷間に村を建設して以来おかしたあやまちをつぐなうことはできぬのや、というたのであったそうな。

あやまちをつぐなうことなしに向こう側へ行ってしもうたならば、せっかく新天地を造り出した自分らの一生がなんのためであったのか、それがわからぬことになる。それでどうして向こう側へ清すがしい気持で行けるものか？「壊す人」は、創建者の仲間みなと安心して向こう側へ行くために、その準備として石の道の建設を始められたのじゃと、そういうて叱られたのやそうな。創建者の子供で、もう老人になりかけておる者や女たちじゃなしに、孫や曽孫の若い人らがな、「壊す人」の気持をいちばんよう汲みとって「死人の道」の事業を援護したのであったと。

ついに創建者たちの建設事業が完成する時が来ました。仕事が始まってから丸三年が過ぎた、春分の日の前日のことでした。森のきわのあたりから、ワーッというときの声があがったので、これは事業が終わってとうとう創建者らが谷間に降りて来るのだと、女たちはもとより、「壊す人」の意図によくしたがおうとした「若い衆」らも、あくる日の春分の日は、晴着を着て、ご馳走も作って待っていました。ところが夜になってもなんの音さたもないのです。そこで「若い衆」らの代表幾人かが、夜道をたどって森のきわの横穴まで行ってみました。しかし横穴の奥に人の眠る気配はない。茂みのなかを這うようにして、できあがったばかりの「死人の道」のすぐ下手まで登ってみると、全体が水平な敷石の道の上を、服装をただした創建者たちが、「壊す人」を先頭に、ゆっくり歩調をとって行進している。その眺めが、月の光に見えました。それは不思議な行進で、こちらの湧き水の脇の敷石の道の起点から出発した行列が、月の光にかすむ向こうの端に行きつくと、いつの間にか、また行進はこちらの起点を出発したばかり、というふうことになるのです。そのようにして幾度《いくど》も幾度も行進するうちに、創建者たちの足は、月の光に淡く照り出した「死人の道」から、少しずつ浮かびあがる具合なのでした。そしてさらに幾度目かの行進で、「壊す人」を先頭にする創建者らの行列は、ゆるやかな勾配をなして、霧が白く光っている空中へ昇って行ったのです。その時になって「若い衆」らは茂みから跳び出して、嘆き悲しむ声をあげたのでしたが、行列に届く気配はなかったのです……

その翌日、オーバーが谷間へ降りてきて、起こったことを報告しました。「壊す人」

と創建者たちは、命令し命令される間柄から、また昔の、いつも冗談を言いかわしている仲間に戻って、仲良く向こう側へ出発して行ったと。しかしそれは「若い衆」らの報告で、もう谷間のみなが承知していることだったのでした。

22

「壊す人」が谷間と森での仕事をすべて終え、数かずの新しい知識・有効な仕組みを人びとに残して、良い関係を恢復した若い時の仲間とともに昇天して行ったという話は、トリックスター神話にいかにもふさわしいと思います。それならばオーバーは「壊す人」の仕業《しわざ》にあわせて、メイトリアークの役割をよく果したのだったでしょうか？「壊す人」が若い無法者仲間と城下町を追われた際、そのあにによめでいながら父親の「海賊」に手配を依頼して一緒に逃げることで若者たちを救い、谷間に新しい村を作り出す過程では、ずっと「壊す人」の翳《かげ》にあって働きつづけたオーバーは、あきらかに「壊す人」Tに必要欠くべからざるMでした。

　それに加えて「死人の道」の完成後、春分の満月の夜、そこを行進して空へ昇った「壊す人」と創建者らのかわりに、オーバーはよく仕事のしめくくりをしたのでした。

「壊す人」たちが去った次の日、谷間に降りて起こったことを報告したオーバーは、島から連れてきた、いまはやはり百歳を超えている女たちに、その連れあいたちが、終身禁錮・重労働の立場で働き、ついにすべての罪から浄められて、「壊す人」と共に向こう側へ行った、その事情をよく説明しました。もし「若い衆《し》」たちが真夜中に目撃した不思議な情景を話して廻っていなかったとしたら、「壊す人」が「百草園」で作っている毒草で、仕事を終えたもと仲間らの全員をもり殺し、森に埋めたのではないかと疑われることもありえたのですから、「壊す人」らの出立の後に残ったオーバーの役割は重要だったのです。

それからオーバーは、谷間の中心にある地所を――そこは「壊す人」が他の人びとから離れて森に住まいはじめる前、かれとオーバーのために割り当てられていた土地でしたが、そこを――、村の人間共同の所有にすると宣言しました。そして創建者たちの出立を見送り、あらためて「壊す人」の大きい力に深い印象を受けた「若い衆」たちが中心の労力奉仕で、大きい集会所が建てられたのでした。

そしてオーバーは、郷里から来た娘らがいまは「若い衆」らの祖母や曽祖母として百歳を超えて生きているのを集めて、「壊す人」のなしとげた働きを語り合いつつ暮らすことにしたのです。そこでみんなが話をかさねるうち、これまでは「壊す人」のただ気まぐれな行為としてしか受けとめられていなかったことが、すべてこの森のなかに村を作り出すためのたくらみであったと谷間の人間みなが納得して、それを語りつたえるようになったのでした。

またオーバーは「壊す人」が谷間へ侵入する外敵をふせぐために植えたウルシの木が、巨大な樹木となって、多量の黄褐色《おうかっしょく》の実をみのらせているのに注目しました。そして「壊す人」から教わっていた方法で、晒蠟《さらしろう》をつくる事業を起こしたのです。最初は集会所に集まった老婆たちだけの手仕事でしたが、しだいに規模を拡大して、のちにこの谷間の村が国内でもっとも秀《すぐ》れた晒蠟の産地となる基盤をかためたのでした。その過程で、オーバーの集会所はさらに大きく建てなおされて、蠟倉庫と呼ばれるようにもなったのです。

23

このようにして「壊す人」と創建者たちが出立して行ってのちの、谷間の村の月日が過ぎて行きました。もう「壊す人」が新しい計画を考え出すことがない以上、「死人の道」の建設のような大事業に、村の人間の生活が圧迫されることはありませんでした。

「死人の道」の工事開始に先だって、「壊す人」が永年にわたり創建者仲間のおかした罪を裁くのに立ち合った「若い衆《し》」たちは、この村での法律のありかたを胸にきざんでいました。そこで新しい犯罪が行なわれた時には、「若い衆」たち全員の委員会が犯罪者を裁いて、妥当な罰をくだしました。谷間の村全体に対するもっとも重い罪は、いわば故意ではない、叛逆罪・スパイの罪ともいうものでした。つまり谷間を流れる川に人間の生活の気配をあきらかにする物品を不用意に流すことです。そこで「壊す人」による見張りのない今、芝や笹を縛って造った「大簗《おおやな》」の濾過装置は、たびたび改良されて魚をとる装置としてもさらに役立つものとなり、「若い衆」たちの管理らしい効率の良さで、それは新しい蛋白源を村の人びとに供給したのでした。

「壊す人」が毎朝谷間へ突き出す山稜を走ってドロノキの上で一回転し、「十畳敷き」の岩鼻に着地する「体操」をしながら、森と谷間いったいの安全がおびやかされていないかを確かめた見張り。今はそのかわりに、「若い衆」たちが外敵防衛のための委員会を作りました。それにも「若い衆」らの全員が参加したのです。防衛委員会は十組に分かれた小隊ごとに、朝の見廻りをしました。「巨人化」していた「壊す人」のようにドロノキの折れ曲がった梢ちかくの瘤を摑み一回転することまではなしえなかったのですが、それでもやはり「巨人化」していた創建者らの孫や曽孫らしく身体の大きい若者たちが、隊を組んで山稜を駈け、最後にひと跳びして岩鼻に降りる音は、勇ましく谷間に響いたということです。

百歳を超えていたオーバーも、「海賊」の島から連れて来られた娘たちも、やがてしだいに死んで行きました。彼女らの開発した製蠟の技術は、谷間の娘たちにつたえられて、その後永くつづく産業となりました。僕が子供の時分には、もう蠟産業は衰えつくして、いまなお手造りの蠟燭《ろうそく》を造る家は、どういうわけか川下の隣町にただ一軒あるのみでした。それでも村には、先祖代々、ウルシの実の採取にあたった家が続いており、その家の子供は決してウルシにカブれないのでした。かれら兄弟は隣町の蠟燭製造者からの依頼で、毎秋、ウルシの巨木によじのぼっては、よりどりみどりの黄褐色《おうかっしょく》の実の房を腰に提《さ》げた籠におさめて降りてきたものです。かれらの家系につながらぬ子供らが、挑発されて同じことを試してみたりすると、全身がカブれて、ほとんど失明しそうにすらなったのでした。

さて「壊す人」たちが向こう側へ去って永く時がたつうちに、川すじをくだるのとは逆に、山越えして土佐へ到る秘密の道をつたって、谷間の村の産業製品である上質の晒《さらし》蠟《ろう》を運び出し・交易して、必要な品物を購入して戻ることが始まっていました。村全体の利益のもとの、その交易のためにも、「若い衆」らの委員会が作られて計画と実施にあたったのでした。

――「壊す人」ひとりがやっておられたことを、「若い衆」らが、みんなで総がかりで、一所懸命にやっておられたということですが、と祖母は話していました。

24

さて、「壊す人」についての祖母の話は、このところまでをいうかぎり、子供の僕にもよくわかる進み行きだったのです。それに続いて、今度は不思議なわかりにくさと、それに矛盾せぬ、胸をワクワクさせる恐ろしい魅惑をそなえた話が出てくるのでした。それは「壊す人」のもうひとつの運命の話です。この話のなかでは、「壊す人」は春分の日の「死人の道」の満月に照らしだされた真夜中の行進をつうじての、向こう側への行き方とは別に、酷《むご》たらしい死に方をすることになっているのでした。

はじめてこの話をした時の祖母の切り出し方は、それまで僕にしていた「壊す人」の話とのくいちがいに気持をわずらわせることのないそっけなさでした。――晒蠟《さらしろう》の生産は年ねん増してきていたし、山越えの交易の道も開けていたことではずみがついて、蠟倉庫は建てかえられておりましたが！　新しい蠟倉庫がいかにも大きい建物であったのは、谷間へ戻っておられた「壊す人」が住まわれる事情があってのことやったそうな。

――「壊す人」は創建者ら仲間の人と、向こう側へ行ってしもうたといわれたのに！

とさすがに僕は問いかえしたものです。

――向こう側に行かれたものならば、こちら側へ戻りもされましょうが！　というのが祖母の答えでした。毎夜蠟倉庫で、遅うまで読書をされる「壊す人」がな、燭台を持って手洗いに立たれて、蠟燭の溶けた雫《しずく》が鉢の水に花のようにひろがって、真っ白であるのを見られた。そこから思いつかれて蠟を晒《さら》す技術を革新されたのやから、蠟倉庫に「壊す人」が居られなんだのでは話が合いますまいが？　また谷間に生まれた「若い衆《し》」らだけではな、見聞もなにも限られたものであろうのに、どうして山越えして晒蠟の交易を始めることができましたろうか？　「壊す人」の御指導があってのことでしょうが？

　そういうわけで蠟倉庫の奥まった座敷に、「壊す人」が、もう百歳を超えて幾十年たったかもわからぬ、「巨人化」した身体でひとり閉じこもっている月日が、また永くたったと祖母は言うのでした。それというのもオーバーはもうずっと昔に死んでおり、蠟倉庫に「壊す人」と一緒に住んで、毎日の暮らしの世話をする者はいなかったのでした。「壊す人」も今はあまりにも老年で、山稜を走ってドロノキの瘤を摑み、一回転して石畳の「十畳敷き」へ着地する「体操」をすることはありませんでした。もとより「大《おお》簗《やな》」を見廻るということもせず、蠟倉庫で晒蠟の技術改良や、山越えの交易がいったん軌道に乗ると、もう興味を失ってしまったように口を出さなくなったのでした。そうなってさらに時がたつと、谷間の人びととは別の場所に新しく作業所を作りました。そして「壊す人」がこもっている蠟倉庫へは、誰も近づかぬようになったのです。蠟倉庫に暮らす「壊す人」へは谷間の年をとった女たちが、その母や祖母が森に居た頃の「壊す人」にしたように、神仏へのお供えに似た食物の運び方をするのみとなったのでした。

それでも「壊す人」が蠟倉庫の奥で生きているという事実は、谷間の人間全体の頭の上に大きな重しが乗っかっているようであったのです。そしていつの間にか、この圧迫して来る巨大な翳《かげ》から自由になりたいという共通の気持が、谷間の人びとをとらえるようになったのでした。「壊す人」は、不死の人であるのらしい、とかれらは考えました。いったんは創建者ら仲間と向こう側へ立ち去ったのに、また「壊す人」だけが、「巨人化」した身体で谷間に戻って来ている。これではもう「壊す人」を殺害するほかにないのではないか？　それも「壊す人」の「巨人化」した身体が、さらにもういちどこちら側へ戻って来ることはないと、確信できる仕方で殺害するほかにはないのではないか？　その仕方を、かつての働き者の「若い衆」たちが、もうみな老人となった額を集めて相談する。そういう進み行きとなったわけなのでした。

25

そして、シリメが登場するのです！　シリメが「壊す人」を殺そうとする話の、暗い恐ろしさとはまた別に、この奇怪な人間のことは、谷間の子供らがみな気にいっており、尻の割れめから目がひとつ覗いていているように見えたというシリメの絵を、地面に蠟石で描いては遊んだものでした。

シリメは谷間の村でいつも道を歩き廻っている、知的障害者の浮浪者でした。浮浪者といっても、山越えの交易の、秘密の職務にたずさわる者らよりほかの、すべての村人と同じく、谷間から出て行くことはないのです。身のこなしは鈍重・緩慢で、とても山越えなどできそうにない老人でした。谷間に村の建設が始まった時分、若者たちは地獄絵の赤鬼のようにフンドシひとつ、女たちもやはり亡者のように腰巻ひとつで、勇ましく立ち働いたものです。しかし村の人間が安定した生活を築いたこの時代には、いうまでもなく人びとはちゃんと着物を着ていました。村で麻布・木綿布が生産されたし、晒《さらし》蠟《ろう》の交易は、オランダや中国渡来の衣料すらも谷間にみちびき込んでいたのです。神社の宝物として残るそれらを僕は見たことがありました。ところがこのシリメだけはフンドシすらもつけぬ丸裸で、性器の頭に藁《わら》をくくりつけて谷間を歩き廻っており、うしろから見るとその尻の間からは、ひとつ目が覗いているようでした。しかもそれは尻全体を、不遠慮に笑っている顔のように見せたのでした。

シリメは、道の阿呆とも、歩く馬鹿とも呼ばれていました。真冬でも道ばたでゴザをかぶって寝るシリメは、人が起きだしてくる前から道の上を歩いており、人が家にこもって寝しずまる後まで、ブラブラ歩きつづけていたからです。シリメは創建者たちが谷間に住みついてすぐ生まれた子供のひとりでしたが、知恵遅れの子供として森に棄てられ、そこで生き延びて谷間に戻ると、誰の子供でもない者として生きてきました。永年、谷間に生きつづけるうち、ここで百年前後生きる者らが、ついこの前の時代までそうであったように、遅ればせながらシリメも「巨人化」していました。それにかれの身体は不潔で臭く、全身にいつも蠅がたかっていたということです。

新制中学の生徒だった頃、教室で『風土記』の「狭蠅《サバエ》ナス」という言葉の説明を受けたことがありました。多数の蠅が群がり騒ぐ勢い、という教師の言葉に、それまで実際「狭蠅ナス」騒がしさだった教室が、シンとしたのです。教師は面くらった様子でしたが、都会から来たその先生にはうかがい知れぬ理由があったわけでした。教室の僕らはみな、「狭蠅ナス」シリメの幻を、黒板の前に見るようであったのです。道ばたに座り込んでいる際は蠅で全身黒ぐろとしており、歩く時は蠅の霧につつまれた小山が動くふうであったと、シリメは言いつたえられていました。

　このシリメに、谷間の村の責任ある老人たちが、「壊す人」を殺害する任務をあたえたのです。かれらはかつてこの人の言葉をそのまま村の法律とするほどに、「壊す人」を尊敬していた「若い衆《し》」だったのですが……　――どうしてその人らは「壊す人」のように、新しい大事なことを教えたり作り出したりしてくれた指導者を殺そうとしたのかなあ、年をとってからの「壊す人」は村に悪いことをするようになっておったのかなあ？　と僕は質《たず》ねずにはいられませんでした。

　祖母の答えはこうです。「壊す人」のような人が時にはイタズラをして村の人間を困らせることがあったとしても、どうして村にとって害になることであったろうか？　それをつうじて、また新しいことを村の人間は知ったのだ。ただ村の人間らは、「壊す人」がいつまでも死なぬ・不死の人だと、おいおい知るようになっていた。いつまでも死なぬ人間が、村の生活のいちばん高みに座り込んでいるということが、うっとうしくてたまらぬようになったのであろう。このまま「壊す人」が自分らの頭の上に山のようにそびえていては、いつまでも新しい変り目というものが来ぬ。そう思うようになったのであろう。「壊す人」が偉い人であればあるだけに、谷間の村に新しい勢いをみちびき込むためには、「壊す人」を殺すほかないと、思いつめたのではないか？

——私らにはもうそれはわからぬことですが、「壊す人」がいつまでも壮健に生きつづけていられたとするならば、誰より困ってしまわれたのは、「壊す人」御自身ではなかったやろうか、とも思いますがな……

26

もうひとつの、やはり僕に大切だった疑問。「壊す人」という谷間でいちばん偉い人を殺害するのに、どうして、よりによって、村の道を裸に蝿をたからせて歩いているシリメのような者が選ばれたのか？

祖母は落ちついた確信をこめて答えたのです。——「壊す人」が村を創建した人らのなかでもさらにひとり、ずばぬけて偉い人であったから、くらべられる高さの偉い人は村に見つけることができなんだ。それは誰にもわかっておった。それで村の人間の暮らしのなかで、いちばん下の隅にも入らぬ、下の下にはみ出してブラさがっておるシリメがな、かえって「壊す人」に害をなすことができるやも知れぬと、思いつかれたのじゃと思いますが！　それはもしかしたら村の長老の人らが「若い衆《し》」の頃に「壊す人」の裁判で聞いておられたことかも知れませんな！

　祖母はまたこうもいったものです。――それにしても「壊す人」は、幾たびも悪い臭いに難儀をされた人でしたなあ！　谷間を開かれた際には、大岩塊の向こうに堰《せ》きとめられたヘドロの臭いに苦しめられたのやし、永い一生の最後には、身体じゅう隙間のないほど蝿のたかっておる、臭いシリメに命を狙われたのであったのやから！

　もう大学に入ってから、僕はこの祖母の言葉の思い出をきっかけに、ひとつの着想を抱いたことがあります。「壊す人」が創建者たちの仲間と川すじをさかのぼる永い旅をし、行きどまりの大岩塊に出くわした時、それが支えていた堰堤《えんてい》の向こうの湿地帯のヘドロ。「壊す人」たちは悪臭に苦しめられたのでしたが、大雨のもたらした洪水にヘドロは洗い流されて、下流の村むらに不作と疫病をもたらしたのでした。そして新しい土地が拓かれた。しかしその流されて行ったヘドロの、悪臭の精霊とでもいうものは、谷間に残りつづけていたのではないか？　湿地帯を征服して人間の住みうる土地とした者らに、とくに指導者「壊す人」に、復讐する機会をもとめて待機していたのではないか？　ついに今、悪臭の精霊は、谷間の人間たちの生活のいちばん低いところからもはみ出して、ブラさがるように生きているシリメという人間に乗り移って、「壊す人」を滅ぼそうとする、そういうことではなかっただろうか？

ともかくもシリメは、それまで相手にもされなかった村の長老たちに声をかけてもらい、「壊す人」を殺害せよと命じられ、それを引き受けたのでした。引き受けるほかなかったのでもあったでしょう。断ったりすれば、いったんそのように重大な秘密の計画を打ち明けられた者として、今度はシリメの方が、村の長老たちに殺害されたはずです。そのようにしていったん「壊す人」の殺害を引き受けたものの、シリメにはしかしどのような殺害計画も浮かんではきません。しかも村の長老たちに請け負ったこの大切な仕事を、延期したままにしていられるものではないのでした。

思いあまってシリメは大きな身体に蠅の群れをまといつかせたまま、今はコンクリートの橋のある村すじの中央の大きいポプラの木の下にしゃがみ込んで、ブツブツいっていたということです。――どうしたものじゃろうか？　どうしたら殺すことができるのじゃろうか？　あの「壊す人」を！

ところがシリメをこれまでも友達あつかいしてくれる唯一の者らだった村の子供らの、こちらも陽のある間はずっと道の上で遊んでいる幼いひとりが、シリメのたてる臭いに鼻をつまんで近寄ってくると、ただ一言こういって、跳びたつように逃げていったのでした。――毒を沢山のませたならば、森の神様でも殺すことができように！

27

蝿どもを全身にたからせるほど悪臭をたて性器の先に藁《わら》を結んだシリメは、この子供のヒントにむっくり立ち上がりました。いたずら小僧たちがうしろに廻り、尻の間から覗く目のようなもののせいで尻全体が笑う顔に見えるのを面白がってガヤガヤついてくるのをかまわず、「壊す人」のこもっている蠟倉庫に向かったのです。谷間の長老たちは、シリメが「壊す人」に、自分らの計画を密告に行くのかと恐れ、また怒りましたが、蝿の霧をまとわせてズンズン歩いて行くシリメを押しとどめることはできなかったのでした。

この日頃ずっと閉ざされていた蠟倉庫の大扉を、シリメは力にまかせてガラガラ引き開け、——旦那さん、教えてもらいたいことがありますが！と大声で暗がりに呼びかけました。

「壊す人」は、待っていた古い友達が訪ねてきたように、いそいそと倉庫の奥座敷の板戸を開いて、家のなかへも蝿の群れを持ち込んでくるシリメを招き入れたのでした。それはシリメが知恵遅れで森に棄てられた子供だった時から、「壊す人」が憐れに思っていたからだ、と祖母は言っていました。しかも「壊す人」はシリメの問いかけに答えて、自分が昔、永い時間をかけて栽培した「百草園」の、猛毒をもつ幾種かの植物の見分け方を教えたのです。それらのうちのあるものは葉と茎を刈りとり、あるものは根を掘り出し、一荷《いっか》担いで戻って煎じ出して煮つめるならば、毒液を造り出すことができると……

――これらの毒草のな、葉と茎と根をあわせたならば、自分やおまえのような大きい身体を持った者でも倒すことができる毒がとれる、と「壊す人」はいわれたそうなのやが、と祖母は話したのでした。

シリメは森の深みから山襞《やまひだ》をつたって流れ出す谷の岸をさかのぼって――この頃にはもうそこをさらに奥へ入った、「在」と呼ばれる新しい集落も拓けていました。当日のシリメの働きぶりは「在」の人らが目撃したのです――、無数の蝿を「百草園」まで引き連れて行きました。そして「壊す人」に図まで描いてもらって教わった毒草の葉と茎を刈りとり、根を掘り出したのでした。一日がかりの大仕事でしたが、シリメが鎌をふるううちに、毒草の香りが、身体を覆っていた蝿どもを一匹残らず落としてしまったということです。

シリメは毒草の葉と茎と根を束ね、大荷物にして天秤棒で担いで帰りました。それを蠟倉庫の大釜で煎じ出し・煮つめたのです。三日後には「壊す人」に教わったとおりの毒液が造り出されていました。しかしそれが本当に、効力を持つ毒液であるものかどうか？　あらかじめ知る手だてはないのです。しかも「壊す人」のように「巨人化」した身体に実際の効きめをあらわすものか？　その調べように困った村の長老たちは、やはり「巨人化」した身体を持つシリメに、製造した毒液をためすようもとめたのでした。

その結果シリメは、自分が葉と茎を刈りとり、根を掘り出した毒草の毒によって死にました。長老たちの指図で、谷間の人びとはシリメの大きい身体を「死人の道」から森の奥へと運び上げて棄てました。死体があまりに大きくかつ臭いので、谷間に埋めたのでは悪疫を引き起こすかも知れぬと恐れたのだということです。シリメの身体を運ぶ間に、どこからともなく湧き出した無数の蠅があらためてシリメの大きい身体を真っ黒に覆ったそうな、と祖母は憐れでならぬことを語る際の、ぶたれた女の子のような声で話しました。

28

谷間の年をとった女たちが、神棚や仏壇に捧げるお供物のようにして、しかし大量に運んでいた「壊す人」の夕食に、シリメが煎じ出して煮つめた毒液がまぜられました。「壊す人」が怒りを発して暴れはじめたならすぐにも逃げ出せるように、村の人びとはその夜荷物をまとめてずっと起きていました。しかし蠟倉庫は静かで、ただ夜明け方に森の高みで大きな山鳴りが二度三度、響いたということでした。朝になって、長老たちのなかでもとくに勇気のある者らが集まって、それでも四、五人連れで覗きに行くと、いつもの奥座敷のなかでなく、蠟屋敷じゅうの戸や障子を開け放って集会場のようにしたところに、そこ全体を埋めるように両手両足をひろげて、「壊す人」は死んでいました。

たまたまその年の台風の季節に、昔「壊す人」が幹の曲がったところの瘤を摑んで一回転して「体操」したドロノキが、根こそぎ倒れてしまい根方に大きい穴があいていました。祖母は、あの巨木となったドロノキでも風に倒されることがあるのだから、「巨人化」した「壊す人」を殺害することができるかも知れないと、谷間の長老たちが思いついたのが、そもそもの企みのきっかけだと聞いた、ともいっていたものです。ともかく長老たちは人びとに「壊す人」の首を切りとらせ「十畳敷き」に運び上げさせました。そしてかつて朝早く「壊す人」がそこから森と谷間を見渡した場所に首を埋め、土饅頭を築いて、その上に岩鼻の端に生えていた小さい実生《みしょう》のドロノキを植えたのでした。

つづいて村の長老たちは、「壊す人」の首のない身体をどうしたか？　谷間の寺にあった、上縁を森の緑に囲まれている代赭《たいしゃ》色の盆地を描いた地獄絵には、こういう情景も見られました。普通の遠近法とは逆に描かれたまないたに、赤い肉塊を載せて、鬼どもが頑丈な庖丁と太い料理箸をあやつり、こまかく切りわけているのです。のちに他で見た地獄絵では、まないたの脇にも、鬼どもの足もとにも、子供のように小さい亡者たちの首がいくつも転がっていたものですが、谷間の寺の地獄絵では、ただ異様なほど巨大な肉塊がまないたに載せられているのみでした。そして鬼の料理人は、その肉塊を小さく切りわけようとしているのです。地獄絵の情景は、「壊す人」が殺害された翌日、「巨人化」した身体を小さな肉片に切りきざんで、谷間のすべての人間が食べた、という話に照応しているのでした。

この話をする時、祖母はいつも恐ろしい話を楽しげに、――それは勇ましい眺めやったそうな！　としめくくったものです。祖母の言葉は僕に、「壊す人」の身体を小さく切りわけた厖大な数の肉片の、その眺めの勇ましさと受けとれるようだったのですし、また一所懸命にその肉片を食べている大人から子供までの、村の人間みなの勇ましさ、というようにも受けとめられたのでした。

「壊す人」の「巨人化」した身体からこまかに切りわけられた肉片を、谷間と「在」の、すべての人びとが食べたのです。老いも若きも、歯のなくなった年寄《としより》は歯茎で嚙みにかみ、柔らかくして嚥《の》みくだしました。乳飲み児《ちのご》は生のまますりおろした肉汁として飲んだのでした。みんなそれぞれ永い時間をかけて「壊す人」の肉片を食べたということです。それも誰もかれもが家の外に出て、隣近所の人間が同じく「壊す人」の肉片を食べるのを眺めながら、自分の割りあて分を、チューインガムでも嚙むように、時間をかけて味わって食べたのでした。

それは「壊す人」の「巨人化」した身体の力を、自分らの血と肉のなかにとりこみたいという願いに裏打ちされてのことだったでしょう。あわせて祖母は、またこういう話がつたわっていると、これまでのべたのとはことなる印象の情景を話しもしたのでした。谷間と「在」の人びとは、「壊す人」を殺害してしまったことを後悔し、悲しみ傷んで、なにより恥の思いにまみれながら、その肉を食べたというのです。チューインガムのように肉片を嚙みつづける口もとから、血のまじった唾が流れて地にしたたり、涙もそこに加わって、それを嘗《な》める犬どもまでが、尾を巻きこんで憐れな鼻息をたてたそうなと……

29

「壊す人」が殺されて、その身体が食べられた後——これは右に書いた二番目の語りつたえにふさわしいと思うのですが——、森のなかの谷間と「在」に訪れたのは、全体的な沈滞でした。それも沈滞はいろいろなかたちであらわれました。まず「壊す人」の肉片を食べた人たちは、それは村のすべての人間がそうだったのですが、それ以後はいつも満腹であるように感じて、かつての食事の量の十分の一しか食べなくなったのでした。それはただ食事の習慣があるから食べるだけで、しかも自分にはもう本当の食欲はなく、これから一生食欲を感じることはないのではないか、という気持であったといいます。

村の人びとはいかにも少なく食べ、したがって少ない収穫量の農耕のみでよく、川魚をとって食べることもなく、総じて人びとはあまり働かなくなりました。ただじっと身体をやすめて、一日じゅうもの思いにしずむようであったのです。そしてこの村が創建されて以来、働きづめに働いてきた人びとは、深い森の奥にあって、秘密の交易の山越えの道より他は、外側の世界からすっかり切り離されていることに、そこに生きる者らの大きな孤独をはじめて感じとるようであったのでした。

村の人びとみんなをとらえた沈滞は、千日を超えて続きました。そして森のなかの盆地を自然の力が荒れ果てさせてゆきました。森全体が「死人の道」を越えて侵蝕してきたのです。かつて「壊す人」が中心になって植林した樹木も、人びとのあたえていた秩序をくつがえして、野生の勢いをあらわすようでした。住居から遠い耕地は芒原《すすきはら》に戻りました。森の湧き水を引いた水路は狭まり、いたるところで崩れました。草の根が、村の中心の道をすらひび割れさせました。そしていつの間にか、大岩塊が破壊される前の湿地帯の、ヘドロの悪臭が、盆地の大気のなかに再び漂いだしてくるようだったのでした……

　このようにして沈滞の三年間が続いてのある日、しかし谷間と「在」のすべての人びとは、一挙に目をさましたのです。きっかけは誰もがいっせいに見た同じ夢でした。夢のなかに言づてをたずさえて現れたのはオーバーです。向こう側の「壊す人」が自分のための千日の喪は過ぎたのだから、谷間の人間も「在」の人間も、それぞれに分担を見きわめて、働き始めるように、そういわれていると、オーバーは夢を見るひとりひとりの心にきざみ込むように言い聞かせたのでした。

　翌日はまだ夜の明けぬうちから、人びとはふるい立って働き始めました。――それは勇ましい眺めやったそうな！　とここでもまた祖母は嘆声をあげたものです。人びとは個々に働くのはもとより、組をつくって協同して作業をしたのでしたが、なにより早く集中的に行なわれた作業は、「大簗《おおやな》」の整備でした。三年間にわたって放置され、荒廃にまかせられた「大簗」は、緊急に修復される必要がありました。「大簗」はもともと川下の村むらに、谷間の底を流れる川が、山奥の人が住んでいるとは思われていないこの村から、生活痕跡を示すものを流れくだらせてしまわないように、「壊す人」が建設した装置です。

いったん「大簗」につまっていた流木や塵芥が取りのぞかれ、水路がととのえられると、このところさかのぼることのできなかった岩魚《いわな》やアマゴの群れがいっせいに上り、浅瀬で女たちや子供らが笊《ざる》ですくいとることができました。川魚の量はまことに豊かで、人びとの食欲は昨夜夢を見ている間にもう恢復して来たのでもあり、みんなたらふく久しぶりの蛋白質をとったのでした。そしてあらためて人びとは、「大簗」を永く放置したためにそこから流れくだるものが川下の外敵に隠れ里をあらわすことに不用心だった、この三年間へ、ゾッとするような驚きを感じたのでした。

覚醒した村の人びとをさらに驚かせたのは、「死人の道」を越えて生活の場に降りてきている森の力でした。自分たちがなかば眠ったような夢想と無為に時を過ごしていた三年間——いまはっきり目をひらいてみると——、蔓草《つるくさ》は家屋を覆い、大黒柱にまで無数のキノコが生えているのです。井戸水は涸れて、そうでないものも白く濁り飲用に適せず、森からの壊れた水路をつたわってくる水だけで、人びとは生きていたのでした。

さらには谷間の村の創建以来、「壊す人」が改良をかさねてきた柿、梨、栗そして李《すもも》の果樹が、ひねこびて硬い小さな実しかつけぬ、野生の木に戻っていました。稲や大麦までも、同じ状態なのです。谷間でも「在」でも、人びとはおおいに働いて、侵蝕してきていた森の力から再びかれらの盆地を取り戻して行くほかなかったのでした。

そしてついに村のありとあらゆるものが、直接「壊す人」に指導されていた頃そのまま順調に進みはじめた頃、村の長老たちが「壊す人」の首を埋めた土饅頭のところに登って行きました。「壊す人」に報告する、という気持があったのでしょうが、長老たちを驚かせたことに、新しく植えたドロノキは、もう人がその下で陽の光を避けることができるまで育っていました。しかもその梢ちかくはやはり森の奥へ向けて捩《ね》じ曲がり、そこには瘤を生じているのでした。僕が子供の時に見あげたのは、かつてそこにあった「壊す人」のドロノキの二代目としてのその木だったわけです。

第二章　オシコメ、「復古運動」

1

祖母の話してくれた「壊す人」の死に方というか向こう側への行き方というか、それは僕がこれまで書いたものだけでも二種類になります。森のなかの盆地に創建された村の神話と歴史をさらに書きついでゆく間には、もっと他の死に方・向こう側への行き方があったとしなければ、つじつまのあわぬ話が出てくるはずです。そしてそれを僕は自然なことに思うのです。祖母の話を実際に聞いていた間、僕は幾種にもおよぶ物語をそれぞれに受けとめ、どれかひとつを正しいものとして選び出すために、他を棄て去ろうとは、決して思いませんでした。もしかしたら何種類もの話され方を、ひとつの物語にかさねて聞く・それも伸びのびと自由に聞きとるという習慣こそ、僕が祖母に教育されたもっとも良いことであったかも知れません。

　オシコメと呼びならわされた大女が、若者たちと推し進めた「復古運動」の言いつたえのなかでも、「壊す人」が城下町で遊び暮らす無法者であった時の仲間で、一緒に追放され川すじをさかのぼって新天地を造り出すうち老人となった者たちの、すでに書いたのとはちがう向こう側への行き方が、大切な要素をなしています。

ここでおなじく大切な要素は、オシコメたちが思い切った改革と集団労働を指導した時期に、老人の創建者たちは例外なく生き残っていたのに、「壊す人」はすでに向こう側へ行って、信じられているところでは森の高みの樹木の根方の、魂になっていたということです。「壊す人」と一緒に、オーバーもまた立ち去った後でした。そこでオシコメという並はずれた能力を持っていた女性が、森のなかの盆地に勢力をふるうこととなった時、村にはすくなくとも個人として彼女に張り合うことのできる人物は、誰も居なかったのでした。

「復古運動」は、ひとくちでいうならば谷間と「在」で土地を耕し、家を建て家族を養って、安定した暮らしを始めた人びとが、そのうち少しずつ積みあげてしまった、全体としての歪み・ひずみを取りのぞこうとする改革でした。人びとの先頭に立って運動を推し進めた「若い衆《し》」たちは、心からそう信じていたはずです。はじめは若者たちの背後にあって運動を方向づけ、つづいては自分も表に出て次つぎに改革を実現して行ったオシコメも、若者たちほど単純な心を持っていたのではないにしても、大筋のところではそう考えていたにちがいありません。いま現在、すでに大きいものとなっている歪み・ひずみをただすために、森のなかの新天地が建設された時の、人びとの暮らしに帰るというのが、「復古運動」の具体的な方針でした。そのうち運動はさらにも徹底的になって、ついには人びとの暮らしそのものを破壊してしまいかねぬことになり、運動全体の指導者オシコメが失脚するに到ったのです。

この「復古運動」の、ある長さを持った、それももっとも盛んだった時期、改革に生きいきと勢いづいている「若い衆」たちと、おなじく、毎日の集団労働に参加しながら、陰気なほど沈静した気分を漂わせていた創建者たちの死に方、次つぎに向こう側へ消えて行った、その仕方のことを祖母が話すのを、僕は恐ろしいほど特別な寂しさの感情で聞いたものでした。

2

「復古運動」の間、陽のあるうちはずっと、仕事のできる村の人びとはみんな田畑に出て、または道路や灌漑《かんがい》の改修作業に働きづめでした。オシコメと若者たちの指導部の方針で、グループごとの集団労働であったのですが、百歳を超えた創建者たちは、自分ら特別な老人だけの一団をなしていました。もっとも指導部の作業計画表では、創建者のグループはかれらみんなの労働力をあわせても、多くは期待できない者たちとしてあつかわれていたのです。年をとるほどに「巨人化」していった創建者たちの、「壊す人」

にならう体力という言いつたえを思い合わせ、不思議がった僕に、祖母は、平気でこう話したのでした。

――百歳を超えてしばらくされたらばな、「巨人化」しておられた身体が、また萎《しぼ》んでこられてな、妙に背が高い、痩せて貧弱な様子になっておられたそうな。なんというてもたいそうな年なのじゃから、そういう弱い年寄《としより》を集めて働かせるのは、酷《むご》い眺めでしたろうな。それでも自分に血のつながりのある創建者をいたわって、仕事の肩がわりでもしてあげようとしたなら、「復古運動」の精神にそぐわぬと「若い衆《し》」らに睨まれるものじゃから、ただ気にかけて心配なことに思いながら、そちらをよくも見ることはできぬようであったそうな。

その老人たちの労働隊に、奇態な夢の流行が始まったのでした。夢はもちろん老人たちのひとりひとりが見たのですが、口に出してみると共通点があるのです。そこでこの夢の流行では、老人たちは自分の見る夢のことを――それも繰りかえし見るひとつながりの夢のことを――仲間同士で熱心に話し合いました。老人たちには他に話題がなかったから、ということもあったでしょう。それに加えて夢の内容があまりに生なましい現実感をそなえていたので、老人たちは不安になったのでした。こんな夢を見たと、夢の内容にあきれるようにして仲間に話してみなければ、いま現にこの森のなかで永かった生涯の終わりがたを生きている方がむしろ夢ではないかと、おぼつかなく感じられたからです。それというのもすべての老人がおなじく、この土地で暮らしたのでない、もひとつ別の生涯を生きている自分の、その一生の夢を見たというのです。

「復古運動」の方針として、老人の労働も壮年や青年の人びとと同じ戸外作業であり、身体の衰えている老人たちは、中休みが来ると物かげに入って眠りました。指導部の「若い衆」らが、仕事の再開を告げて廻ると、目をさまして仕事に戻るわずかな間に、老人たちは仲間同士で、自分らの見た夢を話し合うのでした。どの老人たちの見る夢も、若かった頃は無法者であったのだが、船で追放される瀬戸際に素行もおさまって、城下町で安穏《あんのん》な生活を送った、もうはるか以前に隠居して静かに暮らしている、という夢なのでした。その不満のない生活の毎日の様子を、中休みの短い眠りごとに、こまごまと見るのです。それはまるで夢のなかの暮らしこそが現実の生活で、そのように城下町で日々を送っている自分が夢に見る苦しい暮らしが、森のなかの盆地での百歳を超えての集団労働だ、とでもいうようでした。

老人たちは仕事に戻りながら、幼い子供が憤激してうったえかけるような調子で、お互いに自分の見る夢の内容をこぼしあったということです。

——夢のなかの、城下で隠居しておるわしはな、生まれ育った場所にずっと住みついて、さしたることもなしに年をとって満足して、ボケてしもうておってな、話にもなにもなるものではないわ！　どうしてわしはあのような暮らしを夢に見るのかなあ？「壊す人」と川すじをさかのぼり新世界を拓《ひら》いて、夢のなかのボケ老人などが思ってみることもできぬ、勇ましい暮らしをしたことを、わしらが本当には望んでおらなんだ、とでもいうような。どうしてあのような夢を見るのかなあ、いったん目をつぶりさえすればすぐにも？　他愛もない！　いまここにおるわしらの暮らしが、途方もない夢でもあるという具合になあ⁉

3

そのうち創建者たちは、連日の集団労働に老人らしくくたびれはてて、はかばかしい働きをすることもなくなりました。中休みには物かげに入って行く元気もなく、働いていた場所に横たわって眠りこみ、仕事に起こされてもそれまで見ていた夢のうちに、心のみならず身体の幾分かを遺してきたかのようでした。老人たちがうつむきがちにノロノロと立ち働く様子は、血を分けた家族のみならず、誰にも見つめるのが辛いほどであったのです。指導部の「若い衆《し》」たちは、運動の先行きにだけ心をくだいている者らでしたが、かれらをかげで指図するオシコメは、経験の豊かな大人であったのですから、百歳を超えた創建者たちをいつまでも激しい労働にしたがわせていたことが不思議に思えるほどです。

もしかしたら指導部自体、創建者たちの労働隊をどうするか、頭をいためていたのではないでしょうか？「復古運動」が、森のなかの盆地の村の創建の時に立ちかえり、村で生きる人びとにどのような既得権も認めず、誰もが裸一貫で――実際かれらは、谷間に新天地を拓いた際そのままに、地獄絵の鬼と亡者のようなフンドシひとつ・腰巻一枚の姿で労働に励んだのです――、みんなおなじ労働をするとさだめて出発した以上、特例を作るのはためらわれたのです。

「若い衆」たちにも充分経験があったとすれば、そこは柔軟な手を打つこともしたのでしょうが、かれらはただ参加する全員をきびしく統制することでしか、「復古運動」を展開させえなかったのです。そうしなければ、反対する者や落伍する者が次つぎに出て、始末におえなくなったでしょう。しかしそのように無理な運動の行きつくところ、いちばん上で指揮するオシコメの失脚ということも待ちうけていたのです。「復古運動」は、走りながらもう軌道修正をすることはできぬまでにスピードをあげて走りつづけ、さらに速力を増そうとさえしていたのでした……

もう限界まで疲れてしまった創建者の労働隊に、そのうち不思議なことが起こりました。かつての創建者たちは「巨人化」した身体を持つ、見るからに強健な者たちでした。それが背こそ高いが痩せこけた体格に萎《しぼ》み、加えて百歳を超えた老人らしくやつれはて、いつもうつむいているふうだったのですが、これらの老人たちひとりひとりの身体の輪郭があいまいになり、まわりの空間ににじみだす具合になり、身体自体、色合いが薄くなって、弱い光源で映し出された幻灯のように見えてきた。そしてついにはその「稀薄化」していた身体が空中に溶け去ったようで、どこにも見えない、という進み行きとなったのでした。

自分のお祖父《じい》さんであったり曽祖父《ひいじい》さんであったりする、血のつながった創建者の、空中への消滅を目撃することができた者らは、自分らに割り当てられている仕事をほうり出して懸命に見つめたのでしたが、それでいて誰もが、あまり生なましい悲しみは感じなかった、ということです。こちらも夢のなかで幻に見ていた、そのような祖父、曽祖父が消えて行ったというほどの、淡い寂しさの思いしか抱かなかったというのでした。

——それでも、このような創建者らの空中への消えられ方には、二種類があったそうな、と祖母は話しました。遺される家族には、自分らの祖父様や曽祖父様が、どちらの仕方で消滅して行かれたかが、一番気にかかることであったと……

消え方のひとつは、老人たちがこのところ昼間もうとうとすればすぐに見ていた夢のなかに戻って行く消滅の仕方でした。「壊す人」とともに冒険を好む若者として出発し新天地を開拓したというのは思いこみで、実際には城下町でたいした異変もなく暮らした、その生涯の方へと、夢の通路から戻って行く消え方。この谷間に永く生きた自分は、城下町の退屈な老人の見る、風変りな夢の登場人物にほかならなかった、ということで……　このタイプの消え方をした老人の家族たちは、なんとも落ち着かぬ気分になりました。そのうち血のつながる自分らまでもが、やはり城下町の老人の夢の内容にすぎぬとして、ここから存在しなくなるのではないかと、不安に思ったからです。

生き残る人びとがすばらしいものに感じたのは、もうひとつの消え方でした。身体の様子が稀薄になり輪郭があいまいになった、なんとも頼りない老人が、空中に消える瞬間には、強い希望をあらわした目を森の高みへ向ける。その淡い淡い全身が、文字どおり消える直前の灯火のようにパッと輝いて、そのまま消滅する仕方です。

――そのようにして消えられた創建者たちは、確かに「壊す人」の居られる向こう側へ行かれたと、誰も疑うことはできなかったから！　と祖母は敬虔《けいけん》な口ぶりで言ったのでした。

4

僕が高校生の年頃で、なにつけ祖母から聞き覚えている話を、自分として可能なかぎり社会科学的に意味づけてみようとしていた際、こう考えたことがあります。オシコメと「若い衆《し》」たちは、谷間と「在」にいったん安定を見た生活を、なぜ引っくりかえしてしまわなければならなかったか？　森のなかの盆地の土地が衰えてきて、作物を生産する力が弱まっている？　それは確かにあった。しかしそれならば満月の夜にお庚申《こうしん》山へ群れをなして登り、オシコメの真っ白な大きい裸の身体に、やはり裸の若者たちがよじ登ったり滑りおりたりするうち、見わたすかぎりの田畑の力は豊かに恢復したのではなかっただろうか……

むしろそれより他の、村の人間社会そのものを崩れてしまわせるような危うい
きざしが、とくにオシコメの並の人より遠く・深く見きわめる目に映っていたのだろう。そのように僕は考えたのでした。

むしろ百年間を超えて森のなかの盆地に、この村だけが宇宙のなかのひとつの有人の星のように切り離されてあり、そこで暮らしつづけていることを、人びとは新しく孤独

に感じるようになったのではないか？　そしてこのように閉ざされているのではない場所へ、逃れて行きたいと思う者らがあらわれていたのではないか？　その勢いを押し戻すために、谷間と創建時の人びとの生活と心のありようへ向けて引きしめる運動が必要だとされたのではないか？　そのように、僕は考えたのでした。「復古運動」に先だつ、やはり大規模な変動の開始の時、森の奥へ向けて逃亡しようとした一家族の言いつたえが頭にあったのです。一方にはまた高校生の自分が、この森のなかに生涯とどまっていることはできないと、ぼんやりした苛立ちにとりつかれていたこともありました。

5

「復古運動」に先だつ大変動は、森のなかの盆地に発生したブーンという大怪音にもたらされたものです。その成り立ちはこういうふうでした。村が建設されて永い歳月がたち、「壊す人」こそもう谷間に居なくなっていましたが、かれとともに新天地を開拓した人びとは、それぞれに大家族の長として暮らしていました。かれらの子供、孫《まご》、曽《ひ》孫という具合に、谷間と「在」には、狭い場所ながら人びとが満ちみちるようでした。そうした日々のある日、百歳を超えた老人から、まだ歩くこともできぬ幼児に到るまで、自分の耳がブーンと鳴る音を聞きとっているのに気づいたのです。それでも大人たちは、誰もがはじめ耳鳴りではないかと感じ、耳の奥で血が鳴っているような、かすかなブーンという音を聞きながら黙っていました。そのうち正直に耳の異常を口に出す者が出て来ると、次から次へ、同じことをいう者があらわれて、もう誰もが自分の身体のなかではない、森のどこかの場所に発しているブーンという音を、この二、三日、昼も夜も聞きつづけているのだと認めたのでした。

そしていったんそのように認めると、やはりもう誰もが、このブーンという音に四六時中つきまとわれて、慣れることはできないまま、昼も夜も暮らして行かねばならないのだと気がついたのでした。慣れることができないというのは、わずかずつではあるが、ブーンという音がしだいに強まって行くようであったからです。いまや森のなかの盆地に百年前に建設された村は、間断なく鳴りつづける音の覆いをスッポリかぶせられた具合で、人びとは自分らがその覆いにとらえられてしまっているのを覚悟するほかはなかったのでした。

僕が村を出て東京の大学に入った年、身体検査で聴力を測定されたことがありました。頑丈な木造りの切符売場のような小部屋に入り、ボツボツ穴の開いた消音板に囲まれて座ると、重いヘッドフォーンの片方から金属の泡が湧くようなかすかな音が、等間隔で聞こえてきます。聞きとっている間スイッチを押しつづけ、聞こえなくなればスイッチから指を離す。ところがピーピーとかすかな音が聞こえはじめると、もうずいぶん以前から自分はそれを聞いていた、という気がするし、聞こえなくなっても残響のように規則正しい発信音はつたわっている。検査係の看護婦に叱られてやりなおしながら、僕は後にしたばかりの四国の森で、大怪音の際、はじめてブーンという音を聞きつけた人びとが、もうしばらく前から音はしていたと感じるようだったという話を、本当にそうだったろうと思ったものでした。

6

いったん聞こえはじめたブーンという音は、片時なりと谷間と「在」の人びとの耳から離れることはありませんでした。しかも日々、強く大きい音になりまさって行ったのでした。そうなってみると気持の良い音ではなく、人を苛立たせ苦しめる騒音というほかにないのです。ブーンという音は、谷間と「在」の家いえの場所から田畑、それに山仕事をする森の下辺に到るまで、聞く者をさしせまった思いにする響きをたてつづけたのでした。

さてこのブーンという音が、その覆いのもとで暮らす人びとの生活にどのような影響をあたえたのだったか？　まず言っておきたいことは、それが赤んぼうから六、七歳ほどまでの子供にとっては、木の葉をそよがせる柔らかな風の音のようだったということです。むしろかれらには無邪気な笑いを誘うほどの愉快な音だったらしいともいいます。赤んぼうから幼い子供らにとって、昼も夜も鳴りやまぬブーンという音が、毎日の生活に障害とならぬものであったということは、この大怪音の時期に行なわれた人びとの生活の改革において、大切な条件づけだったのです。

ところが大人たちにとってこのブーンという音は、大怪音という呼び名が示すとおり異様な音で、日々の暮らしを直接圧迫するものでした。大人たちはなんとかこの音に適応しようとしました。大怪音の時期のまっさかりには、このブーンという音は森のなかの盆地にずっと続くのだ、身の周りに空気があるように、これからはそのブーンと空気の震える音から自由になることはあるまいという気持が、人びとに共通の思いとなっていたのです。

そこで大怪音からあたえられる苦しみをどのように軽減して――当の音を楽しむということは幼い子供らのほかはなしえないのであるから――生きつづけるかは、切実な問題でした。そのうち人びとはなんとか必要な手だてを見出して行ったのです。ある場所で響くブーンという音は、頭をかかえ身悶えして苦しまねばならないほどだが、その当人が他の場所へ移ると、あいかわらずブーンと鳴る音の大きさと高さは変わらぬはずなのに、そこでは苦しくなく、とくに音を気にかけず暮らして行ける。村の大人ひとりひとりに、ある場所場所でのブーンという音についての、いわば適性があることに、人びとは気づいたのでした。

7

この大怪音が森のなかの盆地に響きつづけた時期について、それがどういう現象であったかを、一応科学的に説明してもらったことがあります。祖母が亡くなった後、そのかわりに村の神話と歴史の言いつたえを話してくれたひとり、いつも座っている職業柄、猫背で、鉄縁の眼鏡をかけた顔を斜め前にかしげて話すブリキ屋の老人が、かれの持論を話したのです。

ブリキ屋はバケツやジョーロ、外した雨樋《あまどい》などでたてこんでいる仕事場に、炭火をおこした七輪やブリキを切る頑丈な鋏、ハンダ鏝《ごて》とハンダ用薬液などで膝を囲んでいる、錬金術師のような感じの人でした。ブリキ屋の老人はまだ足腰が丈夫な頃、渡り職人として徳島から淡路島へと渡る途中、鳴門の大渦潮を見ました。そして大怪音の折の、高い森に囲まれた盆地での気流の運動の具合をさとった、といったのです。

大怪音の期間、森の高みから盆地を見おろす目に気流の動きが見てとられたならば、それは鳴門の大小数かずの渦巻の、さかんな発生そのままだったにちがいない…… 大怪音は、全体としてはひとつの強く大きい音であるけれども、谷間と「在」のいちいちの場所では、そこ独自の音が鳴っているのであり、それらの音のかさなりがブーンと響いているのである。それは森のなかの盆地を覆う大気の海の、ありとあらゆる場所で、大きな渦巻・小さな渦巻が発生しているということだ……

それに加えてブリキ屋があざやかな印象を受けたのは、鳴門で渦巻が発生する海域の外側では、もうわずかな渦巻の気配も見られない、ということでした。われわれの土地でも、谷間へ向けて森から降《くだ》る両側斜面の川下の端、かつて大岩塊か黒く硬い土の塊《かたまり》が閉ざしていたといわれる頸を出はずれると、小さな音も聞こえないのです。いわば盆地の外縁にそった楕円の筒が「在」と谷間をふうじこめて、その内側でのみ強弱・高低さまざまな音が場所ごとに響き、そのかさなりがブーンという大怪音となっていたのだと、ブリキ屋は説明したのでした。

谷間と「在」の家の周りでもそこを囲む田畑においても、森のなかの盆地であるかぎり、場所場所の音が昼夜を問わず鳴り響きます。そして先にいったとおり人びとはすぐにも、ある場所の音は吐き気までもよおすほど苦しいのに、別の場所では音が鳴りつづけても耐えられる、と発見して行ったのでした。

そこでひとつの家に住み、ひとつの田畑を耕す家族のなかに、分裂がもたらされたのです。ある一組の夫婦とすでに大人の年齢に達している子供ら、またその子供たちという、村では普通の大家族に、そのうちの幾人かは自分の家で鳴っている音に無理なく耐えることができるが、他のメムバーはそこから立ち退《の》かずにはいられない、という事態が生じたのです。当面の救いは、幼い子供たちにはどの場所の音にも耐性があったので、ひとつの家庭が離散することになっても、幼い子供たちだけは、父親か母親の希望にしたがって、どちらへでもついて行けるということでした。

8

大怪音に責めたてられて、ひとつの家に暮らしていた者らが別べつの家の一員となり、昨日まで耕していた田畑のかわりに新しい土地を、そこに響く音に耐えられなくなった、もとの主にかわって耕作する、その変化を、祖母は辞書にも出ている言葉のようにあっさりと、「住みかえ」といいました。

僕の方でもあっさりそれを受けとめることができたのは、村の子供が「住みかえ」というゲームで遊んでいたからです。三人ずつひと組みで、いくつものチームを作ります。三人のうちの二人はオ父サン、オ母サン、あとはコドモ。大人役だけが真ん中に集まってジャンケンをします。ヨーイ、ハジメ！　の合図でバラバラになると、ジャンケンで勝った者は敗けた者を、それも男なら女、女なら男と選んで新しいチームを作りますが、その際のジャンケンでコドモを引きつれて移動できた者ほど有利です。さらに、ヨーイ、ハジメ！　何回かの移動の後、もっとも多くのコドモを連れているチームが勝つのですから。

さてこの種の遊びもする一方で、仲間の誰より自分がよく知っている「住みかえ」のことを考え、僕が不思議に思ったのは次の点でした。大怪音が耳にも心にも我慢できないもので、しかしそれまで住んでいた家から移れば気にならなくなるのならば、谷間でも「在」でも人びとが「住みかえ」をしたとして自然なことだ。それは必要にかられての疎開であっただろう……　戦争も末期のその頃、都会から疎開して来る人びとは村にも増え、こうした言葉も子供の耳に親しかったのでした。

それはそうとして、ブーンという音が静まった後、どうしてもとの住み処に帰らなかったのか？　やむなくある期間、百年来の自分らの家・耕作する土地を棄て、家族も散りぢりになる。それを後でどうしてもとに戻さなかったのか？　大怪音の間に、あらゆる住民が新しい夫、新しい妻というかたちで――子供たちこそ片親のどちらかが連れて移ったのであったけれども――、新しい家に新しい家族を作り出したにしても、その後ずっとそのままでいたというのは、どういうわけだったのだろう？

森のなかの盆地のありとあらゆる場所で、音の渦巻が起こるようにブーンと鳴っていた大怪音。谷間のＡ地点での音を苦しく感じた者も、Ｂ地点に到れば解放される。逆にＢ地点での音に苦しんだ者も、Ａ地点では安楽に昼も夜も過ごすことができる。そうであるなら、暮らす家と耕す土地の交換が行なわれるのは自然なことだったろう。しかしそれを大怪音が過ぎ去った後まで維持した・そのように固定したということには、なにかもうひとつ理由があったのではないか？

子供心に抱いたこのような疑問について、そのうち僕は答えにめぐりあったのでした。

9

僕が聞き出したのは、こういう言いつたえです。大怪音は大人たちに苦しみをもたらしたけれども、幼児たちには愉快な、心の浮きたつ現象ですらあったらしいと、さきにいいました。さらに十四、五から十六、七の「若い衆《し》」たちにとっては、昼も夜も鳴り続けるブーンという音は、なにか活動に向かわなければ居ても立ってもいられない気持にするものだったのでした。この大怪音の時期の遠い名残というか、僕が村でこうした年齢になり、同じ年頃の友達とハメをはずして騒いでいると、――ブーンという音にそそりたてられておる者らが！と嘲弄する大人たちの声が聞こえてきて、僕らをシュンとさせたものです。

もっとも大怪音の時期の、十四、五から十六、七の「若い衆」らは、大人から皮肉をいわれて黙っている、というようなことはありませんでした。大体、当の大人たちがみんな、大怪音のもたらしたものへの対応に疲れてしまっていたのです。仲間でいちばん年長の若者らを統率者にして、十四、五から十六、七の「若い衆」らは、かれらよりずっと幼くブーンという音をただ面白く思っている者らをも引きつれて、谷間から「在」へと行進して廻りました。そればかりでなく「住みかえ」を行なわねばならぬ家いえの、そこに住む大人たちのふるまい方に口を出し、具体的な「住みかえ」に手を貸しさえしたのです。

谷間であれ「在」であれ、創建者の老人を家父長とする大家族の家で、大怪音による

「住みかえ」に手間どっているという噂がつたわると、「若い衆」たちはすぐさま勢ぞろいして、赤や黄や青の布切れを結んだ笹を幼い子らにかかげさせて、その家に向かいました。

当の家では、ブーンという音が、まさにその家族たちひとりひとりに、現在の場所に居残ることを苦しいものとしているのです。しかもその苦痛を軽減するためには、耳の本能にしたがいさえすれば、家を出て道すじを幾らか歩きさえすればよいのでした。それでいて百歳を超えた老夫婦のもとで嫁や若嫁をふくめ家に居残りつづけているとすれば、その家族には「若い衆」らにはよく理解しえない理由があるのです。ところがそうしたことにはおかまいなしに、「若い衆」たちはかざりたてた笹をかかげる幼い子供たちを先頭に家へ入りこむと、「住みかえ」をうながして、それがなしとげられるまで立ち去ろうとしなかったのでした。幼い子供たちの笹のかざりは、実力行使めいた「住みかえ」のすすめのあげく、ついに大家族のひとりひとりが家を出て、谷間と「在」を縦横に結ぶ細道を歩いて行く際、なかでも家族の女たちを励まして送る、行進の旗じるしとなりました。幼い子供らは、さかんに歌をうたったともいいます。

10

「若い衆《し》」たちのこうした督促にもかかわらず、さらに大家族の全体が団結して、「住みかえ」を拒否しつづける場合も、まれにはありました。数多い家族のみんなが、痛い錐《きり》のように耳に刺しこんで来るブーンという音を我慢して、自分たち家族の、家と土地を基盤にする結びつきを守ろうとしたのですから、本当に家族愛と忍耐力の強い一家だったのでしょう。

「若い衆」たちは、その家に乗り込んでの勧告にもなお抵抗して家族ぐるみ古くからの土地にしがみついている者らに対しては、正面から立ち向かう進み行きとなりました。それでも「住みかえ」を承知しなかった人びとは、かれらの仕方で勇気を示したともいうことができると思います。

「住みかえ」にあくまでも抵抗した家が、結局のところ五軒あったといわれています。コンクリートの橋のある谷間の中央から、すこし川上の丁字路《ていじろ》で、ずっと開店休業の木賃宿のあるところを村役場に向けて登ると、「住みかえ」で焼かれた屋敷跡といわれる空地がありました。この土地に家があった一家は、「住みかえ」に最後まで抵抗したあげく、「若い衆」たちの一団に襲われて殴り殺され、家屋は打ち壊され火をかけられた。殺された人びとの祟りがあるということで、まことに永い歳月、その跡に人が家を建てぬのだという話でした。草の生えた地面を掘ると、赤黒く焼け焦げた石や、古めかしいかたちの大きい釘が出て来たものです。

それにしても「住みかえ」に応じなかったため家族ともども殺された、村創建以来の老人も、百歳を超えて「巨人化」していたはずですし、孫たち、曽孫たちにおよぶ離れがたい家族と一緒に暮らしていたのです。創建以来の仲間たちとのつながりも確実なものだっただろうと思います。そのかれらが十四、五から十六、七の「若い衆」たちに、家屋敷に火をかけられみな殺しされる。どうしてそういうことになったのか？　村の大人たちはそれをなぜ制止できなかったのでしょうか？

そこにはやはり「住みかえ」が、単なる大怪音という物理現象の結果というのみでなく、ブーンという音をなかだちに、森の高みの樹木の根方の魂となった「壊す人」の指令によるものだった、という決定的な条件が読みとれると思います。それは創建以来はじめての、谷間と「在」の改造計画でした。「壊す人」の考え方を代わりに行なう者らとして、色とりどりの小さな布を笹に結びつけた幼児たちをしたがえ、「若い衆」らの一団は、ブーンという音が鳴り響く森のなかの盆地で、さかんに活動したのだったろうと思います。

11

「住みかえ」をあくまでも拒みつづけて迫害された五軒の家のうち、ひとつの家族は大怪音の時期の終わり近く、村から逃亡しました。家族をみちびく老人は森のなかの盆地の創建に加わった人間らしく、このような際にも、外部からの侵略への防衛心を色濃くそなえていたのです。そこで頸から川ぞいの道をくだってこの隠れ里の所在をあかす結果になることを望まず、女たち幼い子供たちをふくむ大家族とともに、森を越えて逃亡しようとしました。

この老人は「壊す人」が村から居なくなった後、人びとが分担してその代理を行なった際、森のきわでは果樹林の世話人・森の奥ではカヤやシイの巨木の実を採取に登る先導役をした人でした。それに関わって、子供の頃、不思議さと魅力とをともに感じて受けとめていた言いつたえに、――カヤもシイも動く！という言葉があります。カヤやシイの木がここに立っていたと森の奥へ実を採りに入ると、去年覚えた木は今年そこになくて、森に迷ったあげくついにはそこから出られなくなることがある。そこで木の実の採取に森に入る際は、経験のある大人の先導が必要なのだと……

森の地理をよく心得た老人を家父長とするこの一家は、まさに大家族でした。「巨人化」している老夫婦には、息子たち幾組もの夫婦、娘たちとその婿らの夫婦、孫たちにもすでに結婚している者たちがいて、曾孫まで生まれていました。そのみんながある夜明けに、総勢三十人で森の奥へ入って行ったということです。老人の案内で、家族たちは森をまっすぐ奥へ向かいました。四国山脈を縦断しようとするのなら途中で右に迂回する必要があるのですが、そうはしないで森のさらに濃い奥へ向けて、まっすぐ進んで行ったのです。ところが幼い曽孫がふたり発熱して、吐きくだしという容態になってしまいました。老人は「壊す人」が育成した「百草園」まで薬草を採りに帰ることを決定し、家族が森で迷うことを恐れて、みんな一緒に森を降《くだ》って来ました。

森の入口の敷石の道、「死人の道」で待ち伏せしていた「若い衆《し》」たちが、それを迎え撃ちました。そしてこの大家族の家父長以下、男という男たちをみな殺しにしたのです。このようにして「住みかえ」を督促する「若い衆」らの集団は、森のなかの盆地の社会を改造する運動を全面的にリードすることになり、土地全体の警察の役割まで引き受けることになったのでした。

12

森の奥へ逃亡した大家族の男たちが殺された際、やはり百歳を超えている、もともとは「海賊」の島から来た老婦人も、待ち伏せの「若い衆《し》」たちをおおいに苦しめる働きをした後、ついに殺されました。しかし家族の他の女たちは――この深い森に囲まれて孤立した土地で女性は大切な存在でしたから――、殺されず俘虜《ふりょ》とされました。病気の子供らは、「壊す人」が居なくなってから「百草園」の管理と薬草の乾燥を受けついだ老人の家にすぐさま運ばれたということですから、「住みかえ」を推し進める「若い衆」たちの一団も、ただ苛酷なのみではなかったのでした。

俘虜となった大家族の娘たち嫁たち、さらにその娘たちは、どういうあつかいを受けたでしょう？　彼女たちは、これまでの「住みかえ」の運動の自然な続きとしてのように、音から受ける苦しみが彼女らに行方を示すその先の家で、新しい住み手となった男の妻となりました。「若い衆」たちの一団を相手に男たちが結束して闘い、打ちたおされてもう居ない以上、ひとりひとり切り離されてしまったこともあって、彼女たちは抵抗を続けることができなかったのです。

それでも彼女たちが、新しくその一員となった家で――年をかさねた分別のある嫁も、元気のよいまっすぐな気性《きしょう》の娘も――、自分たちの家族の指導者であった創建者の老人が大怪音に対してとった態度は正しかったと、あくまでも言いはったのでした。彼女たちがそのように正直な胸のうちをあきらかにしたのは、彼女たちに家族ぐるみの逃亡は誤りだった、それを認めて悔いあらため、新体制に心から協力するようにと、「若い衆」らの働きかけが続けられたからでもあったでしょう。この家族ぐるみの逃亡に失敗した一家の女たちは、みな勇敢な雄弁家だった様子ですが、実際次のように反論したということです。

――昼も夜もおかしな音がして、この土地が人の住む場所にふさわしゅうのうなったものじゃから、お祖父様《じいさま》は新しく住む場所を探し出そうと、わたしらを連れて森の奥へ出発されたのでしたが！　住みづらいことになった場所を離れて、新しい土地へ向かうのは、昔「壊す人」が若い仲間の人らとおやりになったことに、もういちどわたしらが習うことでしょうが！　「壊す人」がおやりになったことを、昔の若い仲間で、「壊す人」と一緒に経験を積まれたお祖父様が、自分の家族を引きつれてやってみてならぬいわれがありましょうかの？　わたしらは気持の良い豊かな場所を見つけたならば、なにより先にみなさんを連れ出しに来てあげようと思っておりました！

これを聞いた周りの人たちがさらに腹を立てたのは、女たちが自分の家の老人を、「壊す人」と同じことができる人間だとみなしたからだということです。もうこの時代には、村を立ち去って森に魂として住んでいる「壊す人」を、神様としてあつかう態度が一般的であったのだろうと思います。

13

この家族の女たちにあびせられた、いかにもトゲのある問いかけに対しての、さらに立派な答えが、民話のさわりのようにしてつたえられていました。大怪音の時期は過ぎ去って時がたってからのことでしょうが、百歳を超えた家父長を殺され、兄弟たちも配偶者もみな殺されて、その上でかれらを殺した男らのひとりの妻となって生き延びている。その身の上をどう感じているのか、と尋ねられての答えです。

――あなたらご自身も、ブーンという音の指図のままに「住みかえ」をして、新しいだんなさんと暮らしておられましょうが！　わたしらが力のある人に無理やり強いられたのと、あなたらが音の命令にしたがわれたのと、どういうちがいがありますかやなあ？

しかも彼女の返答はこれだけではなかったのです。それに続いた勇敢な批判の言葉は、あまりに強い性格のものだったので、それをつたえる祖母は、村でいう「オイタと話」というかたちを用いたものでした。ひとつの話のなかで、中心人物が重みのある最後の一句をいう。その言葉をきわだたせるために、――こういわれたそうだ！という意味で、……とオイタと！と力をこめてしめくくるのが「オイタと話」です。

――谷間でも「在」でも、誰もがたいそう苦しめられた大きな音の命令に、ひとりの人だけは苦しみをまぬがれる算段をされたそうな！　その上でこの人は、ものごとを深うは知らぬ若い者らをあやつって、むごいことをかさねさせられた！　百歳を超えた年寄を打ち殺すことまでさせられた！　あの音が、森のなかの「壊す人」の魂のたてたもので、あの音で「壊す人」が命令をつたえられたのであったならば、誰より先に音の命令を聞かねばならぬその人が、……自分だけこっそり耳栓をしておられたそうな。祖母は春さきの陽ざしが枯野原にあたるようなにび色であった目を、その時だけはキラキラさせて、――自分だけこっそり耳栓をしておられたそうな、とオイタと！と話したのでした。

耳栓という愉快な思いつきでブーンという音を平気で過ごした、この人といわれる人物こそ、すでに森の高みの樹木の根方の魂になっていた「壊す人」の、最晩年の妻であり、大怪音の時期につづく「復古運動」で、大きい権力を持った女性なのです。つまりこの時代の谷間と「在」を支配したメイトリアークは、オシコメという不思議な名前の女性でした。

14

オシコメと「復古運動」についての、森のなかの盆地の言いつたえをこれから詳しく書くつもりですが、その前にひとつだけ、自分の楽しみのためにつけ加えたいことがあります。それというのは、耳栓のこと。谷間の、僕がそこで育った古い家に狭い裏庭がありました。それも裏庭があるのはただその木のためだというように、離れに覆いかぶさる大きい木がそこに生えていたのです。その木が、オシコメと関係のある成り立ちの「耳栓の木」だということなのでした。それは年をへた樹木のどっしりした感じとは縁のない、貧相な木なのでしたが、ただ根方の苔むしてコブコブした具合から、おそろしく古そうな気もしてくる不思議な木でした。この木が、祖母には大切な誇りであったのです。彼女がなかば寝たきりの離れの、決して陽のささない窓から、「耳栓の木」の憐れげに細い幹を見ることができました。そこでオシコメと耳栓の話をする際には、祖母はいかにも芝居っ気たっぷりに、僕に命じて裏庭への窓を開けさせたのです。いま目の前にある木こそが、オシコメのふるまいに直接由来する木だと示すために。大怪音の日々が過ぎ去ると、オシコメは両方のふっくらして白い耳たぶの中から耳栓を抜きとって、森の高みへひとつ・谷間へひとつ放り投げたというのです。――ああ！　もう永ながと、うっとうしかったものやなあ！　といいながら。

谷間に投げられた方の耳栓が、湿った土のなかに潜って芽を出した、その「耳栓の木」が僕の家の裏庭の木だというわけです。もう一本の「耳栓の木」は森のなかに、これは巨木といってもいいほどの樹木として実在しました。祖母より他の老人たちは、盆地が静かになってからオシコメが耳栓を森に埋めに行って、それが芽を出したものがこの大きな木になったのだと、そのように話して谷間の裏庭にある木は無視したのでしたが……

「耳栓の木」については、子供ながらに僕も調べたのです。森林組合に従姉の夫が勤めていたので、資料室にシイタケ栽培を指導するための標本などと並んでいる、樹木図鑑を見せてもらうことができ、「耳栓の木」が一般にはイチイの木と呼ばれているのを発見したわけでした。赤い肉質のスカートにつつまれて、茶褐色の種子がある、その仮《か》種皮《しゅひ》の――と図鑑に書いてあったのを、そのまま覚えているのですが――、柔らかい肉がくるんでいる種子を、うまく耳の穴に押し込むと、スカートでぴったり安定する仕組みで、この実がなるイチイの木が、つまり「耳栓の木」なのでした。

谷間の子も「在」の子も、イチイの実がみのる季節には、この実を耳栓にして遊んだもので、僕の家の貧相な「耳栓の木」にも近所の子供たちが実を採りに集まったのです。ある年、妹にせがまれて、髪を両手でたくしあげて剝き出した耳にイチイの赤い実をつめてやると、小さな耳が赤い実に薄赤く照り映えるようでした。僕はとたんに意地悪な気分になって、そんな耳栓はどけてしまえと叱るようにいったのですが、イチイの実はぴったりと耳におさまって僕の声は届かず、妹は髪をたくしあげたままの頭をかしげてニコニコと見かえすばかりでした。

15

オシコメが「耳栓の木」の実で遊ぶ子供らのように、ただ楽しんでいたのみであったはずはありません。彼女はやはり森のなかの盆地の昔話に大きい役割を果たす、オーバーとはすっかり別の性格の女性として語りつたえられているのです。若い「壊す人」のあにい、あによめで、「海賊」の棟梁である父親から、船と島の娘たちを豪胆な策略で奪い取った、また新しい土地に着いたばかりで火傷《やけど》に倒れた「壊す人」を立ちなおらせ、のちには独裁者となった「壊す人」に命じられて、悲しみうろたえながら創建者仲間を裁判に呼び出した、オーバー。彼女は終生ひかえめな様子であったのに、オシコメがその逆の生き方をしたとして言いつたえられていることは大切だと思います。そうでなくては、「壊す人」と夫婦になって永く暮らした女性として、オーバーとオシコメをひとりの人物にとりちがえることが、語りつたえのなかで起こったかも知れないからです。

ところが祖母は、わざわざ話をこんぐらからせるようなことをいうのでした。僕にはいま、自分に近しい人間の思い出としてやはり大切なので、祖母の不思議な意見も書きつけておきたいと思います。祖母の話し方では、「壊す人」と夫婦として暮らした女性は、ただひとりだったというのでした。時期時期によって、また「壊す人」がなまみの巨人として活動しているか、森の樹木の根方の魂としてあるか、活動しているにしても、どのような仕方で生きていたか、「壊す人」の様ざまなあり方に、かれと協同して働いた女性も、別べつの役割を果した。その幾つもの役割をわかりやすく話すために、何人かの女性に分けて伝えられているのだ、本当にその女性たちが別べつの人ならば、どうして「壊す人」も別べつの人でないだろう？　幾たびも死んだり、戻ってきたりしたとされているではないか？　それでも「壊す人」のような人はふたりといないにちがいないから、「壊す人」のことをひとりの人間として話すことをためらわないのだ。……そのように、祖母はいうことがあったのでした。

　さてそのように大切な役割を担って「壊す人」と一緒に暮らした女性でいながら、オシコメは大怪音の間、耳栓をしてとおしたというのです。谷間でも「在」でも人びとは、ブーンという音を、森の樹木の根方に魂としてとどまっている「壊す人」のメッセージをつたえる信号として聞いたのでした。耳に苦しくてもそれを聞かずにいることは、森のなかの盆地に村が創建されて以来の、たえることのない「壊す人」の指導から脱け落ちることのようで不安だったのです。一日じゅうブーンという音に追いたてられるようで苦しく辛いが、いったん決心して新しい家・新しい土地に移れば、音は不快なものでなくなるのですから、病気から急速に恢復する際のような喜びも——それを「壊す人」からあたえられるものとして——、「住みかえ」の時期の人びとは経験したのではなかったでしょうか？

　あらためていえば、それでいてなおオシコメは、耳栓をつけ「壊す人」の信号をよせつけなかったのです。しかもそのようにして彼女は、ブーンという音のメッセージを人びとに強制して廻る「若い衆」たちを指図していたのでした。まったくオシコメは単純な人物ではなかったのです。

16

子供の頃の僕は、オシコメという名前の意味をとりちがえて覚えていました。「押し込められた人」という意味だと考えていたわけです。しかもその誤った受けとめには、理由があるのでした。大怪音の間、「住みかえ」を励まして廻り、したがわぬ人びとには強制さえする「若い衆《し》」たちを、背後であれこれ指図していたらしいオシコメは、そのようにして造り出された村の社会の組みかえが、もとに戻らぬように歯どめをし、さらに徹底させようとする「復古運動」では、すっかり表面にあらわれて働きました。その進み行きで権力者の座にもつき、さらには失脚して、森のきわの穴に幽閉されたのでした。穴に「押し込められた人」オシコメ、これは子供心に納得できる解釈だったのです。

そこで僕がオシコメという名前の本来の意味を見出したのは、ずっとのちのことでした。大学の初年級で国文学の授業を聴講していた僕は、必要があって幾種類もの印刷複製された絵巻を図書館に見に行きました。そのひとつに、『男衾三郎絵詞《おぶすまさぶろうえことば》』があったのでした。《昔、東海道のすゑに、武蔵《むさし》の大介《おおすけ》といふ大名あり。其子《そのこ》に吉見二郎《よしみのじろう》、をぶす

村の老人たちから聞いた話では、いったん「復古運動」が失敗してからというものは――それでもある程度確実な局面までは成功だったのだし、成果は形として残っている。そのように彼女は考えていたはずだと、いま僕は思います――、自分の身体にくらべればいかにも小さい村の人びとに対して、ガリヴァーもそうであったように決して抵抗しようとはしなかったのでした。

森のきわの穴に監禁されることになったオシコメは、人びとのいうまま、終身刑の牢獄となるはずのその穴に、自分から入りました。森のきわに幾つも並ぶうちの、最大の穴が選ばれたのに、オシコメはその中へ歩いて入ることができなかったばかりか、前を向いて入ったのでは方向転換できないというので、うつぶせになって足から後ずさりに這い込んだということです。それから穴の入口に太い木の格子がはめこまれたのですが、幽閉後の幾十年かがたつうちオシコメの身体は痩せて縮んでゆきました。ついには並の人間の規模となり、時には幼女ほどにも小柄に見えることがあったそうです。もっとも顔だけは、「巨人化」していた造作の名残を残したので、まさに《鼻よりほか又見ゆるものなし》でした。着ていた衣服は穴の湿気にそこなわれてしまい、仕方なくオシコメは伸び放題の縮れた髪を身体に巻きつけていました。――それは大頭の毛虫のようであった！　とあまり冗談をいわぬ村の有力者の老人まで、笑みを浮かべて話したものです。

さて僕は絵巻にあった《すぐれたらんみめわるがなとねがひて》という一節から醜い女ということを考え、そこではじめてオシコメとは大醜女《おおしこめ》だったのではないか、と思い到ったのでした。

18

大醜女という発想自体、それだけで示しているように、その醜の字を、僕は現在の醜いという言葉に直接かさねませんでした。この字にはそこからはみ出す様ざまな意味がふくまれているにちがいないと、祖母のいった「異相」ということにも誘われて感じとっていたのです。

あらためてオシコメの醜という文字を、古語辞典で見ると次のような説明があります。《しこ「醜」　ごつごつして、いかついさま。転じて、醜悪、凶悪の意》、あるいは《しこめ「醜女」　黄泉国《よみのくに》にいるという恐ろしく、みにくい女の鬼。「しこ」は元来、強く恐ろしいの意》。これらの古い言葉がそれぞれ独自に・また結びついて、広がりのある意味をつたえるとおり、オシコメも、ごつごつしていかつい顔つきと体格、そして強く恐ろしい才能と人柄の大女だったのでしょう。ただ凶悪で醜いだけの女性ならば、どうして一時期なりと、森のなかの盆地の人びとを支配する「若い衆《し》」たちから、その権力の中心としてあがめたてられたでしょうか？

さてオシコメと「若い衆」たちが指導した「復古運動」、それははっきりした目的を出発点にするものでした。大怪音の期間をとおして、「住みかえ」という仕方で、谷間と「在」の社会が造りかえられました。村が創建されてからの百年間、人びとが住んでいた家・耕してきた田畑、そればかりか家族までをお互いに取りかえる。蓄えられた財産は、家ともども新しい住み手に引きわたされてしまう……

すべての住民の生活をすみずみまで造りなおした改革を、ブーンという音の強制がなくなった後も、揺り戻しなしに保つことができるか？　なし崩しの後戻りにはじまり、はっきり意図して大怪音以前の状態を回復しようという動きにまで到る反動、なんとかそれらが起こる前に、すべてに歯どめをかけたい。それが運動の動機だったわけです。そして「若い衆」たちが「住みかえ」を励まし督促した間は表面に出なかったオシコメが、「復古運動」になると、もうどのような責任逃れもできぬ仕方で、「若い衆」たちの指導グループと一緒に働きはじめたのでした。

19

オシコメと「若い衆」たちの推し進めたこの改革を、なぜ「復古運動」というのか？それは森のなかの盆地の人びとの暮らしを、「壊す人」にひきいられて新天地を創建した時代のやり方に戻す、という運動であったからです。創建期の村の社会は、まさに古代社会の仕組みでした。若者たちと娘らが沼地と湿地帯のあとを開墾する恰好は、幾度も書いたとおり地獄絵の鬼と亡者に見まがうばかりだったのです。男はフンドシ・女は短い腰巻、それを仕事着に立ち働いたのでした。住む家自体、はじめのうちは誰もが森のきわの穴に寝起きして、陽のある間はずっと働きづめに働いたのでした。それはまことにめざましいかぎりの村社会であったと思います。

もとより、そういう仕組みのままで人間の暮らし方・そのシステムが永つづきするはずはありません。幾らかなりと社会にゆとりが積みたてられてゆけば、自然に次の段階へと移りかわってゆくものでしょう。実際、森のなかの盆地に創建された新天地で平和な百年がたつうちに、人びとの暮らしはしだいに変化していたのでした。人びとはそれぞれに大家族をなし、百歳を超えた創建者の夫婦と、息子たち、娘たち、嫁たち、そして孫、曽孫までが一緒に暮らすため、大きい家が建てられていました。それぞれの私有財産として、その家と豊かな田畑を持っている暮らしであることでは、一般のめぐまれた環境にある農村に変わらぬ様子となっていたのです。

もっとも森のなかの盆地の村は、この地方の藩の役人たちの目を逃れて、ひそかにいとなまれている隠れ里です。いったん外部の人間に見つかり、藩に通報されてしまえば、安定していたはずの村の基盤はすぐにも揺らいでしまうのです。そのような森のなかの盆地の人びとが、「壊す人」という秀《すぐ》れた指導者が居なくなって久しいのに、川下の藩の保護のもとの村と変わらぬほどの、のんびりした暮らしぶりでいていいものか？　そのような不安に目ざめた者たちの心に積もるあせりが、ブーンという音をなして鳴り響いているのだと、そのように感じとった若者たちがいたのではないかと思います。オシコメは、かれらと心をひとつにしたのだったでしょう。

大怪音《ヽヽヽ》にみちびかれ・強制された「住みかえ」は、百年間のうちに固定した平和な暮らしの、徹底的な組みかえだったのです。それも人びとの知恵で変化の先行きをあれこれ推しはかってというのではなく、ブーンという音の高低、強弱に対応して、すべての人びとが——ただひとりの大人の例外、つまり耳栓をしたオシコメと、幼い子供たちを除いて——、それまでの安定した暮らし・生活から根こそぎ引き抜かれてしまったのでした。

僕の祖母は、オシコメの耳栓の発明を面白がりながら、しかしそのように耳に蓋《ふた》をして、森の高みの樹木の根方に魂となっている「壊す人」のメッセージを平気で無視したのかといえば、そういうことではなかったのだ、といいました。——オシコメはな、「壊す人」が自分にしてくださる呼びかけのことは脇においてな、村全体の「住みかえ」に気をくばられたのでしたが！　百年間に積もりつもったひずみの建てなおしに役立てるため、ブーンという音が誤って受けとめられぬよう、目くばりをきかせて見守り、進み行きに人力を加えねばならない局面だと見てとると、赤や青や黄の布切れを結わえた笹の葉をかざす幼い子供らと「若い衆《し》」たちをたくみに指図して、成果をあげた。祖母のいいたかったのは、そういうオシコメの役割ということであったろうと思います。

20

「住みかえ」でいったんなしとげた改革が後戻りしないよう、オシコメがよく努力したのは当然ですし、「若い衆」たちのかげの指導者だった彼女の義務ですらあったと思います。その努力に始まり、そうなるほかにないこととして「復古運動」が展開したのです。運動が進むなかで、オシコメが「若い衆《し》」たちの活躍をかげであやつる位置にとどまっているわけにゆかず、表面に出たこと、「住みかえ」以来、村の長老たちに対しても対等の発言力を持つようになった「若い衆」たちと、指導グループを結成したことも、自然ななりゆきだったでしょう。

「若い衆」たちが「住みかえ」で果たした役割はめざましいものでしたが、しかしその集団は村の若者たちの一部だったし、笹の葉をかかげてついて行ったのも、わずかな数の子供らでした。しかし「復古運動」が、オシコメを担ぎ出した「若い衆」たちの指導部による、公式の活動になると、そういうわけにはゆかなかったのです。谷間から「在」すべての若者たちが、日夜盆地を駈け廻ることになりました。子供たちも、もうひとり残らず、もっと幼い弟や妹を背におぶって、若者たちについて歩きました。かれらの呼びかけによって、百歳を超えた創建者たちをはじめ、老年から壮年のあらゆる人びとが、「復古運動」にかりだされることになったのです。

「復古運動」が、この森のなかの閉じられた社会で、いったいどういうところまで突っ走ったか？　「復古運動」の昔話には、それをオシコメらの指導グループが若者たちを煽動して行なった、村創建以来のもっとも愚かしい空騒ぎとみなすものもあります。確かに森のなかの盆地をひたした愚かしさの洪水のように言いつたえられてもいるのです。

そしてオシコメと「若い衆」たちの指導グループが推し進めた、愚かしさのかぎりの、犠牲も大きかったあやまちとしてつたえられるのは、頂点に達した「復古運動」が、谷間と「在」の家いえをすべて焼き払ったことです。まったく乱暴な、弁護できぬ行動にちがいありません。それでもこの話を聞いていた子供の頃の僕は、秋祭りの行事のひとつを思い出し、ふたつの間のつながりをかぎつけるようだったのでした。谷間から「在」にかけて、かざりたてた山車《だし》を引き廻した後、橋の上で炎上させ、竹竿で川へ突き落としてしまう、お祭りのクライマックス。人びとが祭りの山車への放火を必要な行事として行ない、愚かしいとか狂気めいているとかいわない以上、「復古運動」でも大規模な炎を燃えあがらせるクライマックスは自然なことだったのではないか……

そう考えてみると、僕には「復古運動」が秋祭りに似た、しかも毎日毎日つづく、谷間と「在」の大人と子供らがみんな参加して騒ぎたてる、もうひとつのお祭りだったのだ、という気持がしたのです。そして僕は言いつたえられる様ざまの出来事を、すっかり理解できたように感じたのでした。

21

お祭りの活気にみちたにぎわいのなかで、「若い衆《し》」たちの指揮により火を放たれて燃えあがる、谷間と「在」の家いえを思うと、やはり僕にすぐ連想されるもうひとつの光景がありました。お寺で見た、あの地獄絵。赤い擂《す》り鉢《ばち》の底のように盆地を見おろす視角で描き出されていた、燃えあがる風景です。丈の高い炎は、たゆたう海草のかたちに濃淡の朱で描かれています。その間を、忙しげに、また生きいきと行きかうフンドシひとつの鬼たちと、短い腰巻の女たち。

「復古運動」を動かす、おおもとの考え方があったとすると、それは創建期の生活がなにより良かったとして、それ以後の百年間に有害なむだの要素が積みかさなってしまった、とみなすことです。村が建設された時期の、古代生活と呼んでいいようだった生き方に戻ろう、というのです。そのためにすぐにもできることとして、人びとの衣服が、百年前のスタイルに戻されました。永い間に、村では麻や木綿、さらに山繭《やままゆ》の絹まで生産していたのですから、やはり村の織り手・染め手たちの手仕事で統一された、この土地らしい風俗もできあがっていたにちがいありません。ところがそれらの衣類はすべて脱ぎ棄てて、男は縄のように荒あらしく節くれだったフンドシを、女は腿のなかばの短さの腰巻だけをまとったのでした。寺の地獄絵の情景にかさねて思い浮かべることは、祭りで山車《だし》を引く谷間と「在」それぞれの男女が、これとおなじ恰好をしていたことです。志願して山車を引く人びと自体、「復古運動」をやる人と呼ばれたのです。祭りが近づくと世話人が村すじを歩き廻りながら、——「復古運動」をやる人が足らんのじゃが！ とぶつくさ言っていたものです。

　この勇ましい全員そろっての労働着で、幼い者らを除く谷間と「在」の全員が働いたのでした。大怪音によって、それまでの所有者の手から離れ、別の手が耕すことになった土地を、「復古運動」の指導グループは、やがてもっと徹底したシステムに組みなおしました。森のなかの盆地の田畑は、いっさいどのような個人の所属でもないことにあらためたのです。すべての田畑が、集団労働によって耕作されることになったのでした。大怪音の間にはまともな野良仕事どころではなく、田畑は荒れていたのですが、「復古運動」の指導グループは、ある区劃《くかく》ごと集中的に協同作業をする仕方で、荒廃をもとに戻し、耕作を豊かな実りへの勢いに乗せたのでした。耕作のやり方を集団化したのみならず、それに都合がよいように、こまごまと区切られていた田畑を中間の畦《あぜ》を壊して統合し、大きい田・広びろとした畑に改良しても行きました。

集団労働のためには共同の炊事が行なわれねばならないし、大規模な託児所も必要です。そうした仕組みをととのえてこそ、すべての男たち、女たちが戸外に出て協同作業をすることができたのでした。共同の施設を管理するのは若者ら・娘たちで、かれらがフンドシと短い腰巻のお祭りめいた服装で立ち働く眺めは、さらにも活気にみちた勇ましいものであったにちがいありません。

22

その活気にみちたお祭りの雰囲気の、もっとも色濃いものが、オシコメをめぐる、耳栓の話にひっ、ってきすする独得さの言いつたえです。この場合、オシコメというMに対して、集まった若者たちがそろってTの役割を果たす様子が(さきに少しだけいいましたが)、はっきり見てとられるはずです。

オシコメは「復古運動」の間、陽があるうちはずっと、田畑での集団作業の指揮をとりました。日が暮れると共同の宿舎に帰って、みんなで夕食をします。その後あらためて若者たちを引き連れて、種を蒔《ま》くばかりに耕された土地を見おろすお庚申《こうしん》山に登ったのでした。オシコメは森のなかの気象から植物の成育の様子まで、「壊す人」から様ざまな知識をあたえられていました。「若い衆《し》」の指導グループと改造しようとしている田畑についてもよく観察していたのです。その結果、大怪音の時期にそれまでの永い月日に疲れてきていた田畑の、衰弱がさらに進んだと見ていました。そこでオシコメは若者たちと土地の力を恢復させるお祭りを行なったのです。

祖母は僕が面白がるのを楽しんで、たびたびこの話をしました。古い手紙や書きつけをしまう貝殻細工の文箱から、ハンカチほどの絹に描いた絵を出して、見せてくれもしました。もっとも絵の方は、僕にとってあまり面白くなかったのです。単純なおかしみとはちがった、複雑な気持も引きおこされる感じがあって、無邪気に笑ってばかりはいられなかったのでした。

オシコメは谷間中央の橋を渡って川下へくだり、水田地帯のなかにぽっかり盛り上がったお庚申山に登ったのです。そして当時の女たちとして唯一の衣服である、腰巻をとって横たわりました。「壊す人」と一緒に暮らしていた頃から、もう「巨人化」していたのでしたが、「復古運動」の進むなかでオシコメの身体はさらに豊かに肥えふとって、月の輝く夜は月の光が、そうでない夜は星の光が照らし出すオシコメの身体は、白い小山のようでした。黒い地面に頰づえをついてゆったり横たわったオシコメの身体に、若者たちもみんな逞《たくま》しい裸になってよじ登りました。絹の布に描かれた絵は満月の光景でしたが、白く豊満なオシコメの身体のありとあらゆるところに、浅黒く筋ばった豆つぶのような若者たちが、赤フンドシでとりついて——祖母のいうところでは——タワケにタワケているのでした……

やはり秋祭りのお神楽《かぐら》に、オタフクの面をかぶり衣裳の下に柴の束を抱えこんだ踊り手に、幼い子供らがまつわりつく演《だ》し物《もの》がありました。もちろんそれは土地の力を恢復させようとするオシコメと若者たちのお祭りにもとづいています。それは田畑を豊かにするために本当に役に立つふるまいだったにちがいないと、その思いが見ている胸のうちに湧いてきたものでした。

それでもこれをお神楽としてでなく、オシコメと若者たちが実際にお庚申山でやったのだとしたらどうだっただろうと、当時の僕には気がかりでもあったのです。「復古運動」の集団労働の苦しみに耐えている人たちには、谷間と「在」の毎日の生活のすじみちからはみだしたふるまいとして、愚かしい狂気めいたことに感じとられたのではなかったか、と不安な気持がしたのでした。

23

「壊す人」と一緒に村を創建した、そしてもうみんな百歳を超えて経験深い老人たちに、オシコメと「若い衆《し》」たちのこうしたふるまいはどのように受けとめられたでしょうか？　あるいはお庚申山《こうしんやま》でタワケにタワケるということが土地を豊かにするお祀《まつ》りのふるまいであることが、永くその田畑を耕してきた老人たちには、かえってよく理解できたかも知れません。しかしさらにオシコメと「若い衆」たちは、ある家族が隣の家族から切り離され秘密を保つことのできる仕切りのなかに暮らすのは――それらの家族がみな「住みかえ」によって新しく組み立てられた家族であれ――、村全体の統一のためによくないと、ついに谷間と「在」の家をすべて焼いてしまうことになるのです。どうして村の創建者たちは、このようなことにまで黙ったままでいたのか？　僕が祖母に質問したのへ、あたえられた答えはまったく簡単な、しかし驚くべきものでした。――「壊す人」と村を創建された人らはな、「復古運動」の間に、次つぎに居なくなっておられたのですが！

大怪音のはじめから、年をとった創建者たちにはブーンという音が身体にこたえていたのです。大家族をひきいて脱出し、森の奥に新しい住み処をもとめようとして、家族の男らみなと打ち殺された創建者も、まず老人としての自分がブーンという音にまいってしまい、たとえ苦痛が軽減される場所があるとしても、とにかく音がいつも聞こえる村に居つづけることに我慢ならなかったのだ、そういう言いつたえもあるほどです。

大怪音が老人たちの健康にもたらした目に見える影響は、創建期以来の永い生涯に大きくなっていたかれらの身体が、みるみる萎《しぼ》んで小さくなって行ったことでした。まず「住みかえ」で自分の血につながる大家族から切り離された老人たちは、続いての「復古運動」では、指導グループの「若い衆」たちの、誰にもどんな特権も認めぬという方針によって、壮年・青年の者らと同じように働かせられたのです。オシコメと指導グループに強い信頼を受けているという自覚が愉快でならぬ若者たちは、踊るように楽しげに働きます。かれらと同じ時間やはりフンドシひとつで働かねばならない老年の創建者たちに、陽が昇ればすぐに始まり、日の暮れまで続く集団労働は、まったく苦しいものだったでしょう。

いまや「巨人化」していた頃の体力どころか、老いこみのはげしさが誰の目にもあきらかな創建者たちは、毎日つづく過労から、さらにもやつれはてました。この憐れな状態の老人たちが、「復古運動」の野外作業のさなかに――雨が少ない季節で、天候ゆえの骨休めの日ということもまれだったのです――、次つぎ消滅して行ったのでした。春分の満月の夜、「壊す人」に指揮されて森の敷石道を行進しながら向こう側へ消滅した、というのとはちがった言いつたえですが、祖母も、彼女が亡くなった後、昔話を話してくれた老人たちも、そうした矛盾にはいっさい気を使わなかったのでした。

24

陽が昇るとすぐに始まる集団作業で、あの創建者は身体の具合を悪くしているようだ、と見てとりながら、もっと若い人たちは——といっても、八十歳、九十歳という年齢の創建者たちの息子、娘の世代から、孫、曽孫の世代にわたって——、表だってその創建者をかばいだてでもすれば、指導グループに異議をあらわした者として吊しあげられるのです。かれらは気にかけながらチラチラ見守るのみなのでした。

とくにその創建者と血のつながる者らで、いまは老人とは別の家に新しい家族と暮らしている人たちは、さらにも深く心を痛めたのです。しかしもとの家族同士が、集団作業の現場で再会するかたちで親しみ合うことこそ、もっとも強く禁じられていたのでした。悲しみと気がかりに鋭くなったかれらの目の前で、それも距離をおいた向こうで、なんとか働きつづけながらも憂わしげに頭を垂れていた創建者の身体の、厚み・量感がしだいに稀薄に感じられる具合になり——映画で人物が背後の風景とオーヴァラップするところを連想するのですが——、輪郭もあいまいになってしまう。——霧に映し出された幻灯のような、と祖母はいったのでした。永年うやもうてきた祖父様《じいさま》、曽祖父様《ひいじいさま》が、そういうはかなげなものになってしまわれたのを見て、涙で目をくもらせて、それから涙をのごうた時には、幻のような姿までが掻き消えて、もうどこにも見えなんだそうな……

このようにして、次つぎに創建者たちが消滅してゆくと、血はつながっていてもごく近い間柄というのではない、「復古運動」に夢中の大方の若者たちは、自分らと同じ時代の同じ村に、百歳を超えてもなお「巨人化」をつづけるほど生命力の強かった創建者が生きていたということなど、それこそ幻灯か夢のような話にすぎないとして、そのなごりさえさっさと払い去ってしまったのでした。

いったんは「巨人化」していた肉体をしだいに萎《しな》びこませ、さらには稀薄化させ、ついには空中に消えてしまった、これら創建者たちとはまったく反対に、オシコメひとりは、「復古運動」の間はなばなしいほどの壮健さでした。このような言いつたえの仕方に、僕はやはりオシコメも「海賊」の島からやって来た若い娘のひとりで、オーバーが「壊す人」の正式に認められた妻として生きていた間は、ひそかに日蔭者として仕えていた女性だったのではないかと、子供らしくないことを思ったりもしたものです。

25

それにしても、どうして百歳をずっと超えていたオシコメがそのように壮健で、祖母の絵で見るかぎり、あれほど若わかしく豊満な身体をしていたのか？　その答えは、オシコメをめぐる言いつたえのなかにはっきり示されています。森を抜けて、四国山脈を越え、土佐藩との境界に潜入して行く道から——それは「壊す人」が村に塩をみちびき込む通路としてひそかに開いていた道です——、遠くは長崎にまで延びていた交易の手段によって、「南蛮の秘薬」を購入し、オシコメはそれを毎日服用していたのでした！

——森の道からオシコメのために運んで来たものは、「南蛮の秘薬」だけじゃありませんでしたが！　ぜいたくなものをぎょうさん、、、、、にになあ！　このように祖母がいうと、僕には森の道が、伸縮自在の物体のように世界のすみずみまで自由にひろがって、森の道の出口が、あらゆる遠方の目的地に直接つながっていたのではないかと感じられたものです。そして自分がいつかその森の道を見つけ出すことを思い、期待に胸をふくらませすらしたのでした。

森の道からの、秘密の物資の運び手たちは、オシコメを喜ばせるために努力を惜しみませんでした。谷間と「在」の人びとがみな男はフンドシ・女は短い腰巻ひとつで戸外の労働にせいをだしていた日々、オシコメはお庚申《こうしん》山での行事が終わると奥まった個室にこもって、長崎からのサボンで身体を洗いました。祖母が言いつたえを話して聞かせる際使った外国語は、のちにフランス語の教室で懐かしく思い出したものですが、サボン↓シャボンとシャッポ↓シャポーでした。オシコメはつづいて裾の長いオランダの服を着てシャッポをかぶると、指導グループの「若い衆《し》」たちに嘆賞されるにまかせたというのです。

もっとも僕はオシコメのぜいたくざんまいという昔話を聞いて、ただ美しく豪華なありさまのみを空想したのではありませんでした。むしろ愉快な滑稽感とともに受けとっていたのです。それというのもオシコメのようなという言い方が、村にそういう語感のものとして生きていたからです。村に疎開してきた人びとは、着物やら洋服やらを農作物と交換したので、「在」の女の子が衿に毛皮のついた子供服で谷間へ降りて来たりすることがあり、オシコメのようなとはやされたのでした。

26

森のなかの盆地の村は、創建以来外側の世界から切り離された土地として、まったく独自にやってきたのです。ただ村の人間が生き延びるためにどうしても必要な、塩を持ち込むための細い道が、「壊す人」によって造りあげられていたのでした。ところが当の塩の道から、幕末に幾年もさかのぼる、まだ村が藩の体制のうちに組み込まれていない「自由時代」に、この小さい村で産出する木蠟《もくろう》がひそかに運び出されて、富が蓄積されていました。

その交易の基礎が、「復古運動」の頃すでに築かれていたと知ることは、僕に強い印象をきざみました。祖母の話を聞きながら、たいてい僕は昔のこととなれば無かった事もあったにして、という気持だったのに、ここではっきり歴史があらわれてくるのだったからです。実際、「復古運動」の時代こそは「壊す人」の塩の道が、土佐から長崎へと延長される転換期だったのでした。新しい交易の計画をオシコメに相談して賛成をかちとり、実行に移したのは、「住みかえ」の成功以来、新しい冒険に自信を得てきたはしっこい行動力のある、「若い衆」の指導グループでした。オシコメはこれらの若者たちの軽はずみなほどの着想を、つまり一歩まちがえば森のなかの隠れ里のありかをあかしてしまうかも知れぬ、かつその際には藩からのお咎めも格段にきびしくなりうる、若者たちの密貿易を励ましてやったのでした。

祖母が見せてくれたお庚申《こうしん》山の満月の夜のオシコメの絵を、僕は父親に見せることを思いつきました。自分の心のなかですっきりしないところがあるのを、父親がはっきりさせてくれそうな気がしたからです。日中はいつも土間から上がってすぐの板敷きの広間に正座して、三椏《みつまた》の束の整理をする父親は、その時も仕事の手を休めただけで、そのまま絵を見ていました。それから、――ハッハ！と笑うと、この絵は村に幾枚もあるもので、人気があったため絵を描ける人が頼まれて次つぎに写したのだ、と説明してから、次のように続けました。

――祖母様《ばあさま》はタワケにタワケて居る絵だといわれた？それならば、そうかも知れぬなあ！しかしオシコメは長老らのいうことよりも「若い衆《し》」らとの話を尊重したといわれるから、これは「若い衆」らとの会議のありさまを、面白く描いたのであろうなあ。それじゃ、汚さぬうちにわしが祖母様にかえしておこう。

そういって父親は謹厳かつ機嫌よい表情で、離れへ立って行きました。もっとも祖母にはひとつ注意もあたえた様子で、僕は当の絵を二度と見せてもらうことはなかったのです。

「若い衆」ら指導グループの若者たちが、森のなかの盆地の社会を富ませることになる交易の道をこの時期に確立したこと、オシコメがその着想と実行を励ましもしたということは、「復古運動」を推し進めた人びとが「壊す人」の創建期にならうのみでなく、将来をもなんとか見通して準備をしようとする、革新的な人びとであったことを示しているとと思います。

27

「復古運動」の日々、集団労働にしたがううちに、かつては「巨人化」していた身体が、萎《しぼ》みこんだばかりか向こうが透きとおって見えるほど稀薄になり、輪郭もあいまいになって、ついには空中に消滅した創建者。あの気の毒な老人たちについて、もうひとつだけ書いておきたいことがあります。

老人たちが次つぎに消滅する間も、「復古運動」に息をつく暇もなかった壮年や青年の人びとは、森のなかの新天地の創建以来百年も生き延びて谷間と「在」の社会の根幹をなしていた老人たちのことをすぐにも忘れてしまうふうでした。疲れきって宿舎に並んだ寝床に横になり、眠りこむ前の短い間にふと思い出すことがあっても、あれは自分が子供の頃に見た芝居の一シーンかと感じるようであったといいます。

老人たち自身、その永かった生涯の最晩年には、はじめに書いたように森のなかの盆地で暮らしている自分らが幻にすぎないのではないかと疑いはじめるような、憐れな夢をそろって見たのです。すでにのべたように夢を見たというような、いかにも個人的な話がなぜつたわっているかといえば、それは老人たちが自分らの夢についてお互いに話し合ったからです。口に出してみなければ、夢の世界と実際の暮らしとをとりちがえてしまいそうな、不思議な現実感のある夢で、その夢を見た老人たちには黙っていることが不安だったのでしょう。

老人たちの見る夢は、誰のも同じように、城下町の乱暴者であった若い頃に仲間たちと藩から脱出し、川すじをどこまでもさかのぼって森に囲まれた盆地についたという過去の経験などなかった、と気がつくことから始まっていました。藩の若侍としてハメをはずすふるまいもかさねたが、そのうち父親のあとをついで素行もおちつき、まずは安《あん》穏《のん》に城下町の屋敷で暮らして来た、そういう生涯だった……と夢は続いたのでした。

「復古運動」の力仕事が身体にこたえる老人たちは、わずかな中休みにも物かげにうずくまったり・地面に倒れ伏したりして眠りました。そしてすぐさま、城下町の藩士として、育ちの良い家族たちに囲まれながら、穏やかに暮らしてきたという夢を見たのです。一度の眠りが短いものだから夢は断続的で、それでも一貫している内容の、続きものの紙芝居でも見るように、もうひとつの自分の生活を夢に見たのでした。

そうしている間も、すぐにあらためて仕事を始めねばならぬ時間が来ます。指導グループの「若い衆《し》」に揺り起こされ、老人たちは素直に労働の列に並びながら、憤激した子供のように口をとがらせて、お互いにいま見た夢の話をかわすのでした。——「壊す人」と一緒に川をさかのぼって、ここに新天地を拓いて暮らすことを、自分らが望んでいなかったとでもいうような⁉

そのうちに老人たちの内部で、現実と夢のバランスがひっくりかえる進み行きとなったのです。この森のなかの盆地で経験してきたことは、ただそのような夢を見たにすぎない。藩の家臣としてさしたる変化もなしに暮らした、そのような一生が本当のことで、いまの身の廻りの出来事は城下町の隠居である自分が、森のなかの盆地での奇態な生涯を夢に見ているだけなのだ。なんというもの狂おしい、疲れる夢だろう……

目ざめている間も老人たちは黙り込んでノロノロ働き、自分の薄暗い心のなかに起っていることをよく見てとるために、そこへ頭を差しこみでもするようにして考えつづける、という具合になりました。そしてついには老人たちの現実と夢の生涯が入れかわって、この森のなかの盆地の老人たちの身体は稀薄になり輪郭もあいまいになって、夢の生涯の場所であった城下町へと、移って行ったのです。そして老人たちとともに働いていた壮年や青年の者たちは、音もたてずに消滅した老人たちのことを、それまで目の錯覚のように見えていたものが消えてすっきりしたとでもいうふうに、すぐさま忘れてしまったのでした。

28

「復古運動」の達した最高潮の水位を示して、そのあとすぐオシコメの失脚へとつながった「総放火」があります。それは森のなかの盆地のすべての家屋に火がつけられ、焼き払われるという、まさに大きい出来事でした。それまでの「復古運動」は、おもに田畑を舞台にして、衰えた土地の力を恢復させるためにこそ行なわれたのです。ところが集団労働をつうじてそれが成功のうちに一段落すると、オシコメと指導グループの「若い衆《し》」の目は、「在」と谷間の人びとの住居に向けられました。「復古運動」に先だつ「住みかえ」をつうじて、どの家に住む家族も、その構成ともども以前とは入れかわっています。それでも人びとは「壊す人」に指導された創建期の、誰もが平等に森のきわの穴に住み、続いては共同で建てた仮小屋に住んだ状態とはちがった暮らし方をしているのでした。

加えて谷間と「在」の全体を見わたせばあきらかなように、創建以来百年を超える月日がたつうちに、貧富の差がきわだつ家いえが建ち並んでいるのです。建てた人間と住んでいる人間とは「住みかえ」によって入れかえられたが、その上で、不平等が現にあることを無視するわけにはゆかない。「住みかえ」で新しく条件の良い家に住み始めた者たちが、特権意識まで示している例もある。むしろいったんすべての家を燃やしてしまい、あらためて一定の条件のもとに、兵舎のような家を建て並べよう、という計画が立てられたのです。

谷間と「在」すべての家屋を焼く大きい火焔《かえん》が、盆地を囲む森の外側の、はるか遠方にまで見える煙をたてないように、真昼の晴れわたった空のもとで「総放火」は行なわれました。これまでにも繰りかえされた山焼きよりはるかに大きい規模で、後背地に燃えひろがらせぬために技術的に難しい焼却作業を、オシコメが直接指揮に乗り出して、見事にやってのけたのです。

立ちのぼる炎の間を行きかって働く、フンドシと短い腰巻だけの人びとは、この勇ましく危険な作業に雄々しく緊張したにちがいないし、さらにはお祭り気分に沸きたつようでもあったでしょう。寺の地獄絵に描かれた、新世界を創建する労働そのままの眺めだったろうと思います。そして子供の頃の僕には、この大火こそ、お庚申《こうしん》山でオシコメと若者たちがタワケにタワケたふるまいにもまして、百年を超えて耕作された森のなかの土地に、豊かな生産の力をよみがえらせたみなもとではないかと感じられたのでした……

そうであるからこそ村の人びとは、永い時にわたって「総放火」の記憶を保ちつづけ、秋祭りには、飾りたてた山車《だし》を谷間から「在」へ引き廻した後、火をつけて炎上させる祀《まつ》りを行なって、田畑に豊かな実りをもたらす力を回復させつづけてきたのではないかと。

29

オシコメの失脚は、さきにものべたように「総放火」のすぐ後にやって来ました。そこで永く僕はオシコメたちが人びとの住居に火をつけたことがその直接の原因になった、と思いこんでいたものです。ところが大学に入って村を離れてからはじめての夏休みに帰省すると、もう引退している谷間の神主さんが話を聞きにくるよう連絡してくれました。祖母が死んで十年たっていましたが、森のなかの盆地の神話と歴史を自分の孫に話してやってくれという、彼女の遺した言葉は、老人たちのなかで生きていたわけです。神主さんは次のような話をしました。村のたいていの人間がそうだが、きみもオシコメが谷間と「在」の家を焼き払ったから失脚したと、漠然とにしても、そう考えているのではないか？　この言いつたえは、自分が永年調べて来たところでは正確でない様子だ。オシコメは家屋を焼き払ってしまった後、さらに新しい提案をした。「壊す人」が川すじをさかのぼって出くわした、大岩塊あるいは黒く硬い土の塊《かたまり》が、ふたつの山腹を閉ざしていた頸、この障害物を爆破して、「壊す人」はそれまで臭い水がたまり瘴気《しょうき》を発していた沼地を、人間の住むことのできる場所に変えられた。それがわれわれの村の起こりだが、はたしてこの爆破は良いことのみをもたらしたろうか？　目には見えぬ悪いことをも森全体に及ぼしてきたのではないか？　自分らはこの百年間谷間と「在」に積もりつもった歪み・ひずみを焼き払った。さらに一歩進めて、森のなかの盆地そのものを昔に戻してはどうだろうか？　大岩塊があった場所には、土塁を積み堤防を築いて、谷間と「在」を水の底に沈めよう。これからも水に沈まぬ高みにある田畑を耕作するのみで、ぜいたくさえしなければ、村の人間は生きてゆけるのだ。森に登って樹木のなかで暮らし、耕作にのみ降りて来るとしよう。そうすれば隠れ里の村が外側の人間の目にふれぬかと、怯《おび》えながら暮らす必要もなく、「自由時代」の暮らしはいつまでも、いつまでも続けられよう……

　神主さんの話すところでは、オシコメの提案は「復古運動」の指導グループの「若い衆《し》」たちに強く拒否されたのです。オシコメは、たちまち孤立してしまいました。「住みかえ」から「復古運動」まで、オシコメと一体になるかたちで、村の人びとを指導し・支配して来た若者たちが、いまやそれらの人びとと和解して、かれらと親密な関係を結びなおし、村人の代表としてオシコメに敵対することになったのです。「若い衆」たちは、オシコメとの全面闘争すら覚悟したのでした。

当時オシコメは森のなかの盆地で「巨人化」している身体を持ったただひとりの人物でした。「南蛮の秘薬」も飲んでいます。もし彼女が闘う気持をおこしたとしたら、村人の先頭に立つ若者らは、困難な闘いをやらねばならぬことになったでしょう。ところがオシコメの方には、いっさい闘う意志がなかったのです。「若い衆」たちとの交渉で、彼女はすぐにそれまで自分が持っていた権力をすべて手ばなすと言いだしました。それから森のきわの穴のなかでもいちばん大きい穴に、自分から進んで入りました。先にいったとおり、うつぶせになって足の方から這い込んだ。そして入口を格子でふさぐことにも不平をいわなかったのでした。

――オシコメは、これほどにも従順な穴への入り方であったのにな、そのようにして捕われの身となりながら、谷間と「在」を水底《みなぞこ》に沈めるという提案のことだけは、正しかったと、いつまでも言いはりつづけたのじゃそうな！　と神主さんは長大な頭をうやうやしくひねって、話をしめくくったのでした。祖母の話でも、オシコメが捕えられてから村の人たちは楽しみのようにして森のきわへ登って行き、——考えをあらためたかな？　あらためたらば、許す、許す！　と呼びかけたそうです。穴のなかのオシコメは大きな鼻しか見えない顔に顎から下は髪をぐるぐる巻きにして、つまり大きな毛虫のような恰好で、その返答としてイヤイヤをした、というのでした。そこで人びとは格子の間から棒切れを差しこみ、オシコメの頭を叩いてから谷間へ降りて来た……

　元気にあふれたいたずら者のような着想と行動力の「若い衆」たちが、「住みかえ」から「復古運動」へと勇み立って活躍する間、オシコメはかれらを励まし、リードし、全面的に支えてやりました。その上で「復古運動」のしめくくりの段階では、若者たちをすらためらわせ、離れてゆかせるほどの恐ろしい提案をオシコメがしたために——結果的にであれ——、「若い衆」たちの指導グループと村の人間みなに和解がもたらされることになったのです。僕にはそれが、村社会の将来をよく考えたオシコメの配慮だったのではないかという気もします。しかしともかくオシコメは鰻のようにして穴のなかへうしろ向きに這いずりこんだ後、ずっとそこにとどまり、はじめから棒切れで叩くつもりでオシコメに問いかけに来る村人がいると、なんとも馬鹿正直に、盆地を水底に沈めて森へ入ろうという提案は正しかったと、言いはりつづけたわけなのです。あるいはそのように態度で示したのです。永い時がたって「巨人化」していた身体がすっかり小さく萎《しぼ》み、入口をふさぐ格子が役に立たなくなっても、オシコメは決して逃げ出さず、幼女のようなキーキー声で言いはりつづけたのでした。もしかしたら、それはいつまでも、かつて「復古運動」で指導グループだった「若い衆」たちと、かれらに支配されたことのある村人たちみんなとの、和解を永つづきさせるために、そのような役割を果たしていたのではなかったでしょうか？　オシコメはMの、若者たちはTの、それぞれに必要な役割を、両者とも懸命に果たしつづけたわけだと僕はいいたいのです。

第三章　「自由時代」の終わり

1

考えてみると僕がはじめて「自由時代」という言葉を聞いたのは、「復古運動」のしめくくりのオシコメの提案について神主さんが話してくれた際、それもオシコメの申しのべた言葉として聞いたのでした。そしてこの言葉こそあてられないものの、その後永く続いた森のなかの盆地の独立時代の話は、祖母の言いつたえの中心にあったのです。とくにこの時代は、谷間と「在」の人びとをめぐる昔話が、神話から歴史に移って行くようで、特別な面白さをそなえていたのでもありました。

しかし「自由時代」という言葉は、オシコメを森のきわの穴に幽閉した後、若者たちと長老らの合議制で、村を運営して行くことになった、そののちの森のなかの盆地についていうのです。したがって「復古運動」の指導者だったオシコメの提案のうちに「自由時代」という言葉があったとして神主さんが話したのは、アナクロニズムです。「自由時代」に生きた人びと自体、いまある社会の独立した状態が危うくなってはじめて、「自由時代」ということの本当の意味をとらえなおしたのでした。むしろ言葉自体この時期に生まれたのだったでしょう。

「自由時代」もはじめのうちは、とくにめざましい出来事は語りつたえられてはいないのです。いかにも平和に安穏《あんのん》に、永い月日が過ぎ去って行ったのでした。塩の道からの限られた出入りを除けば、森の外側の時代と、この山襞《やまひだ》の奥の盆地の人びととの暮らしとは、まったく没交渉でした。村の人びとはすっかり自立して暮らし、森の外へ出て行こうとは思わず、そのようにして時がたって行ったのでした。それでも遠くからの風の噂のような言いつたえが、全体にぼんやりしてはるかな出来事に思える「自由時代」の日々の暮らしから記憶されている出来事として、祖母や長老の胸のうちに湧いてくることはあったのです。

森のなかの盆地のために、新しい「国語」を作り出そうとした話。古くから「壊す人」がそのための言葉の専門家を選んでおいた、ともいわれます。この専門家は野外の労働に参加する義務を免除されました。そして森の外側で使われる言葉ではない、森のなかに創建された村独得の「国語」を発明するようにと、衣料に食糧や酒まであたえられました。専門家が閉じこもりきりとなった、小さな社《やしろ》のような家は、僕が子供の頃まで川向こうに残っていました。幾本もの樹幹がひとつに捩《ね》じれてくっついたシイの木の根方に、地盤をその大きい樹木の根で囲いこまれ、浮き上がったふうにして。アリジゴクが沢山巣を作っているサラサラした床下を掘ってみると、墨で文字を書いた古い紙の小さい切れはしが出て来る、ともいわれていたものです。

この言いつたえは、十数代のちの世代である谷間の子供の僕に、新しい「国語」の作り方についてもの思いにふけらせる種子は蒔《ま》いたのです。新制中学の時、エスペラントの学習に夢中になったことがあるのも、直接その夢想に根ざしていたのでした。

2

言葉の専門家は、村から援助を受けながら、研究に熱中しました。しかし成果はあがりません。こうした仕事を託される人らしく生真面目な性格で、責任感にせめたてられた模様です。研究のあいまに息ぬきの散歩をすることもなくなり、祭りにも谷間の祝い酒の席にも顔を見せることはありませんでした。それは村でいえば、まったくの隠者となってしまったということです。そのうち村の費用で食事を運んでくれる近所の女たちとも、言葉をかわすことがなくなりました。森のなかの盆地の人びとから自分を隔離するようにして、はかどらぬ「国語」の研究をしながら永く生きたのでした。

そのうち村の言葉の専門家にも、自分の生涯の終わりに近づいたことが自覚される時が来ました。その結果、ずっとシイの木かげの家に閉じこもっていたこの人が、めざましい働きをしたのです。ある満月の夜、日頃は家のなかをしか歩かぬ人が、谷間と「在」のありとあらゆる場所を駈けめぐったのでした。なんのために？　新しい「国語」を作り出すという大仕事に行きなやんでいる間に、村の場所場所に新しい名前をつけるだけは、手をつけやすいこととして完成していました。そこでかれは独自に命名しておいたそれぞれの場所の名を、半紙に墨で書いて、現場に貼りつけて歩いたのです。

それらは大変な数にのぼりましたから、一晩のうちにすべてをなしとげた言葉の専門家の労苦は非常なものであったにちがいありません。しかも新しく選ばれた名は、その後、村人からあらかた忘れられてしまったのです。ただ「大簗《おおやな》」とか頸とか「死人の道」とかいう、はっきり特徴のある場所につけられた名だけは覚えられてきました。現に僕もそれらの地名を使って育ったのです。言葉の専門家の老人は、半紙の束を抱えて奮闘した夜が明けると、もうシイの木かげの家には戻らず、森に登ってしばらく隠れるように生きた後、ひっそりと死んで行ったということです。

森のなかの盆地の独自の「国語」ということでは、もうひとつの言いつたえがあります。「自由時代」が終わり藩の支配のもとに入るほかなかった村の交渉役として、まだ若い亀井銘助が城中に呼ばれ、村に理解を示してくれた若いお殿様にこういう滑稽譚をしたというのです。

――祖先様が森の奥へ迷い込んで、あまり永く時がたってしもうて、山猿のような暮らしゆえ、われらは文明から遅れ申したよ。そういう頭に具合のよろしいよう、言葉は簡略にされ申してな、専任の係がそのために働いたほど！　犬はワンと呼び、猫はニャーと呼び、空を飛ぶものはどれもポッポと呼び、水中の生きものはすべてトットと呼び申した。この簡易語が完成しておったらば、三歳童子の解する言葉よりほかは忘れられて、われらの頭はさらにも単純となり申したろう。寛仁《かんじん》なるお殿様の御力によって、文明のなかへ戻していただいたことは、われらの幸せ！　まことにありがたい。お礼を申しあげる際の、われらの言葉は、こういう具合でありましたよ、キャッキャ、キャッキャ！

3

「自由時代」。それは「壊す人」にひきいられた若者ら娘たちの創建した村が、百年たつうちに積みかさねた歪みを「復古運動」で乗り越えた後の時代です。改革の過程での行き過ぎは、オシコメが失脚して、妥当なところまで戻されました。人びとは森のなかに独立した村を、ひとつの国、ひとつの世界のように感じて、そこから脱け出すことなど考えても見ませんでした。人びとが注意深く村を守ったので、外側の勢力に侵略される、ということもなかったのでした。

こうした「自由時代」の村の確かな安定があってはじめて、ということだったはずですが、そのように森のなかに孤立して自給自足している盆地に、他国の商人がひそかに入って来るようになったのです。はじめは「壊す人」が塩の道として拓《ひら》き、「復古運動」の時期には若者たちが長崎まで交易に行った、森のなかのけわしい道をつうじて。今も旧道として名残の残っているその道は、規則正しくジグザグのコースをきざんで森を抜け、四国山脈の背骨の関節のつなぎ目ともいう所を通って、ついには太平洋がかけらのように光って見える場所に到ります。高校二年の春休み、弟と二人で片道二日の道のりを歩いたことがありました。まだ道なかば、森を抜けて背の低い灌木がまばらに生えた平たい草地に出た後、また急な登り坂になって、足もとに広がる森のなかの盆地を見おろしました。われわれの先祖が数百年もそこに閉じこもって生きた世界の小ぢんまりした眺めに胸をつかれていると、率直な弟は、――ウヘー、まいった、まいった！と声をあげたものでした。

塩の道を通る他国の商人たちが、村では生産できないこまごました物品を運び込んで来る際――春と秋に一度ずつ、ということだったようですが――、見かえりとして盆地から運び出した生産物が木蠟《もくろう》でした。商人たちは村の唯一の外部へのルートから、質の良い晒蠟《さらしろう》を担いで帰ったのです。県境いにそった土佐の民話に、迷った山奥で見つけたウルシの沼で、竜に出会うという物語があるのは、地理的にいえば急峻な坂道を登り降りしなければならず、政治的には山脈どちら側の藩の目もくぐらねばならなかった、蠟の密輸の危うい環境を反映しています。

商人たちが村に持ち込んだ品物には、火薬と小火器までふくまれていました。「自由時代」の終わりがた、押しよせて来ようとしている困難な日々を目前にして、村の長老たちが協議の上、そのように危険な品物を商人たちに要求したのであったはずです。

4

さらに他国の商人は、芸人たちまで連れて来ました！　それは一座を組んで踊りと芝居をやる集団でした。谷間には、かつて蠟倉庫であった大きい建物に「世界舞台」という呼び名のステージが残っていましたが、それはもともと「自由時代」の芸人たちの芝居のために造られたのだといわれていました。森のなかに永年閉じこもって暮らす人びとに、外の世界ではどういうことが起こっているか知らせる芝居のための舞台。僕の母親は当の「世界舞台」で、やはり村の外側から呼ばれてきた劇団による、「大逆事件」とか「サンフランシスコの大地震」とかいう芝居を、村で育った幼女の頃に見たそうです。

他国の商人たちが連れて来た芸人たちの公演で、村の若者を熱狂させたのは、踊る娘たちでした。彼女たちは踊りを演じるのみならず楽器を演奏し歌もうたったのです。ある年のこと、人夫も兼ねた男の芸人らに蠟の荷を担がせ、商人たちが立ち去った時、村の若者らが五人盆地から姿を消していました。取り急ぎ長老たちが調査すると、谷間と「在」のまことに多くの若者らが芸人集団とともに森の外へ出て行くことを熱望し、クジを引いた結果、それだけの勝者が山越えのけわしい路をつたう権利を得たとわかりました。

長老たちは、選にもれた無念の思いを抱いているクジの敗者たちで追跡隊を組織しました。一座の女たちを保護しなくてはならず、ゆっくり山道を登って行く、蠟の荷を担いだ一行に、若者らの追跡隊は山脈のこちら側で追いつくことができたのです。若者らは、長老たちから託された信書を、今後の交易のこともあって村側とトラブルを起こしたくはなく、どんな申し出にも譲歩するつもりの商人たちに手渡しました。

信書が商人たちにもとめていたのは、盆地脱出を計った若者らの目あての、娘芸人五人みなの引きわたしでした。翌年の蠟商いで損害の償いはするという村側の申し出に、商人たちは娘芸人を説得するほかはなかったのです。もとはといえば、芸人を森の奥へ連れて行くという気まぐれを起こした商人たちが厄介の種子を蒔《ま》いたのです。娘芸人たちは楽器や衣裳を仲間たちに渡して、彼女らと他国へ向かう覚悟だった若者らに保護されながら、あらためて深い山襞《やまひだ》のかげへと降りて行ったのでした。

盆地へ引きかえす道のりで、百数十年後、僕と弟が深い森のベルトのなかのちっぽけな土地の眺めにショックを受けた、見晴らしの良い草地では、娘たちも激しい心のおののきを感じとったのではないでしょうか？　それでも彼女たちは勇気を出して、先導する若者らに従ったのです。

5

あらためて村に連れて行かれる娘たちが高みの草地から平べったい円錐型の底の盆地を見おろして――新しく訪ねる巡業先への旅芸人の好奇心などというものではなく、生涯を暮らす場所として、この狭く限られた土地を受けとめて――感じとった心のおののきを言いました。それというのも森の外側から盆地の村を見る時、かつて他人たちの目にそこがどのように映ったか、僕には思いあたることがあるからです。

われわれの村をふくめ、いくつもの村が合併されてできた町の、郷土史研究会が発行した各種の小冊子を読んだことがありました。そこに『吾和地《あわじ》区域の廃村化を惜しむ』という文章があったのです。僕の村は「区域」と呼ばれる町の一部分となったわけですが、この文章の目的のひとつは、吾和地区域の古名「甕《かめ》村」を、旧家の記録から報告することなのでした。

維新のわずか前、藩の年寄役(家老職)をつとめていた侍が不始末をおかし、城下町を去って辺地に蟄居《ちっきょ》を命じられました。謹慎のための場所に選ばれた「甕村」が、現在の吾和地区域だというのです。「甕村」と名づけられた理由。古老に聞いたところでは、森に囲まれているこの区域の眺めが、川下一帯で人の埋葬に使われた甕に似ているからであったそうな……

甕棺のかたちに似ている村、死者をそこにひそめることこそふさわしく感じられる場所。谷間に蟄居した侍は、甕村という名を、死の国にしばらく降りている気持にふさわしい呼び名として──それが当時すでに古名として残っているにすぎなかったのに──日誌に書きつけたということでしょう。

川をさかのぼって行くと、森のなかに隠れ里のような村がある。人びとはそこに閉じこもりきりの不思議な暮らしをしている。まるで死んだ人びとの国のような、忌わしく不吉なイメージがあるために、川下の人びとは隠れ里を秘密にしたのではなかったでしょうか？　それならば隠れ里がおおやけにならぬ間も、森のなかの人びとの暮らしは、川下の村むらで知るところだったのです。忌わしく不吉な場所として、自分らの生活の場からは切り離しているが、それなりの意味のある場所として、そこが藩の役人たちの目にふれないよう守っておきたい。そういう感じ方が、川下の村の人びとのものであったように思います。

そのような村をめぐる人びとのひそかな援護がなければ、「自由時代」の永つづきということはありえなかったはずです。もっとも川をくだった城下町にも四国山脈を越えた向こうの藩にも、幕末の荒あらしい風が吹きよせはじめると、もう「自由時代」がそのまま続いて行くということはありえないのでした。

6

そしてついに、「自由時代」の終わりが訪れるのですが、まずその先ぶれのようにして、これまで見られなかった招かれざる客が、森のなかの盆地にあらわれたのでした。

かれらは土佐藩を脱藩して四国山脈のこちら側にくだり、瀬戸内海の港から京、大坂をめざす侍たちでした。もっとも「壊す人」の塩の道とは別に、公式に築かれた山越えのルートは、確かにひとつながりの森のなかではあるけれども、盆地からは離れた場所を通過しているのです。そもそものはじめは脱藩者のあとを追う者らを逃れての、昼夜を分かたぬ強行軍のなかで、盆地へ入りこむ、もとは塩の道の通路を降りてしまったのだったでしょう。まだ若い侍たちは慣れぬ山道に疲れ、追っ手を恐れて苛立っているところを、思わぬ仕方で目の前にあらわれた、不思議な村でもてなされて、休養をとった後、あらためて京、大坂へ旅立ったのでした。

その結果、森のなかの盆地の村のことは、脱藩して行く土佐の志士たちの間で、ひそかな語りつたえとなった模様なのです。あきらかに村を中継ぎ基地と見なして、山越えの道から降りて来る侍たちが、次つぎにあらわれたのでした。かれらが藩の役人に、村について通報しないという言質《げんち》をとり、それを交換条件として豊かにもてなす。しかしあまり永く滞在されては、村としても不都合なことが生じて来ます。脱藩者との関係において適切な手段をとることのできる、いわば外交官が必要でした。そしてまさにそれにふさわしい人物として、村の長老たちは、まだ十五、六歳の亀井銘助を選んだのです。いかにも才気煥発だが、それだけ危うげでもある若者につきそって、大切な仕事を無事やりとげさせたのが、銘助さんの母親とも義母ともいわれる、まだ三十なかばの女性でした。

子供のような若さの愛想の良い銘助さんを前に出して、盆地へ降りて来る侍を受け入れ、銘助母《めいすけはは》と彼女に指導される娘たちが、滞在中の世話をしました。もし侍たちが無理を押しとおそうとすれば、すぐにも戦闘団に早がわりして村を守るはずの若者らは、その間姿をひそめているよう、言いふくめられていたのでした。

脱藩して追っ手をまきながらけわしい山道を辿った後、なんとか体力を恢復して京、大坂へ向かおうとする武士たちに、すすんで要求を聞いてくれる窓口の銘助さん、さらに銘助母と娘たちの接待は、この荒あらしい時代に森のなかの隠れ里の印象をいかにもすばらしいものにしたことでしょう。

7

森のなかの盆地を脱藩の中継ぎ基地にした侍たちは、滞在する間、手厚くもてなされたばかりか、志士として京、大坂で活動する資金すらも調達してもらうことがあったようです。それに関連して、次のような言いつたえも残っています。

明治維新の後、盆地で生産される木蠟《もくろう》は全国規模の販売ルートを独占し、かつは海外にまで輸出されることになりました。それは村で開発された晒蠟《さらしろう》の技術が秀《すぐ》れていたということもありますが、維新前につちかわれた人間関係が、おおいに役立ったともいうのです。山越えをして京、大坂に出る途中、森のなかの村に立ち寄って援助を受けた者たちのうちに、明治政府の高官になった人びとがいて、利権がらみではあったでしょうが、蠟取引の仲介を熱心に行なったといわれます。

銘助さんを交渉役に、かれのかげにまわって村の長老たちはよく協議し、注意深くまた勇敢に、侍たちを援助しました。しかしただあやふやな変化をもとめる気分から藩を脱け出して、森のなかの盆地でもてなされるのをいいことにノラクラ日を過ごす連中には、きびしい態度も示したのでした。

もっともその種の脱藩者たちに退去をもとめることは、大きな危険をともなうのです。そのような若い侍たちには、いったん脱藩して来た山脈の向こうへ戻る気持はありません。村を出るのは良いが、そのまま川すじをくだって、奉行所へ隠れ里を密告しかねないのです。これらのノラクラ侍たちの始末は、村の防衛のために重要な意味を持っていました。そこで実際にこの任務を果たしたのは、買い入れた新しい武器で訓練をかさねている、若者らの戦闘団でした。

谷間の中央に建てられた蠟倉庫は、いつの間にか戻って来ていた「壊す人」がひとり住んだともいわれる場所ですが、この蠟倉庫に、ある時十人の武装した無法者が、谷間の子供らを人質にしてたてこもったのです。長老たちの協議にもとづいて、銘助さんが、閉じこもった無法者のリーダーに谷間の娘と結婚させるという申し出をしました。加えて蠟倉庫の高い窓から酒と肴を吊りおろしたのです。人質にされていた子供らがお酌をするうち、無法者らは心を解《と》いて、蠟倉庫の扉を開きました。めでたく祝言《しゅうげん》をあげたリーダーと娘が、蠟倉庫を出て新居となる家へ移るに際して、子供らは笹に色とりどりの布をつけた、例のかざりをかかげて先導役をつとめたのでした。

　しかしかれらが立ち去った蠟倉庫へは、若者らの戦闘団が突入して、酔った無法者をすべて殺害したのです。リーダーも、まだ行列をつらねている村すじで斬り殺されました。祖母は、このにせの祝言にあたっての少女のような花嫁が、リーダーを斬った刀を足頸に受けて傷ついたと話していました。しかも片足の悪い老婆が、谷間の「飲食店」でうどんを湯掻いているのを、あの人こそ、その花嫁だというのでした。

8

祖母だけでなく、老人たちなら誰もが話したこの言いつたえを、「自由時代」の終わりの歴史の動き方にそわせてみると、どのようなことが現実に起こったのかは跡づけることができます。十名の無法者も、はじめは京、大坂へ脱藩して行く志士として、中継ぎ基地の村に降りて来たのにちがいありません。村でもてなされるうち出発する意志を失い、ただわれわれの土地に寄食するだけのごくつぶしになったのだろうと思います。

村の大人たちからよく言いふくめられていたはずですが、それでも子供たちはかれらとなじみすぎたので、人質にとられる羽目に落ちたのです。無法者のリーダーが、にせの婚礼に謀《はか》られる進み行きは、奇妙なほどの他愛なさですが、若い無法者は、谷間の娘と縁結びをすることで、安心してここに居残りうることを思ったのでしょう。

蠟倉庫に籠城した無法者を退治する決定は、長老たちが行なったのですが、具体的な段取りは銘助さんが母親と一緒に決めた、といわれています。――銘助さんは自分とあまり年の差のない無法者の、心の動きを推しはかることができたし、銘助母には、銘助さんの見てとれぬ裏側を見とおすことができたのですが！　と祖母は話したものです。それが僕に印象を強くきざみ、そののち僕は心の裏側を自分の母親に見てとられているのではないかと、居心地の悪い気分になることがあったのでした。

亀井銘助はこのはっきりした協力をふくめ、銘助母に様ざまの仕方でかげの援護を受けながら、よく働きました。そしてこのような経験にきたえられた外交的手腕が、やがて森のなかの盆地に降りかかった危機に、役割を果たすことになったのでした。危機、それはどのようにやってきたか？　川をさかのぼりつめたところにある隠れ里を、ひそかに甕《かめ》村と呼びながら、しかしそんな村はないということにしてきた川下の流域の農民たち。ほかならぬかれらによって、ある日村が占拠されていることに人びとは気づいたのです。それが危機の始まりでした。

僕が幼かった頃、冬のある朝目ざめてみると森の高みから谷間までいちめん雪に覆われているような時、その言葉の意味はよく知らないまま、喉に湧き起こってくるのは、――チョーサンのような！　という嘆声だったものでした。

チョーサン、逃散。その朝森のなかの盆地の人びとが自分らだけ永年閉じこもって暮らして来た場所に発見したのは、老人から赤んぼうに到るまで、村ぐるみで自分らの土地と家を棄てて来た――つまり逃散して来た――、それこそ夜の間に雪が降りつもるように、谷間から「在」までを充たしている川下の農民たちだったのです。

9

「壊す人」にみちびかれての、若者らによる開拓以来、「復古運動」を頂点に、大事件は幾つも森のなかの盆地で起こったのです。しかしそれらはあくまでも、谷間と「在」の内側の出来事でした。ところが今度は、迷い込んで来たような、そしてそのあつかい方はすぐにも村の人間の承知した、山越えの志士たちによるのでなければ侵されることのなかった外部との仕切りが、おおぜいの泥足によって踏みにじられてしまったのです。

谷間を流れる川にそった、川下のおもな村むらの農民らが、女子供を引きつれいちがいんとなって、川の流れにさからい下方からふくれあがるようにして、盆地に入り込んだのです。かれらは藩の重税を逃れるために家と土地を棄てて逃散して来た農民ではありますが、身を守るための最低の武装はしています。その意味では、大規模な軍勢の、突然の進駐だったのです。さきに甕《かめ》村という古い呼び名をのせた郷土史研究会の小冊子のことを言いましたが、そこにあわせのせられていた当の逃散の記録によると、村に入って来た人の数は二千名を超えたということです。

若者らの戦闘団はあっても、現に村に入り込んでいる、これだけの数の農民らの勢いに抵抗するのは不可能でした。のみならず農民らへ炊き出しをするのが遅れただけで、村は掠奪され焼きつくされたでしょう。村の長老たちは、銘助さんを交渉係に、すみやかな対応を行なわねばなりませんでした。

逃散の農民らがめざしていたのは、京、大坂での活動へ向けて山越えして来た脱藩者とは逆方向に、こちら側からみんなして土佐藩領内に逃れることでした。そこに仮の宿りをする場所を確保した上で——ということは土佐藩の介入を待った上で——、後にした藩の役人との交渉を行なおうというのです。いったん先祖伝来の土地を棄てた今、なにより大切なのは、そこでいかにすみやかに、落ちこぼれる者なしに土佐藩の領内へ移動しうるか、ということでした。

　女子供を連れての逃散であるだけに、けわしい山越えの行程もふくむ大移動に、農民らの指導グループは、最初から中継ぎ基地として、昔から甕村の名で知られていた森のなかの盆地を考えていたはずです。逃散の農民らは、まるであらかじめよく訓練を受けてきた人びとのように、苦しい行程にちがいなかった川にそってさかのぼる行軍の後、頸から村の道いっぱいにひろがって谷間へ入り、さらには「在」にまで入りこんで盆地全体を満たしながら、ひとりひとりの暴発としての掠奪行為はいっさいなかったのです。

　逃散の人びとはいったん村を満たすと、じっと道すじに立ったりしゃがみ込んだりして、家々の住人たちの目ざめを、おとなしく待ったのでした。永年にわたって隠れ里に暮らして来た不思議な住人たちが起き出して来て逃散の自分らを見出したならば、なにかやはり不思議なことをやってくれるのではないかと、疲れた母親の胸の赤んぼうまで期待しているかのように、泣き声もたてずじっと待っていたのです。

10

神主さんから見せてもらうことのできた屏風絵に、逃散の農民たちが村からのもてなしを得ている光景がありました。森から谷間へ突き出した岩鼻の、ドロノキの根方の十畳敷きで、逃散して来た農民たちの指導グループに加え、村の老人たちと少年のような銘助さんが画面の中心にあります。多くの人びとの生命をかけた大事件のさなかでありながら、客たち、主人側いかにも屈託なく、重箱や大皿から菓子のように色とりどりの食物をつまみ、酒をくみかわしています。広い画面の右肩に「在」の、下方いっぱいに谷間の風景が描かれています。いたるところ仮小屋や蓆囲《むしろがこ》いが林立するなかで、逃散の人びとに、村の女房たち・娘たちがさかんに食物や酒を運ぶ光景で、祭りのような雰囲気のなかで、子供らに取り巻かれながら谷間の十字路に立っている、もてなしの責任者のような女性は、十畳敷きの宴席の少年と目鼻だちの似かよっている人、つまり銘助母でした……

あの不思議な楽しさの屏風絵を、いまから思いかえしてみると、そこにはどことない緊張の気配も見えかくれしていたような気がします。加えて盆地の村の、甕《かめ》村という呼び名のことを考えると、次のような思いを誘われるのです。

川下の広い地帯の農民らは、川すじをさかのぼった森の奥に、古くからの隠れ里があることを知っていました。盆地のかたちのこともあり、深い森に孤立して外部とまじわりを断っている村を、甕棺の意味をしのばせて甕村と呼び、忌わしい死人の国として思い描いて来たのです。ところが川下の村むらで先祖からつたえて来た仕方では生き延びてゆくことができず、ついに土地も家も棄てて逃散《ちょうさん》することになった際、人びとはそれまで決して足を踏みいれようとしなかった、死人の国・甕村を通過して行く、という決意をしたのです。

これまでは忌わしい、禁じられた場所としてきた村に、女子供を連れて入りこみ、死人にもひとしいと感じて遠ざかってきた人びとの食物を食べ、かれらの醸《かも》した酒を飲む。それはこれまでとちがった人間にと、自分の身体を内側から造りかえるふるまいと感じとられたにちがいありません。一時間後にはそのさなかにいるのかもしれない、追っ手の藩士たちとの戦闘に向けて奮いたつ思いも、表面は穏やかなあの団欒の光景にみなぎっていた、という気がするのです。

11

それでも逃散の旅なかばの農民たちは、盆地の村の人びとと、愉快な雰囲気のうちに丸二日間を過ごしたのでした。逃散という緊急の際に、長すぎる中休みではなかったかとも感じますが、おそらくこの二日間は、土佐藩の領内へ使いを出して、せっかく山越えして行っても、追い戻されはせぬものか様子をさぐっていたようにも思われます。

しかしその先発隊から連絡が届かぬうちに、九十九折《つづらお》れの山道を登った森の高みの山越えの通路に、藩の追跡隊の旗がひるがえったのでした。村の戦闘隊の若者が、森のなかを迂回して、小銃五十梃で武装した藩士たちが待機しているのを偵察して来ました。追跡隊の側では、この偵察を見こしてもいたのでしょう。やがて追跡隊のおもだった武士たちが、谷間への道を降りて来る進み行きとなったのでした。

まさにその時のこと、沢山の銃をいっせいに発射する、もの凄い銃声が響き渡ったのです。追跡隊の武士たちは、森全体の地理をよく心得ている者でなければ辿りえない、直接谷間へ降りる道でなくいったん「在」を通りぬけて、谷間へくだる道すじに姿をあらわしたところでした。

追跡隊の武士たちは自分らが狙い撃ちされたのだと思い、逃散の農民らは自分らをみな殺しにする銃声だと受けとって、誰もかれもが灌木の茂みや草の茂りに頭を突っこんで倒れ伏しました。それからおずおずと頭をあげると、追跡隊が降りて来た側とは川をへだてた向こう側の斜面に、木立のなかに隠れながらも谷間の全長に見あう距離に散開した小銃隊が、一斉射撃を行なったと見てとれたのでした。杉林の、そろった梢のあたりに群青《ぐんじょう》色の硝煙の雲が浮かびあがっていたのです。

一斉射撃をした小銃隊は、つまり村の若者らの戦闘隊でした。「壊す人」が爆破の専門家で、火傷《やけど》を全身に負いながら頸を拓いたという言いつたえは、若者らにつねに火器への関心をそそっていたはずです。蠟を仕入れて帰る山越えの商人たちによって、長崎を経由した小銃と弾薬が運び込まれてもいたのでした。

谷間ぞいに広く散開した小銃隊は、はじめ逃散の農民たちが、暴行や掠奪を始めた場合、かれらを威嚇する役割で待機していたのだと思います。非常事態になれば、谷間の銘助さんが赤い旗を振り廻す。それを合図に農民らを牽制するための一斉射撃をする手はずだったのでした。ところが農民らとは穏やかな団欒がもたれて二日目となり、思いがけず藩の追跡隊が降りて来たところで、銘助さんの赤い旗はグルグル振り廻されたのでした。

12

いったい正確な狙いはなにだったか、それははっきりしないまま、トリックスターらしい銘助さんの着想の一斉射撃は、思わぬ効果をあげました。藩の権威を背負った武士たちも、数においては圧倒的にまさる農民らも、当の銃声に驚いて這いつくばったのです。草の切れはしや土埃を払いおとしながら立ちあがった時、かれらは双方とも、きまり悪そうな薄笑いを浮かべていたということです。それも大人たちは薄笑いのまま終わるところが、子供らは面白い遊びを楽しんででもいるように声をあげて笑い、つづいてしだいに大人たちにも笑いはひろがって行ったのでした。

　こういう雰囲気では、武士たちもただ権威をふりかざしつづけるわけにはゆきません。そこへ歩み出た銘助さんと長老たちの案内で、武士たちは蠟倉庫に向かいました。逃散した農民らの村ごとの代表たちもやって来ました。森にコダマした銃声が静まった時、長老たちとともに、銘助さんは藩の追跡隊と逃散の農民らの、仲介役となりおおせていたわけです。

　武士たちと農民の代表とは、銘助さんをなかだちによく話し合いました。農民らは、数において相手を圧倒しているのです。増援の追跡隊は城下町を出発しているはずですが、道らしい道もない川すじをさかのぼって、大部隊が盆地まで到着するには日にちがかかるにきまっています。しかし農民らが山越えを強行しようとすれば、急な登り坂の細道を一列でつたって行くほかにないかれらを、藩側の小銃五十梃が待ちかまえているのです。次つぎに狙い撃ちされ、急な坂で立往生する女子供がパニックを起こすこともかさなれば、どのように悲惨な血なまぐさい状態になったかわかりません。

長老たちとあらかじめ策を練っておいた銘助さんは、その休戦の案を提出しました。逃散の農民らは村ごとに解散し川すじをくだって自分らの土地に戻ること。藩としては農民らの代表にいっさい処罰を行なわぬこと。そしてそのとおりの進み行きとなったのでした。もっとも当面の大惨事こそ回避されたけれども、苛酷な税のもとでの農民の生活のむつかしさ、しかしそれなしではやって行けぬ藩の財政というようなことには、いかなる前向きの解決もなされたのではありませんでした。数年後あらためて持ち上がって、森のなかの盆地も巻きこんだ一揆は、直接そこに原因をおいています。

それでもともかく土佐藩領へ逃散しようとした農民らは再び村に戻ったのです。この解決のおまけのように、藩は木蠟《もくろう》生産によって豊かな新しい村を支配下においたのでした。そしてそれを「壊す人」にひきいられた若者ら、娘たちに創建された、森のなかの盆地の村の側から見れば、「自由時代」が終わったということなのでした。

13

藩当局は、逃散しようとした村むらの後始末を指導しなければならないのみか、新しく藩領となったこの村のあつかいを決定し、実行に移さねばなりませんでした。森のなかの盆地は、情勢の進み行きしだいでは土佐藩の前進基地にもなりかねない位置をしめています。新しい蠟の生産への対処ということにあわせ、注意深くすみやかに手を打つ必要がありました。

藩はまだ若く身分も高くないが、実務には有能な原島リスケという侍に護衛の部隊をつけて、森のなかの盆地へ派遣しました。いま僕がこの侍の名を片仮名で書くのは、その正式な書き方を教わらなかったからです。原島という姓も、このような漢字を仮に採用したにすぎません。言いつたえをつうじてこの人物のことはよく知っているつもりで、あらためて祖母や老人たちから話を聞きながらも、どのような漢字をかれの名にあてるのかと聞こうとはしなかったわけでした。

村で幼・少年時を送る間、はじめは祖母に、祖母が死んでからは彼女のよく知っていた谷間の老人たちに村の言いつたえを聞かせてもらいながら、僕はその神話と歴史を文章に書きしるす人間として、まったく訓練に欠けていたといわねばなりません。それでもいつの間にか、僕が原島リスケとして記憶にとどめているのには理由があります。言いつたえのなかで、原島様と呼ばれる場合の、この藩の侍は、祖母の言い方にしたがえば、――ヒトのフンドシで何遍でもスモーをとる人。他人の財力や才能を利用するぬけめのなさは充分だが、ただそれだけという、つまりは頼りにならぬ官僚。ところがリスケさんは、亀井銘助の常識を離れた計画を実現したかと思うと、独断のふるまいの責任を問われて、あっさり切腹してしまう、あきらかにトリックスターのタイプの人物なのです。そのふたつの性格を一箇の人物にあわせてとらえる仕方を、子供の僕がやりにくく感じていた、そのあらわれが、原島リスケという、ふたつの要素を無理につぎ足したような書き方に残っていると思います。

　しかし原島リスケは、村の言いつたえでいえば、もうあきらかに神話の領分でなく、歴史の側の登場人物なのでした。森のなかの盆地で、逃散の農民らに占拠されてしまいかねぬ大騒動があって、まだひと月もたたぬうちに、農民らが引き揚げる際に踏みならした川ぞいの、しかしそれでもなお困難な通り道から、原島リスケと護衛の武士たちが隊列を組んで谷間へ登って来たのでした。

早くからかれらの到来を見こしていたように、その際、隊列が頸を通りぬけると、谷間を囲む両側の山腹のそこかしこで、大きな音をたてて花火があがりました。藩からの侍たちを歓迎する花火なのだと、銘助さんは説明したそうです。それはしかし逃散してきた農民たちと追跡隊の武士たちとの会談に先だって、かれら双方を驚かせた銃声をあれも同じ花火だったのだと、いいつくろう工作であったにちがいありません。

しかもたくらみを仕組んでの花火打ち上げの間、銘助さんは、盛んな音と光のきらめきを、子供らしい無邪気さで楽しむ様子だったといいます。

14

ともかくも花火を打ち上げておおいに祝うかたちで、村と藩の新しい関係は始まりました。お互いの交渉責任者としての亀井銘助と原島リスケのつきあいは、はじめの日に勇ましく鳴り響いた花火のように陽性で、いつも祭りを楽しんでいる気分のものに見えました。銘助さんとリスケさんは日がな一日、谷間と「在」から森のきわにまで登って、遊んで廻るようでありました。僕が子供の頃、とくに親しい友達と二人組になって遊ぶことがかさなると、――銘助・リスケのように！ と大人からからかわれたものです。

銘助さんは「壊す人」にひきいられた若者ら娘たちによって村が創建されてからのいきさつを、言いつたえに出てくる場所にいちいちリスケさんをみちびいて話してきかせたのでしょう。決して藩に反抗する意志はなしに、ただ昔からのしきたりで、この隠れ里に住んできたのだと、藩側に納得させるために、どうしても必要な手つづきでした。それをいかにも愉快な話しぶりで銘助さんが物語ったので、とうとうリスケさんは、――ワシの祖先は「壊す人」に口をかけてもらえぬほど、つまらんかたぶつであったかな！　と慨嘆したほどだということです。

銘助さんが話上手であったことはあきらかですが、このように柔らかに受けとめて興味を示してくれるリスケさんの、心を開いた――悪くいえば如才ない――態度が、銘助さんを励ましたことも確かだと思います。そこで銘助さんはついに城下町まで出向くことになり、殿様に召されて、例の原始的に単純化された言葉の話などをしたのでしょう。もっとも城中でかれが道化役としてふるまったために、藩の幹部たちは銘助さんの話すことを本気で受けとめはしませんでした。そのかわりに、学問もすれば政治についての参考意見も殿様に出すことのある、幹部の若い後継ぎたちの「侍講《じこう》」というグループが、銘助さんを評価してくれたのでした。銘助さんの道化話のなかに――じつをいえば森の

を所持していなかったかと「岩笛」を示されて――この時代の若い知識人らしく、「侍講」の人びとは、蘭学に対してと同様、道教にも興味を持ち、神隠しをそのすじみちにそくして受けとめることを試みたのでしょう――長時間プープー吹き鳴らした……　そうした逸話にあらわれる面影は、藩と農民らの間に立って逃散を見事におさめるほどの政治的手腕を持つ、大人びた若者のイメージとはまったく別の、甘やかされて育った虚言癖の少年のようです……

　こうした亀井銘助の行ないについて話す祖母の態度も、思い出せば奇妙なふくみのあるものでした。まず祖母は、――銘助さんは「侍講」の人らをへなぶってやられたそうな！と話し始めたのです。銘助さんが少年の身ながら藩の若い知識人らをからかった模様であることに、身内の手柄話かなにかのような感情移入をして……　ところが祖母は、銘助さんがドロノキの花粉にまみれた「壊す人」におぶさって各地を飛行したという話は、実際あったこととして真面目に繰りかえしたのです。

　銘助さんにもともと神隠しにあうような性質・気質があったからこそ、その血は童子につたわって、一揆の際童子は母親や世話役らの見守るなかで、魂となって森へ往復したし、そうして任務を果たし終えると森の高みの木の根方へ昇って行ったのだと、祖母はいかめしいほど真剣な顔つきになって僕を説得したのでした。

16

原島リスケは、「侍講」の若侍たちより身分の低い家柄の出でした。それだけにこまごまと気がついて、城下町に出て来た亀井銘助の面倒をよく見たようです。殿様の前で道化話をする機会をつくってやり、また料理屋での「侍講」たちによる談話会の幹事役も引き受けたのでした。

原島リスケには、かれなりの損得勘定の腹づもりがあったのでしょう。かれには独得のかんがあって、盆地の村が永い独立した歳月の間に富を蓄積していることを、いつの間にかつきとめていました。そして銘助さんをつうじ、その富を村から藩へ吐き出させようとしたのです。村の長老たちは、さきにいった小銃と、森を越えて村に購入した富としての物資に加え、諸国に行きわたった通貨も森のきわに埋蔵していました。ただ精製した晒蠟《さらしろう》だけを、伝えられてきた技術によるものとして藩に上納し、実際の木蠟《もくろう》生産自体、原島リスケの目の前で娘たちに演じさせもしたのです。それだけでも新しい村の併合は、しだいに逼迫《ひっぱく》の度を強めていた藩の財政に貢献したのでした。

祖母が原島リスケについての言いつたえとして、――ヒトのフンドシで何遍でもスモーをとる人、といっていたのは、この位としては低い侍が藩の威光をひけらかすことのできる役目につき、殿様の前で銘助さんに話をさせたり、「侍講」の談話会に客として呼んでやったりすることが、自分の特別な配慮だと、村の老人たちに恩を着せたことによるのでしょう。城下町に出る時、銘助さんはいつも藩におさめる晒蠟の荷を積み出す人夫を連れてであったのですし、憑《つ》かれたようにものを喰ったという料理屋での談話会も、支払いは銘助さんが持参した金で幹事の原島リスケがすませたというのです。

そのうち亀井銘助と原島リスケの間のみでは、森のなかの村が塩の道にはじまって、藩の役人たちのこれまでの構想は及びえないひろがりの、交易をつづけてきたことへの了解が成立した様子なのでした。その証拠に、銘助さんは料理屋の費用を払うための通貨を所持していることを、原島リスケには隠さなかったのでした。

ところでこの原島リスケを主人公にして、われわれの小さな藩が、幕末の歴史の表面にわずかながら顔をのぞかせる事件が起こるのです。いかにも臆病な日和見《ひよりみ》主義ながら、勤皇の方針を固めはじめていた藩主は、その活動を準備するために、銃器を大量に購入しようと、長崎に原島リスケを派遣しました。ところが銃器のかわりに、原島は薩摩の五代友厚の周旋で蒸気船を買い入れたのです。四万二千五百両の代金は五回払いの約束で、蒸気船は早ばやと藩の港に運行されて来たのでした。

しかし蒸気船とともに帰藩した原島リスケは、独断でこれほどの大きい買物をしたことに責任をとらされます。それも切腹という進み行きとなったのでした。おまけに土佐の後藤象二郎の依頼で、一航海五百両で貸しつけられたこの船は、紀州藩の船に衝突されてあっけなく沈んでしまう……　こういう奇妙なほどにも不運なしめくくりが到来したのです。

17

蒸気船購入と貸出しから沈没に到る事件の全体については、藩の公式の記録が郷土史家によって最近発表されています。ところが祖母はすでにその思わざる内幕話ともいうものを、それも村の神話と歴史のうちにまるごと組み入れられている話を僕につたえていたのでした。

原島リスケは藩から多額の金をあずかって長崎に出かけましたが、その分の銃器は確実に購入するつもりだったのだ、と祖母はいったのです。――リスケさんは、ヒトのフンドシで何遍でもスモーをとる人。お殿様のお金を勝手に使うほどの、胆《きも》の大きい侍ではなかったそうな！　原島リスケは亀井銘助から村の富が長崎に蓄えられていることを聞き出して、藩のために提供してくれるよう説得したのでした。それに対して銘助さんは、確かに金は使っていいが、自分の考えにしたがってそうしてもらいたいと提案したのです。しかも坂本竜馬の紹介で五代友厚に結びついた蒸気船購入の取引は、銘助さんがすべてお膳立てしたのでした。代金の一回目の支払いは、小さな地方の村の蓄財として異例な額でしょうが、蠟取引によって永年積み立てられていた資金からの一万両があてられたのです。急を要する取引をそれでいったん成立させ、しかし国もとで反対の意見が強力であれば、一万両を帳消しに、蒸気船は長崎へ再び運行して話はおしまいという約束でした。ところが藩に戻った原島リスケは、その取引の仕組みについて幹部に報告せず、すでに確定したこととして、それが認められるよう強力に請願したのです。——運行の間に、蒸気船に情が移ったのやそうな、リスケさんもまだ若い人であったから！　というのが祖母の説明だったものです。

しかし原島リスケは結局幹部を説得することができず、切腹する結末となりました。その上で原島リスケの死をむだにせぬようにと「侍講」の侍たちが働きはじめ——その段階ですでに土佐藩の圧力があり、直接その圧力が後藤象二郎を介しての蒸気船の貸出しにまでつながっていたはずですが——、蒸気船はあらためて正式に購入されることになったのです。ところが奇怪なことに、その段になって、最初の一万両は支払われていなかった、ということになりました。すでに原島リスケは死んでしまっているし、内密の資金に関わる以上、ヤブヘビの結果にならぬように、亀井銘助も沈黙しているほかなかったのでした。

　蒸気船購入の話はそれで一応しめくくりとなったのですが、亀井銘助は、自分の案と資金提供によって大きい勝負に乗り出した原島リスケが、それこそヒトのフンドシで何遍目かのスモーをとろうとした報いであれ、藩の幹部たちの無理解によって切腹に追いつめられたことに、怒りを抱いていました。そこで蒸気船が土佐藩に貸し出された機会を狙い、森のなかの新天地の創建の際に「壊す人」をたすけたオーバーの島の、「海賊」の子孫と連絡をとり、蒸気船を沈めたというのです。

　この交渉に銘助さんは、藩の役人に捕えられぬよう、村から城下町沖合いの島まで直接飛行しました。その際、銘助さんを背に乗せて運んだのは、「壊す人」でなく、オーバーの魂であったとも祖母は話しました。

18

　たとえ表面だけを見ての話にしても、原島リスケが銃器購入のために長崎におもむき、かわりに蒸気船を買い込むという出来事は、土佐藩の勢力を無視できない位置にあって、勤皇か佐幕か、道を選ぶことをためらってきた藩が、なんとか勤皇の方向に藩論をまとめて、京都へ態度を表明しようとする、その動きのなかで起こったことでした。

その対外的な動きにあわせ当時の藩には内政の困難もひかえていました。さきの逃散にあたり農民をもとの土地へ戻らせた時も、根本的な施策が打ち出されたのではなく、農民たちの生活の苦しさは、逃散するほかないと思い込んだ時期のままでした。

若い藩主は、下級武士の出身の原島リスケを起用して活発に働く機会をあたえたり、「侍講」のグループが発展して藩の一勢力となった「温情派」とともに、農民の生活の実際を理解しようとする動きも示していました。ところが蒸気船購入の問題をきっかけに、藩の幹部たちと論争して敗れた原島リスケの切腹が、転回点をなしました。「温情派」は根こそぎ勢力を失ってしまったのです。その結果、若い藩主は、江戸《えど》表《おもて》に隠居させられることになったのでした。

藩主を棚上げした幹部たちは、これまで「温情派」が努力してきた方向とは逆に、農民たちのしめつけに出ました。あらたに「軒別役《けんべつやく》」という人頭税を設定したのです。新税は、村ごとの一軒一軒にかけられましたが、とくに森のなかの盆地の村に苛酷な税金となりました。藩領の他の村むらにくらべて、独自に富を蓄積している豊かな村とみなされた村では、一般諸村の百軒分もが、ただの一軒について課せられたといいます！　憤慨した銘助さんは、陳情のため久しぶりに城下町に出かけて行きました。ところが無理を聞きあう仲だった原島リスケは切腹しているし、「侍講」の若い侍たちはもう勢力を持っていないのです。さらにホラ話を笑ってくれた藩主は江戸表に滞在して留守。銘助さんは城中に入ることもできなかったのでした。――お城が話を聞いてくれぬならば、そこを跳び越えて話をせねばならんなあ、よし！　銘助さんは、城下町を立ち去る際、お城を真ん中にひろがる町全体を見おろす峠でふりかえり、道にしゃがみ込んでいいました。

――しかし、どうやって？　と一緒に来た仲間が質《たず》ねると、――こうやって、またこうもして！　といいながら銘助さんは、大きいマルをひとつに小さいマルを幾つも、空中に指で描いた、ということです。

19

大きいマルは、いったいどんな意味だったか？

――それは新しい一揆のな、「ワラダ廻状」のことでしたが！　と祖母は言いつたえのこうした謎ときが面白くてたまらぬふうにいったものでした。ワラダは円座。一揆に加わる決意をした村むらの名前を、一枚の布にまるく書きつらねる仕方です。一揆に参加したすべての村を平等な位置において、責任が追及される際、どの村、どれどれの村にとくに重い負担がかかることをなくするための工夫でした。

もっとも僕にはもうひとつの空想があります。われわれの村が、外部では甕村《かめ》と呼ばれており、それは甕棺のかたちから来ていたということに立っての考えですが、僕は城下町の郷土史料館で見た「ワラダ廻状」が、甕のかたちをあらわしていたのではないかと、以前から思っているのです。死にもの狂いの力をふりしぼり一揆に立ち上がった農民たちは、死者の国の、大きい闇の力に頼ろうとしたのではなかったか？　銘助さんはその気持をくみとって、「ワラダ廻状」を甕のかたちにしたのではないかと思うのです。

銘助さんは一揆で最初からめだつ働きをする指導者でした。一揆の計画が持ち上がった時、犠牲者の出なかった五年前の逃散そのまま、川すじを辿って森のなかの盆地に到り、そこを中継ぎ基地に態勢をととのえて大挙山越えする。この計画がありました。今度は追跡隊に藩境いをかためられない前、電撃作戦で山を越えてしまえばよいというのでした。それに反対してコースをまるっきり変更させた銘助さんに、指導者の役割が廻ってくることになったのです。

作戦会議の銘助さんは、まずはじめに、――この前の逃散は大失敗であった！と大声でいって、村むらの代表を沈黙させました。犠牲者こそ出なかったというが、こちらの要求は入れられず、第一逃散は成り立たなかったのだから、失敗ではないか？逃散が、川すじを登って失敗した以上、あらためての一揆は、進む上下を入れかえるのが当り前。当然に、川すじを降《くだ》って行くのでなくてはならない……

祖母はこの会議での銘助さんの演説を、お経でも唱えるような節廻しで口にしたものです。子供だった僕に言葉の意味はよく理解できませんでしたが、節廻しの面白さからそのまま頭に残っています。――一揆の成功、不成功、人智で計るものならず。人智で計れぬものならば、それもわれらが関わるならば、……はじめが天なら次には地、さきに上なら続いて下、左なら右、陰ならば陽、明なら暗とさとるべし。……次つぎに引っくりかえすこそ、正し。人智を超える進み行き、手さぐりのほか道もなし！

このように戦略の大筋を決定した銘助さんが、臨機応変、様ざまに細部の工夫をこらしたのです。小さいマルの着想も、具体的に生かされたのでした。

20

小さいマルは、布に小○と書いた、一揆に加わる農民の旗じるしとなったのです。自分らのことを徒党人《ととうにん》と呼んだ一揆の農民たちに、銘助さんはあらかじめ一揆の先行きのことをよく話してきかせました。一揆の交渉が長びくことを、銘助さんは予想していました。一揆だからといって楽しいことはなにもない。そうである以上、苦しい村での暮らしよりましなものを喰いたい、柔らかな蒲団で眠りたい。川すじをつたってくだる際、町の富家・豪商からは、食物、蒲団、自由に掠奪して良い。それでも村の苦しい暮らしよりさらに窮乏することは目に見えている。苦しいまま家族ごと一揆を脱落して、諸国を流れ歩く乞食となっても恥じることはない、もしそうやって生き延びて行けるならば。——生きるが勝ち！　とも演説したそうです。

かますに炊事道具を背負った徒党人の一家族の家父長は小○の布ぎれを竹槍に結んで、杖の代わりに突いていました。小○は困る、かれらみんなの藩に対する主張は、困る！　と統一されていたのです。さらには一揆が川すじをくだり終え、藩境いの川を渡った向こうの大川原におちついて、先方の藩の役人の立合いのもと、こちらの藩の家老とじきじき談判する折、徒党人たちは「だまされるな、だまされるな！」と連呼するきまりでした。談判の中心役をつとめた銘助さんは、あらかじめ次のように仲間に釘をさしていたということです。

――交渉の敵《かたき》は、第一がお城の役人衆、第二はわれら代表！　徒党人は、増税、新税撤回の「免許」をかちとるまで、役人衆には小◯の旗じるし、代表には「だまされるな、だまされるな！」の連呼を突きつけつづけねばならぬ！　他に旗じるしと見まがうものがあるならば、可愛い児《ご》の着物の袖なり破き棄てよ。むだぐちは叩くな。小◯、だまされるな、それ以外に用なし！

一揆が陣取った大川原は、今も大凧合戦の催しで名高い場所ですが、重要な点は川を渡った向こうの大川原が、すでにこちらの藩の領地ではないということでした。もともと縁戚関係で藩主同士が二重三重に結ばれている、そのような隣藩です。それでもともかく藩境いを越えての、「越訴《おっそ》」という形式は成立したわけでした。広い瀬になっているが水量のある川を、列を組んで押し渡る農民たちと、制止しようとする藩士との、そこここでの小競合《こぜりあ》いに、重く嵩《かさ》ばるかますを背負った農民らは幾人も流されました。かますにひきずられる家父長を助け起こそうととりついて、一緒に流されて行く女子供らの様子は憐れをそそったと、ここで祖母はしばらく泣くのでした。

しかもいったん川を渡りきって「越訴」に及んだ徒党人の数は、さきの逃散にくらべてはるかに多く、一万八千人にも達したのです。これだけの数の農民たちを背後に置き、隣藩の役人の立合いのもと、藩の家老とやりあう代表たちの、なかでも銘助さんの弁説はあざやかなものでした。すでに一万八千人の徒党人が「越訴」していること、つまり隣藩の土地の上から異議を申し立てている以上、力のバランスは一揆の側にかたむいていました。しかも隣藩の現藩主は、江戸表《えどおもて》に隠居させられているこちらの藩主と、幼い頃から兄弟のようにして育った間柄で、「温情派」を追放した当藩の幹部たちに良い感情を抱いていないのでもありました。

21

情勢を読みとる敏感なアンテナをそなえていた、また無鉄砲なほど思いつきをすぐに具体化することのできた亀井銘助は、はじめの要求、大きい人頭税「軒別役《けんべつやく》」の廃止に加えて、まったく新しい要求を示しました。川を渡りこちら側に落ち着いただけで、徒《と》党人《うにん》らはかつてない安楽な気分をあじわっている。そこで願うことは、一揆参加の村むらを、こぞって隣藩領としていただくことである。徒党人らはみな伝来の土地を棄てるという、神代《かみよ》はじまって以来の決心をしたのであるから――銘助さんはこの間の逃散のことなど、すっかり忘れている様子だったのでした――、やはりこぞって隣藩民としていただきたい。「軒別役」の廃止か、こちらか、ふたつにひとつを請願いたす。

　このようにして亀井銘助は、さきに城下町から立ち去る際、峠にしゃがみこんでつぶやいたとおりに、お城が話を聞いてくれぬならば、そこを跳び越えて話をする、という思いつきを実現したのです。つまりこの一揆を、長びけば隣藩との関係で幕府の介入を待たざるをえないかたちに、外に向けて開いたのでした。

　一揆は成功しました。一揆の村むらを隣藩領に組み入れる、あるいは徒党人みなに隣藩の土地があたえられるとかいう、夢のような着想が実現しなかったのは当然なことです。「軒別役」を実施しないという「免許」を農民たちはかちとったのでした。一揆に参加した者らは、「お咎めなし」。川を渡る際に溺れ死んだ者らのほかは、全員無事に村の住まいに帰って、もとの土地を耕し始めたのでした。徒党人たちの代表に押しあげられた者たちも、そろって「お咎めなし」、誰ひとり入牢する者はなかったのでした。ところが藩の幹部たちのひそかに準備している追及にそなえて、とでもいうように、亀井銘助ひとりは藩領から姿を消したのです。

　祖母の説明は次のようでした。――わたしらの村が「壊す人」の作られた村のままであったらばそうであるような、今につづく「自由時代」の村へと、銘助さんは訪ねて行かれたそうな。それは讃岐《さぬき》にあったそうですが！　思ってみればまだその時分には、日本国じゅうに、「自由時代」の村がいくつもあったのじゃろなあ！

やはり祖母が死んだのち、神主さんに『吾和地《あわじ》義民伝』の実物を見せてもらい、話を聞かせてもらったところでは、銘助さんは藩領を脱け出すと、讃岐の吾恥岳《あわじだけ》という山中の寺院にこもり、修験道《しゅげんどう》の修行をしたのでした。

この話は祖母の話とはくいちがうものであったのですが、しかも僕は、――あ、やっぱり！　と心の奥底で強く納得するようだったのです。それもただ吾和地村という我われの村の呼び名と、吾恥岳とが音によって共通することから、というのにすぎなかったのですが……

22

亀井銘助は、修験道の修行を早ばやと終えると、森のなかの盆地にひそかに引きかえしました。この時代の土地制度のなかでそれがどのようなかたちの取引だったのか、子供の僕にはよくわからなかったまま、今日に到っているのですが、銘助さんは土地を担保に借金をしました。銘助さんの連絡によって、借金の手順は銘助母が準備しておいたということです。先祖伝来の土地をなにより大切にするという、封建期の農民に共通のものであったはずの感情と、銘助および銘助母は、どうも関係がなかったらしいのです。

こうして作った資金をたずさえ、あらためて藩領を脱出した銘助さんは京都に向かいました。短い期間ながら修験道を修行した讃岐の寺院と、京都のある摂家《せっけ》——つまり摂政と関白に任ぜられる家柄のひとつ——が深いつながりを持つことを調べた銘助さんは、まず当の摂家に献金を申し出て、結びつきを作ったのです。それから銘助さんは、いかにもトリックスターらしい、途方もない構想を繰りひろげたのでした。

森のなかの盆地が、永く地方藩の支配を受けつけず、自由な村として続いて来たのには理由があった。当盆地は、平安末期の荘園にみなもとを発して、天皇家に直属していたのである。朝廷の政治権力が衰微していた時代は、村独自に隠れ里として伝統を保った。いま勤皇の勢いの盛んとなった折から、中心幕府の権力も地方藩のそれも、我われの村に及ばぬことを示したい。ついては摂家のお力で、天子様から証明の一札《いっさつ》をいただきたい。

この不思議な申し出が、先方からまともに受けとめられたはずはありません。しかし銘助さんの思いこみについていうかぎり、このような働きかけは、城下町を見おろす峠の上でかれがのべた、お城が話を聞いてくれぬならば、そこを跳び越えて話をせねばならんなあ、という言葉の延長と感じられるのです。ところが銘助さんのふるまいとして、首尾一貫せぬように感じられるのは――そこがトリックスターらしいところでもありますが――、かれは自分が後にした藩に向けて、『露顕状《ろけんじょう》』という嘆願の文書を送ってもいたのです。徒《と》党人《とうにん》こぞって「お咎めなし」のはずであったのに、自分ひとり追及されるのは合点がいかない。さらには京都で自分が豊かに暮らしており、それは一揆の公金をごまかしておいたからだと、そのような噂を城下でひろめられたのが、難儀でならぬ。どうして藩幹部の皆みな様は、そのように自分をのみ苦しめられるのか？　一揆を取り鎮めたのは、確かに皆みな様の御力であるけれども、他方、自分も応分のつとめを果たしたつもりであるのに……

　さて、この京都滞在の後、銘助さんのとった行動は、子供の僕が、その真似をして遊んだと書いたとおり、いかにもトリックスターの面目躍如のものでした。銘助さんは、いまや摂家に召しかかえられた自分に、藩の権力は及ばぬと称し、傭《やと》い入れた家来に軍楽を演奏させ、カーキ色に緑のふちどりの菊の御紋章のついた陣羽織で、堂どうと城下町に入ったのです。日の丸の陣笠をかぶって銘助さんの軍楽隊の遊びをする僕らが、晴れた空にボールを放り投げるような身ぶりをしつつ叫んだのは、祖母にも教わった銘助さんの台詞《せりふ》でした。

――人間は三千年に一度さくウドン花《ゲ》なり！

23

亀井銘助は城中の牢内に押しこめられる際、おおいに異議を申し立てたといいます。自分は京都の摂家《せっけ》の家来であるから、こういう無礼を働けば当藩が勤皇の諸藩に加わろうとつとめても穏やかには行くまい、と嚇《おど》かしたのです。銘助の死前後の、藩の動きを記録で見ると、京都の非常警備の「内勅」を得たことに喜び勇むようにして、六十名ならば警備の人数をさしだすことができると朝廷に答えています。摂家の話はともかく、藩の進み行きについて、銘助さんは的確に将来を見とおしていたのです。

その自信もあってのことでしょう。牢内に入った亀井銘助は、はじめ昂然《こうぜん》たる態度でした。実際、一般の罪人とはちがうあつかいを受けていたことが、城中の牢に入った事実にもうかがわれます。村から面会に行った長老たちに、銘助さんは勇気凛々たるホラを吹きました。原島様が切腹された今は、もう新しい御時世に向けて藩の楫《かじ》を取ることのできる人間はいない。江戸表《えどおもて》からお殿様が戻って来られれば、自分はすぐにも呼び出されるはずだ。その長広舌《ちょうこうぜつ》は同席していた役人が、ついに銘助さんの口をふさぐほどであったそうです。

その結果、ということもあるかも知れません。その後、面会は許されなくなり、銘助母あてに届くようになった手紙だけが、銘助さんの消息をつたえることになりました。牢番から手紙をあずかって来る者に、銘助母がそのつど金を払って受けとる手紙には、打ってかわった――これも銘助さんらしさといえぬことはありませんが――、極端に悲観的な見通しが語られているのでした。

お殿様は隠居されたまま、藩の幹部には、原島リスケはもとより「侍講」の連中ほどの頭の者もいない。自分がいつ牢から出られるか、この分では見通しもつかぬ。その間にも世の中はドンドン先へ動いてしまい、当藩はさらにも立ち遅れ。それは仕方もないが、めぐりめぐって村の人間までひどい目にあうことになるのがふびん！　銘助さんはこのように情勢を分析した後、これも祖母が歌うように口にする得意の文句でしたが、次の呼びかけをしていたということです。

――やられたら、やりかえすでは遅すぎる！　やられたならば、もうおしまい。やられるまえに、やらねばなるまい！

そういって銘助さんは、さきの一揆にも使わなかった、森のきわの銃器を掘り出してよく整備し、村の若者らの戦闘隊がそれでしっかり武装して、城中まで自分を救い出しに来い、と励ましていたのでした。

24

亀井銘助は、熱心に幾通もの手紙を書きました。森のなかの盆地の若者らの戦闘隊は、「自由時代」が終わったあとも、森への山仕事とか、大簗《おおやな》の整備とかには、協同で働くかたちで訓練を続けていたのです。かれらに森のきわから掘り出した銃やら刀やらをあたえたなら、すぐにも戦闘隊は再編成できたでしょう。

しかし銘助さんの呼びかけたようなことは、実際には試みられませんでした。それにははっきりした理由があったのです。手紙を受けとった銘助母は、そのたび自分ひとりで読むと、誰にも見つからぬ所へしまいこみ、若者らには、銘助さんの呼びかけをいっさいつたえなかったからです。祖母がこのように話した時、僕はあっけにとられたものでした。森のきわから武器を掘り出した、村の若者らの戦闘隊が、お城へ襲撃をかける勇壮な眺め。それをこともあろうに手紙の呼びかけすらつたえなかったとは！　この失望の思いは心に傷のように残りました。祖母につづいて父親も亡くなった次の年、太平洋戦争の敗戦に際して、国の軍隊は解散したが、村の戦闘隊が森のきわから銃と刀を掘り出して戦うから大丈夫、というような夢を幾晩も見たものです。

……銘助さんの手紙を握りつぶしたままの銘助母は、そのうち銘助さんに死の時が迫っていることを感じとりました。はじめは谷間の家で悲しみ嘆いていたのですが、そのうち仕度をととのえると、川すじをくだって城下町におもむきました。そして様ざまに手づるを辿って、銘助さんと面会したのです。銘助さんはノンキ坊主の性格まる出しに、衰弱のあきらかな身体に空元気《からげんき》を出して、銘助母に向かいさかんに身ぶりしたということです。役人が立ち合っているので口に出してはっきりとはいえぬけれど、盆地の若者らの戦闘隊はいつ行動をおこすのかと、それを聞き出したかったのでしょう。

銘助母は生真面目な顔をして悲しそうに黙っていました。それから——話を聞いた僕が子供ながらに不思議で、しかも、もしそういうことがありうるのならばあればいい、と強くねがわれる思いのした——、あの励ましをささやいたのでした。

——大丈夫、大丈夫、殺されてもなあ、わたしがまたすぐに生んであげるよ！

亀井銘助はそれからあまり日にちを数えることなく、牢内で死にました。一年たたず銘助母は、約束どおり男の子を出産しました。さらに六年後、この男の子がまさに銘助さんの生まれかわりとして、「血税一揆」で見事な役割を果したのでした。

25

「血税一揆」は、新政府が実施した徴兵令に反対する全国的な一揆でした。徴兵についての太政官《だじょうかん》の諭告に「血税」という文字があり、生血をしぼられる税だとする誤解から一揆になったという語りつたえも、各地に残っています。われわれの地方では、銘助母とともに一揆に参加した童子の、——これは新政府の役人が、西洋人の猿まねをして、人民の血をギヤマンの盃《さかずき》で飲むのじゃ！という言葉が、大川原に集まった群集の怒りをさらに燃えあがらせた、と言いつたえられています。

あらためての一揆成功の後、森の高みの樹木の根方で、魂として静かに時を過ごしている銘助さんのもとへ、童子が「永い話」をしに登ったこと、そこで銘助母だけが一揆の仲間たちと村へ帰ったことも、さきに書きました。ここでは祖母が娘時代に親しく見聞した事実もあわせて、生きいきと話したことを、それに結ぶように書きたしておきたいと思います。

一揆の間、参加した村むらから出ている世話役たちにもどう対処していいかわからぬ問題が生じると、童子が気を失った具合になって森へ魂を登らせ、銘助さんの魂から指図をあおいだことが伝えられています。銘助母が一揆の後に提案し、村全体で実現した計画も、あまりに思い切った発想であったため、一揆の間に童子を介して銘助さんから指示を受けていたのではないか、といわれるのです。――もともと自分に発した考えではなかったので、銘助母は年をとられてから、あのようにも極端に後悔を示されたのじゃろう、とも祖母はいったのでした。

確かなことは、銘助母があまり単純でない人格だったとして、これは森の高みの樹木の根方の銘助さんからさずかったと言いたてる方が、計画を実現させやすいはずだと考えたのだろうと思います。彼女が提案したのは、次のような計画でしたから。森のなかの盆地に「壊す人」がひきいる若者たち娘らが建設した村は、「自由時代」の永い年月、豊かで、平和であった。幕府にも藩にも税をおさめず、保護を受けたのでもない。「自由時代」が終わって藩に税を払い、いまは新政府に税を払う。それでいて、藩のおかげ、新政府のおかげによる良いことは皆無であった。新政府の続くかぎり、ひとり頭いくらの税を払わねばならぬ。それは戸籍台帳に村の人間みなが登録されてあるからだ。幸いにも「血税一揆」の間に、戸籍の証拠はみな焼き払われた。この機会に、われわれの村の人間は、ふたりひと組、ひとつずつ戸籍に登録するということにしたい。新しく生まれて来る子供らは、ふたり生まれてはじめてひとり出生したことを戸籍台帳に記載しよう。

なんとも不思議な、革命的なほどの着想です！　しかも銘助母の提案は受け入れられ、実際に永く続くことになったのでした。高校生になった時、僕は「血税一揆」が、徴兵制のみならず、同時に始められた義務教育および地租改正の負担に反撥する動きであったことを知り、戸籍登録をめぐる銘助母の提案に納得する思いがしたものです。

26

この言いつたえを話す祖母が、「二重戸籍のカラクリ」と、おどろおどろしい語感をこめて話した、森のなかの盆地の人間がふたりでひとつの戸籍しか持たないという発明は、しかし提案者の銘助母の思いはどうであれ、村の長老たちからは、はじめはむしろ半分冗談のように、軽い気持で実施された様子です。

「血税一揆」に勝利して、中央から派遣された郡令を自殺に追いつめた自信から来る、ひとついたずらをやって新政府をさらにいっぱいくわせようかという、陽気な気分があったのでしょう。さらに「自由時代」の森のなかの盆地は、どのような権力からも独立した、ひとつの国であったという、懐かしさの心もあったでしょう。そのような村人たちにとって、ふたりにひとりは新政府の登録からはずれているという状態は、半分だけ「自由時代」に戻っているという満足感をもたらしただろうと思います。

その結果、すぐにもあらわれた効果として、日清戦争、日露戦争どちらにおいても、村から兵役に駈り出される若者の数は、本来の二分の一ですんだのでした。そしていったんそうなってみると、新しく出生した子供をふたりにひとりしか登録しない村の約束事が、決して口外されてはならぬ秘密として、人びとに意識される進み行きにもなったのです。

そうした背景の上に、これから書くような、晩年の銘助母の奇妙なふるまいがあるのです。いま僕はこう説明することができるわけですが、突然に祖母が「血税一揆」で童子とともに活躍した若わかしいイメージの銘助母のことを、いかにも狂気めいた老婆としてあらためて口にした折には、ずいぶん不思議な気持がしたものでした……

祖母は年をとるにつれて自分が「自由時代」の村と直接つながる者だと考えることを好むようになり、そのしるしに国の年号はいっさい使いませんでした。しかも大昔からの暦には「壊す人」のたいへんな知恵があると言っていたので、僕はずっと祖母の日めくりの暦が、森のなかの盆地だけのものだと思い込んでいたほどです。

さてその日めくりの暦の記し方によれば、庚戌《かのえいぬ》の年の初夏に、もうたいそう年をとっていた銘助母が、年寄《としより》らしからぬ奇妙なそぶりを示したのでした。――懊悩《おうのう》にとりつかれなさったのでしたが！　と祖母がいうのを、僕は大脳の病気というふうにとって驚いたことを思い出します。当の言葉の響き自体が、僕をビクリとおののかせたものでした。銘助母の懊悩は、日をまして深刻さを加える性質のものでした。その翌年、辛亥《かのとい》の年になると、懊悩は頂点に達したのです。

いまの自分としての知識でいえば、庚戌の年に「大逆事件」の関係者が検挙され、そして辛亥の年に、幸徳秋水ら十二名の死刑が執行されています。「大逆事件」が、つまりその懊悩に火をつけたのです。

27

谷間や「在」の道すじで、もうずっと以前から憂鬱そうな様子でいる、年老いた銘助母を見かけてきた村人たちには、庚戌の年彼女が懊悩にとりつかれたことと、「大逆事件」とに関係の糸が結べるということなど、およそ思い浮かべにくい話でした。その内実がわかったのは――はじめの段階では、村の長老らわずかな人たちにのみ限られた情報でしたが――、銘助母が谷間の郵便局から電報を打とうとしたからです。長い電報、宛先《あてさき》は、大日本帝国天皇陛下様。

　電報の内容を正気の頭でつづめてみれば——と祖母は、銘助母へ同情をこめた憐れみをあらわしていったものです——、幸徳ら十二名もの人間が死刑に処せられたことを深く悲しむ、というものでした。大学に入った後、これと同じ時に日本政府の在外公館が、様ざまな国の社会主義者から抗議電報を受けとっていたことを知って、僕はある思いを抱いたものです。銘助母も、「自由時代」のように完全にではないが「二重戸籍のカラクリ」によって半分は大日本帝国と無関係な、外国としての森のなかの盆地から、抗議電報を打つ気持ではなかっただろうかと……

　銘助母の電報は、しかし、彼女の縁戚であった、まだ若い郵便局長の配慮で発信されませんでした。懊悩にとりつかれているとはいうものの、性質の温厚な銘助母は、この電報は打てぬと郵便局長にあやまられると、それでも無理にとはいいませんでした。おとなしく引きさがって、谷間のはずれにある自分の家に戻ったのです。

　翌朝早く、銘助母は森のきわの穴のところまで粘土を掘りに登りました。そして「大逆事件」でひとりだけ女性の犠牲者となった管野すがの人形を作り、ドロノキの根方の岩鼻まで運び上げたのでした。一メートルほども高さのある泥人形で、衿のところにカンノ・スガ様とへらできざんであったといいます。銘助母が十畳敷きの東の隅に泥人形を祀《まつ》っているところを、電報の出来事以来、彼女のふるまいに気をくばっていた郵便局長が見つけました。郵便局長は、泥人形を打ち壊して、銘助母を谷間に連れ降ろしました。もうその頃には谷間と「在」のあらゆる家に、神棚の脇の一段低く暗い所に「メイスケサン」の棚がしつらえてあったのですが、銘助母はそこに祀られている銘助さんの像の脇に、粘土の残りで作った、今度は十二個の小さい泥人形をおさめたということです。

これらのふるまいを見るかぎり、銘助母は「大逆事件」の犠牲者十二名に深い同情をよせていた様子です。ところがのちになって銘助母は、それとはまったく逆の気持を、村の人びとに態度であらわすようになったのでした。

森のなかの盆地では、谷間でも「在」でも雨さえ降っていなければ毎日、夕暮になると道すじのあちらこちらに、四、五人ずつの大人たちが立ち話に出て時を過ごします。なんの前ぶれもなく、その人びとの輪へ銘助母が白髪頭を突っ込んでは、小さな身体に似合わぬ嘆きにみちた大声をあげたのでした。

――恐ろしや、恐ろしや！　大迷惑、迷惑千万《せんばん》！　ああいう者らがおるので困りますな！

28

祖母は当時、すでに僕の母親を生んでいる、谷間の若妻のひとりでした。そして彼女のいうところでは、銘助母の徹底して言葉を省略した発言の意味が、当時も彼女にはよくわかっていたのです。それというのも、大日本帝国天皇陛下様あての電報の時から銘助母の奇行を見張り、なんとかその懊悩《おうのう》をなだめようとつとめる役目になった郵便局長こそ、ほかならぬ祖母の若い夫であったからです。夕暮の道すじで人びとの立ち話に入りこんでは嘆きの声をあげる銘助母を、郵便局長がなんとか自宅に連れ戻ることはたびたびあったのでした。

幼い娘を膝にまといつかせて——その子が七十年前の僕の母ですが——、囲炉裏《いろり》の火の世話をしている祖母ひとりを黙った聴き手として、郵便局長と銘助母はしきりに話し合いました。不安を訴える銘助母も、それをなだめる郵便局長も、囲炉裏を囲んでは「二重戸籍のカラクリ」と「大逆事件」を結んで、なにひとつ省略することなしに話しましたから、まだ若く社会についての知識はさらに限られていた祖母にも、話はよくわかったのでした。

――恐ろしや、恐ろしや！　大迷惑、迷惑千万《せんばん》！　ああいう者らがおるので困りますな！　土佐の人間が、大逆罪で処刑されてしもうたのでは、今度はこちらの身の上でしょうが？　それも谷間から「在」まで、村じゅうの誰もかれもが！　わたしらの土地の、戸籍の工夫は、あやまりでしたな！　ああいうことをして、たいそうな面倒に子々孫々《ししそんそん》まきこんでしもうたのは、間違うたことでしたよ。あのような思いつきのおかげで、この森のなかの盆地の誰もかれもが処刑されてしまいますが！　この土地の人間とては、誰ひとり、極刑をまぬがれはしませんなあ！　郵便局長さん、それでおって誰もがなあ、なんとも安穏《あんのん》そうに飯を喰うたり、汁を飲んだり、アハアハ笑うたりしておりますよ！　この土地に暮らしておるだけで、大元帥陛下様に叛逆申しあげておるというのに、悪びれたふうもありませんなあ！

――なあ、銘助さんのお母さんよ、もうお止《や》めなさいや！　ひとりで懊悩されておっても、仕方のないことですが！　村の人らが立ち話をしておる所へ入りこんで、恐ろしい声を出して慨嘆されるのは、なあ、もうお止めなさいや！　村の人らは常日ごろから、心のこまやかな銘助さんのお母さんをよう知っておられるから、まだ誰も怒ってはおられませんよ。むしろなあ、憐れなことに思うておられますが！　そのように親切な人らの立ち話に入りこんで、赤い恨み眼《まなこ》をして慨嘆して、いったいなにをされますものやらな！　なあ、もうお止めなさいよ、静かに身体と頭をいたわって、おやすみなさいや！　な、もう永い間、銘助さんのお母さんは、人にも忘れられるようにして生きて来られたのやから、静かにしておられる限りは誰も遺恨を持ちはしませんが！　どうしてそのように心を痛められますかなあ？「大逆事件」の被告らに続いて、この土地の人間みなが死刑にされてしまうやらのと、どうしてそのように遠い話を、苦に病みなさいますかいなあ？　ああしたことはみな、森の向こうの出来事でございますろうが⁉

29

谷間の僕の家にも、神棚の脇の暗く蔭になっている所に、格子のある木箱に入れた「メイスケサン」が祀《まつ》られていました。小さい頭ながらはっきり刀傷《かたなきず》の見える、彩色した泥人形の「メイスケサン」の脇に、もっと小さい女の泥人形がそえてあって、それは銘助母を祀ったものだともいうことでした。

——銘助さんの顔かたちは知らぬけれどもなあ、家の暗がりの神様の、銘助母様は、わたしが若い折になじんだ、まだ元気でおられた頃の面影のままですよ！　と祖母は銘助さんの御命日ごとに格子の奥へ御灯明《おとうみょう》をあげながら言ったものです。

毎年の御命日よりほかにも、子供の僕らにはわからぬ理由で、連日「メイスケサン」に御灯明のともっていることがありました。そういう場合は、すでに永くすたれている木蝋《もくろう》生産の名残の、古い蠟燭《ろうそく》が点されるのでもありました。明るい神棚の神様にでなく、暗がりの神様にお願いして、払わなければならぬ難しい災厄が、森のなかの盆地に降りかかっているのかと、秋の長雨で川が氾濫することの多かった戦争末期のあの頃、ボーボー燃える大きな蠟燭をチラッと見あげるようにして、漠然と恐れたものでした。

のちに僕が森のなかの盆地を出立して時がたち、東京で結婚して、はじめての子供が生まれた際のことです。赤んぼうには頭部に畸型があり、その大きい瘤のように見えたものを取りのぞいて、ともかくは生き延びることができるようになりました。息子が手術による頭の傷を養生していた間、僕の母親は谷間で、「メイスケサン」に御灯明をあげつづけていたといいます。

やはりいまも谷間に住んでいる妹から、電話でその話を伝えられた際、母親は暗がりの神様の前で憂わしげに考えこむようでもあれば、蠟燭をとりかえながらひとり微笑していたりもする、と妹がいいました。幾分はふざけるような気持もこめて、――それは気味が悪いね、と僕がいうと、――いや、勇ましい様子だよ、と妹は生真面目に言いかえしたものです。

第四章　五十日戦争

1

これまで僕が書きつづけて来たのは、祖母から聞いた谷間と「在」の言いつたえです。祖母が亡くなった後は、彼女の話をおぎなうようにして、村の長老たちが話を聞かせてくれたのでした。ところがこれから僕が書き進めようとする奇妙な戦争の話は、むしろ祖母も村の長老たちも、決して話そうとしなかった物語なのです。

それではこの戦争の物語が、森のなかの盆地の言いつたえと無関係なものかといえば、もちろんそういうことはありません。これまでに書いたどの言いつたえよりも新しい出来事でありながら、しかし村の人びとは、そうした出来事はなかった・そのようなことは起こりえなかったと、それが話題になりそうになれば、すぐさま掻き消すようにしたのです。それでいてしかも、子供のわれわれの耳には早くから、こまかに切断された物語の切れはしが入って、ついには誰でもひとつの話の総体をかたちづくることができた、そのような仕方で語りつたえられてきたのでした。

祖母や長老たちの話す、村創建以来の言いつたえが、光のなかの物語であるとするなら、こちらは翳《かげ》にひそんでいる物語でした。その区分は、明確であったのです。たとえば僕がこの出来事についてひそかに幾らかの挿話を聞きとったままに、祖母や長老たちに、こう尋ねることがあったとしましょう。——あなた方は、僕を言いつたえの聴き手に選んでおきながら、不思議な戦争の話はしません。しかし僕らは以前から、村の大人たちのあてこすり、ほのめかしの話しぶりから、この出来事についてかぎつけてきたのです。ひとりの大人がホラ話をしたというのじゃない。幾人もの大人たちが、大きい出来事のあちらこちらを切りとって、さりげなく見せるようにしたのです。つまりそれは、この谷間と「在」に本当に起こった出来事であったのでしょう？　僕らはこの内密の言いつたえの「遺跡」とでもいうものにも、実際出くわしてきたように思います。それがなくても僕らには大人たちがみな、本当は話してはならず・話す気もなかったのについ話したと、そういう特別な顔つきをする言いつたえには、根拠があると感じて来ました。あの奇妙な戦争の話は、やはり本当なのじゃないでしょうか？　あなた方自身、この戦争で勇敢に戦った、生き残りなのじゃありませんか？

祖母や長老たちは、そんなおかしな戦争などあってたまるものか、と否定したはずのものです。きまってこんなふうにつけ加えもしたでしょう。——幾人もの大人らが同じ不可解なことをいうならば、それは幾人もの大人らが、同じひとつの夢を見たからでしょうが！　この森のなかの土地では、昔から、「壊す人」の力にみちびかれて、多くの人らがただひとつの夢を見ることなら、本当にいくらもありましたからな！　あなたらが、出来事の「遺跡」を見たというのもなあ、子供らというものは、大昔の夢の証拠を、いくらも実地に見つけ出すものでしょう？

それでも僕にはひとつ、なおも祖母や長老たちに向けて、それではなぜあのようなことを、僕の母親たちはしたのですか、と問いかえす材料が思い出のうちにあるのです。こちらは確かに現実にそれがあったことを誰も否定せぬ、さきの世界大戦の終わりがたに、森のなかの谷間の村で上演された、不思議な後あじの芝居の思い出が、それなのですが……

2

盆の村芝居はもとよりあらゆる楽しみの催し事が謹慎されていた戦争の終わりがた、どうしてその時期はずれの村芝居の女たちの演劇が上演されたのか？　そこには次つぎに積みかさねられた事情があったのでした。当の事情のそもそものはじめに、森のなかの谷間で、盆に女たちが素人芝居をする永い習慣があったことを置かねばなりません。戦争の進み行きが困難なものとなるにつれて、悠長で花やかな催し事はしめ出されてゆき、村芝居の仕きたりもその二年間とだえていたのでしたが……

村で木蠟《もくろう》の生産が盛んであった頃建てられた倉庫には、芝居を上演する舞台までついていたのですが、いまはもう蠟倉庫として使用されない大きな建物に、逆に舞台だけ維持されていたのです。それは夏の盆に村の女たちが芝居をするためでした。芝居の台本は、森のなかの谷間の言いつたえによったので、年々、芝居の準備が始まる際は、世話役の女たちが祖母を裏座敷に訪ねて、神話のような話から歴史のエピソードの、どの話をその年の上演台本につくるか、相談しました。いったんその年の芝居の主題が定まると、あらためて詳しく祖母はその言いつたえを話しなおしたのですが——村の人たちはそれを、お祖母《ばあ》さんにさらえてもらうといっていました——、その前にも女たちと祖母との間には、例のやりとりがあったということです。——とんとある話。あったか無かったかは知らねども、昔のことなれば無かった事もあったにして聴かねばならぬ。よいか？　——うん！

こうして毎年の盆ごとに演《だ》し物《もの》を替える村芝居の、しかし最後の演目だけはいつもおなじでした。その年の村芝居に関係した者らが——音曲《おんぎょく》や、必要最小限の裏方の仕事をする者を除いて——全員舞台に立ち、「木が人を殺す」芝居を演じたのです。僕は三、四歳の時はじめて見て以来、「壊す人」やオシコメが出て来る盆の芝居を、よくは話がわからぬまま、ずっと見て来たのでしたが、しめくくりの演目だけは、毎年繰りかえされることもあって、よく理解し、話の進み行きを承知して、胸をドキドキさせながら見守ったものでした。

しめくくりの演目の幕が上がると、大勢の女たちが葉をつけた若木を一本ずつ背負って舞台に立っています。舞台は森のようで、客席まで新しい木の香りがしてきたものです。そこへ昔の軍人とお供が登場して、木を背負った昔の村人らに呼びかけます。かれの任務は人びとを選別することのようで、お供は分厚い戸籍台帳を開いているのです。その結果、村人らの半数が、若木を足もとに横たえて退場するのですが、あとに残る村人らとの間には、てんめんとした別れの仕種《しぐさ》がかわされます。どちらがより悲しい身の上になったのかといぶかるうちに、舞台の村人たちは、背負った若木にくびれ死ぬようにして、ひとりずつひざまずいてゆくのです。ついに舞台に生き残っているのは、昔の軍人とお供だけ、ということになります。

暗転。再び舞台が明るくなると、今度は昔の軍人が、ドロノキの櫓《やぐら》に高だかと吊されて死んでいます……　この村芝居をしめくくる演目の情景が印象に強くきざまれるまま――しかもそれが森のなかの言いつたえに材料をとっているのはあきらかでありながら、この情景につながる物語は、祖母の話に出て来ないので――、いったいあの村芝居の出来事はいつごろの話かと、もう裏座敷で寝こんだきりだった祖母に尋ねたことがありました。

——幾たびも幾たびも起こったことじゃから、いつのことであるともいえますまいが！　というのが、その頃は赤んぼうのように桃色の頰になっていた祖母の答えでした。

3

戦争が終わる年の、それも八月のはじめになって、突然に復活した村芝居は行なわれたのですが、この年のまだ寒気のきびしかった間に、噂として川下の方から伝わっていた出来事がありました。隣村の農家の長男で、予科練に入っていた若者が——それは「七つボタンは桜に碇《いかり》」という歌で若者たちの心をとらえた、海軍の飛行兵となるための志願機関でした——「同期の桜」との訓練生活に耐えられず、脱走したのです。なんとか郷里へたどりついたものの、役場につとめている父親に迷惑がおよぶことを恐れて、山あいの畑の作業具をいれる小屋にしばらく隠れていた後、若者は便所で首を吊り、なかば凍りついて発見されました。追いかけて来た上官は、両親の見守っている前で、死んだ若者を足蹴《あしげ》にした、というのでした。

戦争も終わり近く、この頃には予科練の若者たちも、飛行機の操縦を習うことはなく、地方に分散して松の古根《ふるね》を掘り出し、飛行機の燃料としての松根油《しょうこんゆ》を生産するのが仕事でした。さきの脱走者の場合も、そうした事態から来る鬱屈が、仲間の間の不和の原因をなしていたかと思われます。梅雨の終わりには高知との県境いで松根掘りをしていた部隊から、三名が脱走して山越えし、谷間を囲む森へ向かいました。谷間の村役場に報《しら》せがすぐつたわって来たのは、脱走した三人のうちに村出身の青年がひとりふくまれていたからです。報せにつづき川下の隣町から刑事がふたり派遣され、谷間の駐在所の巡査に案内させて青年の生家を訪れました。さらに憲兵たちが村に入り、谷間でただ一軒の旅館に作戦本部をおいて捜査にあたったのです。

いったん森のきわまで降りて来た脱走兵たちは、捜査の気配を感じとると、野営地を毎日かえて憲兵と消防団員の捜査を出しぬき、夜になると「在」の農家から食物を盗み出したりもしました。農家の側では、脱走者たちのうちに子供の頃から知っている近所の青年がふくまれていることもあって、見て見ぬふりをしたのでしょう。憲兵の隊長が、この村の人間は大竹藪の竹を伐《き》り出して一揆に参加した者らの血をひいているだけあり、国家に対して非協力的だと不満をのべた、そういう噂もありました。戦時であり、消防団員たちも年をとった者らがおもなメムバーで、実際、脱走者たちの山狩り捜査には熱心でなかったのでした。脱走者たちが捜査を出しぬきつづけるうち、われわれ村の子供らはかれらを「山の予科練」と呼んで一種の人気者にする始末でした。

そのうちごうを煮やした憲兵隊は、捜査の方針を転換したのです。脱走兵のうちに村出身者がふくまれているため、消防団員が熱心に山狩りをしない。これ以降は、川下から動員した人間を村の宿舎に泊めて、かれらに山狩りさせる。村の人間には宿舎の設営と山狩り要員の世話だけをさせる、ということになったのです。それも山狩りを効果的にするために、ある区劃《くかく》すべての樹木を伐り倒して防火帯をつくり、そこを起点に山焼きをするという案が、もう決定したこととして、村長と助役につたえられたのでした。

4

憲兵の言明どおりに、すぐさま始められた宿舎の設営が、国民学校や農業会の建物を利用して一応かたちがととのうと、川下の村や町から山狩り要員の男たちが、徒歩でぞくぞくと谷間に入りました。宿舎の設営が終われば、新しい山狩り計画には用がないとされた村の男たちの、この日のなんとなく勢いのない、憂わしげな行ったり来たりを思い出します。目につくかぎり元気であった唯一の谷間の人間は、白のブラウスに黒のモンペの女子挺身隊員で、彼女らは張りきって川下の村や町からの山狩り要員を接待してまわったのでした。

翌日朝早く、山狩り要員たちは国民学校の運動場に整列して憲兵隊長の訓辞を受け、一列縦隊で森へ登って行きました。もっともあらての山狩り要員たちも、谷間と「在」の消防団員にくらべて、さして勢いが良いとはいえなかったのです。ただこれまでの山狩りとくらべて、かれらのいでたちにはちがったところがありました。村の男たちが小ぶりの鉈《なた》と鎌を持っていたのみであったのに対して、かれらは斧や鋸《のこぎり》を背中にくくりつけていたのです。斧や鋸の用途はもとよりあきらかでした。やがて森の高みから響きはじめた、木を伐《き》り倒す音は、短い休憩時間をおいては夕暮までつづいたのです。暗くなって山狩り要員たちは、新しく伐られた木の匂いを、行列の全体から強く立ちのぼらせつつ、谷間へ降りて来たのでした。

森に火をかける準備の伐採作業は三日続き、四日目には作業が休みとなりました。重労働の山狩り要員たちを慰安するために、蠟倉庫の芝居小屋で村の女たちの素人芝居が上演されるというわけです。いつの間にか、村の女たちと憲兵隊の間で交渉が進められ、芝居の具体的な準備も行なわれていたのでした。それも僕の母親と、いつの頃からか彼女がお庚申《こうしん》山の社《やしろ》を管理する役を引き受けているように、蠟倉庫の芝居小屋の世話をして来た叔母が——そのように呼びならわしていましたが、彼女は僕にとって大叔母にあたったはずだと思います——、二人で計画し、実現にいたった、ということなのです。当日、芝居小屋に招かれるのは、川下からの山狩り要員たちだけで、谷間と「在」の男たちは、蠟倉庫からすっかりしめ出されるともいうのでした。

芝居の日は暮れてから大雨が降りはじめ、雨は川上の森林地帯からひろがって来ましたから、すぐにも川は増水して、僕は母親が蠟倉庫に朝からこもっている以上、妹とふたりで残っている家を守る責任を感じて、増水の程度がどれほどのものか、谷間中央のコンクリート橋まで川の様子を見に行きました。橋の上には雨合羽《あまガッパ》を欄干の電灯にヌメヌメ光らせた谷間の消防団員らが、ゴムびきの帽子を寄せあって、憤《いきど》ろしげな声をかわしているのでした。その間も轟ごうと川は鳴り響き、すぐかみの蠟倉庫からの、笛太鼓、三味線の音楽を心もとないものにしていたのでしたが……

5

増水した川の橋を守るために集まっていた消防団員らの言葉は——あわただしい心でとぎれとぎれに聞いたのを、のちにこの日の出来事を繰りかえし思い出してはつなぎあわせるようにした、その上での記憶ということですが――、次のようでした。

――森に火をかける？　立木を焼き払う？　あの程度の人数が、二、三日の山仕事で、どれほどの火止めの道をつけられようか？　いったん森に放した火が、ちゃんとした火止めもなしに他所者《よそもの》らに消しとめられるとでもいうのじゃろうか？　めっそうもないことをやる！　村はじまって以来、そういうことをもくろんだ者らは、それだけで酷《むご》たらしい死に目におうたやろうが⁉　誰もがな、そいつらにはそういう死に方こそ、自然なことに思うたのやろうが⁉　全体、森に正気で火をかけるのは、なによりめっそうもないことじゃろうが⁉

森に火をかける、という言葉の恐ろしい力は、妹がひとり待っている家へ雨のなかをはだしで走って帰る僕をよろけさせるほどのものでした。明日にも山狩り要員の作業が再開され、続いて憲兵隊が森に火をつけて大火事になれば、母親と妹と自分の三人でどう逃れて行くことができるか？　いまはこの大雨だけが頼りだ。これだけの雨が降れば、森の木の葉はそれぞれに雨滴をやどして、森全体ひとつの大きい湖のようであるだろう。そこに火を放つことはできても、燃えひろがらせるのは容易でない……

この夜ずっと激しい雨の音と高い川音の間をかいくぐるようにして、蠟倉庫から聞こえつづけていた笛太鼓、三味線の音楽が、いつかオドロオドロしく高まりました。そのうち音楽が止《や》むと、ガタン、ガタン、ガタンという重い音が響いたのです。それからは雨の音と川音ばかり。蒲団の上に座り込んでいると、二階で寝ていた妹が、震えあがって降りて来ました。曇りガラスをとおして蠟倉庫の方を見守っていると、さきのガタン、ガタン、ガタンという音の後、白く輝く光が稲妻のようにきらめいた、と妹は涙声でいうのです。僕にも妹を力づける言葉はなく、折しも聞こえはじめていた、蠟倉庫から大勢の人びとが雨のなかを引き揚げる気配に黙って耳を澄ませながら、母親が早く戻って来ることにだけ望みをかけていたのでした。

翌朝、僕が目をさました時には、母親はもう台所で立ち働いていましたが、蠟倉庫での芝居についてはなにもいわず、薄暗い家のなかで僕から顔をそむけるようでした。しかし母親たちの村芝居は確かな効果をあげた様子で、あの雨合羽の消防団員たちが腹立たしげに恐れていた、森に火を放つ憲兵隊の計画は立ち消えになったのです。大雨の影響で山仕事の再開が遅れているといわれているうち、川下の村や町へ山狩り要員たちは立ち退《の》いて行き、そのうち憲兵隊も谷間から姿を消したのでした。戦争が終わる八月十五日まで、ほとんど日にちもなかったのでしたが……

6

のちになって谷間の噂話を聞き集めるようにしたところでは、大雨の日の村芝居の、しめくくりの「木が人を殺す」芝居は、次のように演じられたのでした。幾俵《いくひょう》もの俵《たわら》に白い布をかぶせたオシコメの胴体に、赤フンドシの若者ら（扮しているのは娘たち）がよじ登る、滑稽な芝居なども演じられて、おおいに観客を沸かせた後で、それまで出演したほとんど全員が、根もとから切った若木を一本ずつ背負って、舞台に積んだ台の上に立ち並ぶ、舞台を森のように見せる光景から、いつものとおりに「木が人を殺す」芝居は進行したのです。

そこへ登場する昔の軍人とお供。驚いたことに、軍人の役廻りは叔母が、そして木を背負った村人たちに軍人が告知する際、大げさな身ぶりで戸籍台帳を示す役割のお供は、母親が演じたのらしい。およそ芝居じみたふるまいをすることのなかった母親が、人まえでどのような演技をしたものか、僕には想像もつかなかったのです。軍人の告知は次のようです。

——暴民どもが山に隠れて、お上《かみ》の御威光にさからう。邪悪な叛乱を続けておる。これまでお上は寛大に処して来られたが、暴民に反省の色はなし。御威光の忍耐にも限界あり。もう容赦ならぬ。森に火を放ち暴民どもを焼き払われる。森に隠れて叛乱する者ら、左様《さよう》こころえんか！

若木を背負い、森にひそむ者の様子をあらわしていた村人たちが、昔の軍人とお供に降伏して、戸籍台帳により半数だけ退場し、あとの半数が背負っていた若木にくびれ死ぬのは、いつもの「木が人を殺す」芝居のままです。暗転。舞台が再び明るくなると、舞台の正面に押し出されたドロノキの櫓《やぐら》に、昔の軍人が高だかと吊されている……　筋書きどおりに芝居は進んだのですが、戦争が終わりに近いこの夏のはじめの蠟倉庫では、最後のシーンに特別な工夫がこらされていたのでした。

暗闇となった舞台に、僕も聞きつけたガタン、ガタン、ガタンという重い音が響きます。まだ暗いなかで谷間の写真館にその技術を持って嫁に来た若奥さんが、マグネシウムを三度、四度点火します――それが妹の見た稲妻のような光だったわけです――、白く輝く光は、ドロノキの櫓に吊された三人の死体を照らし出しました。それは昔の軍人ではなく、大日本帝国軍隊の憲兵隊の（もちろんニセモノの）軍服をまとった三人だったのでした……

そのまま明るくなれば、一騒動起こったでしょう。しかしマグネシウムの光に焼きつけられた残像が消える頃やっと明るくなった舞台には、毎年の「木が人を殺す」芝居の演出どおり、昔の軍人が陣羽織にチョン髷《まげ》の代官姿で吊りさげられていたのでした。観客席の真ん中に陣取っていた憲兵隊の三人は、まわりにぎっしりつめた山狩り要員の男たちから、マグネシウムの閃光が照らし出した眺めについて、はかばかしい証言を得ることもできなかった様子でした。

7

戦争があわただしくなるまで、毎年盆に行なわれた、この「木が人を殺す」芝居の隠していた意味が、戦争が終わる夏に剝き出しで示された演出をつうじて、僕に谷間と「在」で影の物語として語りつづけられてきたことと結びつく、つまり影の物語としての、まったく別のもうひとつの戦争の言いつたえに、現実的な色あいをおびさせる。そのように僕は、あれ以来感じています。この影の物語の戦争の最後に森のへりで展開した一連の緊迫した出来事と、それがかさなるのを見出すからです。

それでいてしかも当時の僕は、森のなかの小さな村の——子供の僕にはしかしその村がこの国、この世界、この宇宙の全体のなかで、もっとも意味深い中心であるようにも感じられていたのでしたが——大日本帝国の正規の軍隊を相手に戦争をしたという話など、確かにいろんな大人たちがチラチラほのめかすように話すのではあるが、かれらが共同で見た夢の話だといわれれば、そうにちがいないとも感じていたのでした。大学を卒業して時がたってから、十六世紀・十七世紀の北イタリアの民間信仰に、年に四回、肉体はあとに残したまま魂になって夜の牧草地に出かけ、ウイキョウの枝を武器に悪魔の手先たちと戦う、ベナンダンテと呼ばれる人たちがいた、という研究を読みました。僕の村で行なわれたのも、この種の夢の戦争ではなかったかと、その時は永年の疑問が解けたように感じたものです。僕の村の奇妙な戦争についての言いつたえでも、夢が——それも村のおもだった老人たちの見る共同の夢が——大切な役割を果たしていましたから……

それでいてというか、それゆえにというか、僕は当時からずっとこの翳《かげ》の物語に引きつけられていました。大人たちの言葉のはしをとらえて聞きただすと、きまってはぐらかされる不思議な戦争の物語。そこで夏の夕暮の道すじでの大人たちのムダ話から小さな部分を拾い集める、というような仕方で、全体を構成してみる試みは、子供の頃からずっとして来たのです。祖母が、つづいては村の長老らがすすんで話してくれる言いつたえについては、とくにはじめのうち、それを聞きつたえる役廻りからなんとか逃れようとしたのに、この翳の物語については、用心深い大人たちが秘密のボカシをかけておこうとするのを不意撃ちする具合に問いただし、そうして集めた材料から、奇妙な戦争の物語を自力でまとめようとつとめたのでした。

はじめに書いた、アメリカ東部の大学寮の同室者で、僕の話に出てくるM／Tというのは、mountain time の略語かと聞きかえしたアイルランド人の劇作家は、また僕からこの不思議な戦争について長い話を聞いた後で、――きみが小さい頃からお祖母《ばあ》さんに、村の神話と歴史を話して聞かされてきたのは、じつはその光のなかで話すことのできる物語でなく、翳のなかで耳うちしてつたえるほかにない、国家と正面から敵対した誇らしい思い出をのちにつたえる係として、きみにその能力を訓練するためじゃなかっただろうか？　といいました。

不意をうたれ、心の奥底を揺さぶられるようでもあって、赤面して黙りこんだ僕を、かれはこう続けて励ましてくれたのでした。

――村の老人たちのそのもくろみは成功だったね。僕はアイルランドに帰って、遠い東方の友達のことを思い出す時、ニッポンの歴史においては明治の維新《レストレーション》をめぐる様ざまな内戦のことよりも、きみの村と大日本帝国との間にかわされた戦争の方に、ずっとリアリティーを感じるだろうから……

8

ある年、梅雨の終わりがたの川ぞいの道を、深い森を抜けて、大日本帝国軍隊の混成一中隊の将兵が、資材を積んだ軍馬を曳いて行軍していました。そこは「壊す人」が藩を追放された仲間および「海賊」の島からの娘たちをひきいて、船の木材を解体して造った橇《そり》や背負子《しょいこ》に新天地を開拓するための資材を乗せて、困難を乗り越え、乗り越えしてさかのぼった道すじでした。

「壊す人」の村づくりの当時、道は造られていなかったのですから、軍馬を曳いた一中隊の行軍は、それを思えば比較することができぬ容易さであったはずです。そのためもあり、中隊をひきいる指揮官は、ずっと降り続いた雨を思えば水位は低いが——その秘密はすぐにもあきらかになります——、増水して道路脇にまで及んでいる川に、かれらを危地におとしこむ罠がひそめられているとは思わなかったのでしょう。平野部を行軍した後、森林地帯へ入り込んでしまうと、地形は森の高みからV字型にえぐられた溝のようで、その底に川と道路とが並び、クネクネ曲がる軌道を描いているのです。なにかのはずみで路肩が崩れればその一帯はたちまち濁流に巻き込まれてしまいかねないのに、一応雨が降りやんでから作戦行動が始まったせいもあり、指揮官は増水した川を飼いならされた安全なものと信じこんで、遥かな上流の小さな村へ向けて一中隊の先頭を進んでいたのです。

溺死した将兵の多くの者らの腕時計の、一致して停まっていた時刻、＊＊時＊＊分、行軍する混成一中隊を、ドオーンという轟音と大きい暗闇が不意撃ちしました。将兵も軍馬も森ぐるみ荒れ狂う濁水のただなかにあることにすぐさま気づいたはずです。しかしその濁水の渦巻から脇の斜面の高みへと避難するどころか、かれら自体が、全速力で森の若木や下生《したば》えを根こそぎにする鉄砲水となって、川すじの下方へと噴射されたのです。森は深く厚く、将兵の叫び声・軍馬の死にもの狂いの嘶《いなな》きひとつ、森の下辺を埋めて非常な速さで動く、黒い奔流から立ちのぼって人の耳に達する、ということはなかったでしょうが……

森のなかの小さい村へ行軍する混成一中隊を一挙に潰滅《かいめつ》させた川の氾濫は、永い雨ののちの自然な出来事であったのか？　そうではありませんでした。地方都市の聯隊《れんたい》本部としては、山奥の小さな村で行なわれている国家に謀叛《むほん》する動きの鎮圧のため、一中隊を出動させる作戦計画を、秘密作戦として行なったつもりでしたが、村の側は軍隊の動きを早くから察知していたのでした。そこで前もってよく準備した反撃の手段によって、大日本帝国軍隊 vs. 村の軍隊の全面戦争の、序盤戦における勝利をかちとったのです。それが鉄砲水作戦だったのでした。

鉄砲水作戦は混成一中隊を押し流したばかりか、下流の町や村むらに、単なる洪水の害を超える災厄をもたらしました。黒い水が下流域一帯をひたしたのですが、この黒い水につかった町や村むらで、子供たちが原因不明の熱病にかかって多く死んだのです。また、真っ黒であったこの氾濫の水につかった田畑は土の色が変わり、のち数年にわたって不作に悩まされたといわれています。

しかも聯隊と県首脳部は、森の奥の小さな村を鎮圧するために中隊が派遣される、というようなことは実際にはなかったし、その中隊が鉄砲水で全滅するというようなことも当然なく、のちのち黒い水と呼ばれることになった鉄砲水が子供に疫病・田畑に不作をもたらしたなどというのは、不穏分子のデマにすぎぬと、その打ち消しにつとめねばならなかったのです。

9

この年の五月はじめの夜明け方、谷間と「在」のおもだった老人たちが、そろってひとつ内容の夢を見ました。森のなかの盆地から数百年前に出立し、じつに永い間、不在であった「壊す人」が、いま蠟倉庫に戻って来ていると、告げ知らせる夢なのです。夢を見た老人たちは、朝早く起き出すと蠟倉庫に出かけて、錠前もとっくになくなっていた数箇所の扉と窓を厳重に閉ざしました。そして子供らに壁の破れめからの出入りを禁じ――芝居をやる舞台や舞台裏・客席の桟敷が恰好の遊び場となっていたのです――、女たちに「壊す人」へのお供えの食事を運ばせることにしました。

続いて老人たちは、やはりみんなが同一内容の、次の夢を見たのです。老人たち誰もが、その姿をよく見知っていると感じる「壊す人」が、「巨人化」して小山のような懐かしい背中をこちらに向けたまま、暗がりのうちに大きい頭をめぐらせて――それは蠟倉庫の剝き出しの梁《はり》を直接こする高さでした――、次のような指令を発したのです。

――あと一箇月半たてば、県知事が軍隊の治安出動をねがい出る！　非常急変ノ場合ニ臨ミ兵力ヲ要シ又ハ警護ノ為《ため》兵備ヲ要スルトキハ師団長又ハ旅団長ニ移牒《いちょう》シテ出兵ヲ請フコトヲ得、との法律条項をふりかざしてな！　われわれの土地の軍隊で迎撃するなら、谷の頸を岩と土でふさぎ、谷全体に水を溜めねばならん。ブルドーザーで、谷の頸を埋めてしまわねば！　それも二十日で仕事を終わらねば、長雨が降り出してどうにもならぬことになる！

翌朝ただちに谷間と「在」の人間総出の土木作業が始まりました。夢の指令のなかで言及されたブルドーザー、そんなものがどうしてこの時期に、それも四国の小さな村にあったのか？　しかもそれはフランス製の大型ブルドーザーなのでした。これから始まる大日本帝国軍隊と村の軍隊との戦争で、村側が次つぎに持ち出した強力兵器ともども、あらかじめ村に購入されていた・しかも大半は外国から輸入されていた、その理由を説明しておかねばと思います。

森のなかの盆地には幕末から明治維新にかけて、蠟輸出が富を蓄積させていました。たびかさなる一揆に村の資力はいったん底をついたのですが――一揆の原因をなした重税の影響があったことはいうまでもありません――、新政府のもとで盛んになった蠟輸出は、村の経済を恢復させたし、欧米との経済的なパイプも確立させたのです。もっとも木蠟の輸出はもとより、その生産までもが、そのうち衰微することになりました。それでも村に外貨の蓄えと大きい富が残されていたのには理由があります。

大日本帝国の金解禁と金輸出再禁止にあたり、盆地の老人たちは、当時村に蓄えられていた共有資産をつぎこんでドル売買を行ない、巨大な富をつかんだのです。この投機に成功したのは、すべての権利をあたえられてニューヨークに出張していた谷間の財政担当の老人に、「壊す人」が夢にあらわれて金輸出再禁止の日を告知し、その日までにすべての仕事をやりとげるよう督励したからでした。ドル売買の役割を成功裡に果たした老人は、やはり「壊す人」の夢の指令によって、帰路ヨーロッパに廻りフランス製の大型ブルドーザーを買いつけていたのです。

10

さて、準備の作戦が始まってからは、村の大人たちが夜となく昼となく交替でブルドーザーを運転し、盆地の出口の頸と呼ばれる場所に、両側から張り出している山腹を削り落として行きました。そこは大昔、「壊す人」が火薬で爆破するまで、大岩塊あるいは黒く硬い土の塊《かたまり》でふさがれていたという場所で、谷間をもう一度ダムのように閉じてしまうためには、そこに障壁を建造するのがもっとも好都合なのでした。またそこならば、短期間に障壁で堰《せ》きとめることも不可能ではないことが、森のなかの盆地の地形を俯瞰《ふかん》すればすぐにわかります。

しかしいったん障壁が完成するまでは、川の水を堰きとめてしまってはならないのです。そうなれば、建造中の障壁を崩れさせてしまうでしょうし、そうでなくとも、川下の村や町に上流で起こっている異変を告げ知らせるにちがいありません。川の水を自然に流れつづけさせる目的で、谷間と「在」の子供らと女たちには、計画全体に重要でかれらの労働力にふさわしい作業がゆだねられたのでした。

子供らと女たちは、「在」の大竹藪から孟宗竹を伐《き》り出して、節を抜いてはつなぎ、三十メートルの長さの竹の導管を作ったのです。しかもその導管を十本ずつにまとめて、これは専門の桶屋《おけや》が、職業の技術を生かし箍《たが》で束ねていったのでした。もともと竹の節を抜いてつないでゆく技法も、桶屋が指導したのです。このようにして作られた五百本の竹の導管が、頸にあたる川の底に、昔「壊す人」が漁業の仕事にたずさわった「大簗《おおやな》」に沈められました。ブルドーザーがその上に土砂を落とし、障壁を築いて行く間、川水はこの導管の束を勢いよく走りぬけることになったのです。

子供の時分、僕は五十日戦争に使われた竹の導管が、いまも川下の淵に埋もれているという話を聞きました。子供らが五十日戦争の「遺跡」という、そのひとつです。それらの導管のなかには、肥った鰻がウヨウヨ棲んでいるというのでした。僕はたびたび、その鰻どもの棲む竹の導管を探しに、川下の淵へ遠征を試みたものです。実際、淵の底のドブ泥のなかに古い竹筒の名残を発見したりもしたのでした。

谷間の下方のはずれ、狭く両山腹がせり出して、岩肌には年をへたイワツツジが花を咲かせている場所に、土と石の楔《くさび》を打ちこむように――竹の導管で水の流れは生かしたまま——、ダムの障壁の基盤が築かれました。その上へ谷間と「在」の人びとは、老人から子供らまでをもふくめ、徹底した協同作業で、土を詰めた俵《たわら》を運び、土塁を積み上げて行きました。森のなかの盆地の言いつたえでは、「壊す人」にひきいられた若者たち娘らが新天地を開拓した創建期から、村の運命の大きな曲り角では、このように人びとが協同作業をしたのです。ダム建設の作業がそのとおりに行なわれたにちがいないということは、子供の僕にも想像しやすいものでした。

障壁がしだいにかたちをとって行くうちに、梅雨が訪れました。雨は毎日降りつづき、その間も村人総出の作業は行なわれたのですが、長雨につれて、どこからともなく湧き起こって来た悪臭が盆地にとどこおっていることに、働きつづける人びとは気がついていました。土塁からこぼれ落ちる土は少しずつ竹の導管をつまらせて、川水はしだいに堰きとめられてゆき、谷間はすでにダムのかたちをとり始めてもいたのでした。そして村の人びとには、蓄えられてゆく水が全体に黒ずんでいることもあり、あたりに漂う悪臭と結んで、有毒な水のように感じられたのでした。

11

「壊す人」が村のおもな老人たちに、とうとう戦争が開始されると、共同の夢で告げる日が来ました。谷間の村をすでに水底《みなそこ》に沈め、土塁を積んだ障壁に波を立てて打ちかかる黒っぽい濁水は、もう土塁の持久力が限界に来ていることを示してもいたのです。昼前、自分らもいつ襲いかかって来るか知れぬ山津波に押し流される危険にさらされながら、見張りを続けていた斥候隊《せっこうたい》が、大日本帝国軍隊の接近を告げに駆け戻りました。

正午を期して、かつて「壊す人」が大岩塊あるいは黒く硬い土の塊《かたまり》を爆破した例にならい、障壁の根方に仕掛けられたダイナマイトは点火されました。この数日濃くなった悪臭の霧の底にあった、黒ぐろと波立つ濁水は、動く壁をなして猛然と流れくだりました。川すじにそった、V字型の森の底の道を行軍して来た大日本帝国軍隊の一中隊は、軍馬もろとも全滅し、下流の村や町には子供たちを冒す疫病が流行して、田畑は幾年もつづく不作を、悪い臭いのする黒い水によってもたらされたのでした。

鉄砲水で全滅した将兵と軍馬の遺体を、民間に噂がひろまらぬうち収容すること、続いてこの不運な混成一中隊が果たせなかった任務を、いまは軍隊の侵攻に向けて全面的な抵抗の意志を示している森のなかの村に果たしに行くこと。それが新しく編成された、第二の混成一中隊の仕事でした。かれらは悪い臭いのする黒いぬかるみに膝まで踏みこんで、死体収容の作業に従事し、それから休息する暇もなく、やはりぬかるんで足場の悪い川ぞいの道をさかのぼって、目的地に向かったのです。行軍のはじめから、中隊長以下将兵たちは、わけのわからぬ頑強さの抵抗を示す、森の奥の村人どもへの怒りに燃え立っていました。

この怒りを抱えて行軍する軍隊に殺された、村側の最初の戦死者は、日頃「木から降りん人」と呼ばれてきた老人でした。かれは中年過ぎから谷間を去って、森の樹木の高みに造った掛け小屋で暮らして来た老人でした。谷間と「在」の人びとの施し物で生き延びているのでしたが、ふつう人に施す際にはうつむいてものを渡すはずのところを、「木から降りん人」の場合、誰もが高みに向かって捧げるように施すほかなかったのです。

それというのも「木から降りん人」は、樹木の上の小屋で暮らしているのみならず、移動する際もつねに木の枝をつたったからです。よくよくの必要から谷間に降りて来る折など、できるかぎり木の枝をつたって進み、やむなく地面に降りても足で土を踏むことはせず、逆立ちしながらヒョイヒョイ跳ぶように移動したのでした。

森の底の黒いぬかるみを踏みなやんでさかのぼって来た混成一中隊の将兵は、木の高

人」を招き、協力を要請しました。「木から降りん人」は森のなかでの暮らしのヴェテランです。「木から降りん人」はおおいに張りきって、五十日戦争に村の軍隊の働き手として参加することを誓いました。しかも早速、木から木へ素早く移動する特技を生かして、盆地の斥候隊の先導役となったのです。運悪く撃ち落とされた際も、地上の見通しの悪い森の下生《したば》えのなかを移動する斥候隊が、大日本帝国軍隊の行軍して来るコースに近づき過ぎ、発見されそうになったのを、樹上の高みから大声をあげて警報を発して、かわりにかれ自身が発見され、大猿とまちがえられて撃たれる、ということになったのでした。

　兵隊たちは殺してしまった相手が民間の人間だとわかると、中隊長に報告し、検屍の後、行軍の道すじに仮埋葬して、軍隊は先に進みました。村側の斥候隊はその場所を見とどけて森の作戦本部に戻りましたから、すぐに人が派遣されて「木から降りん人」の遺体を掘り出しました。「木から降りん人」が生きている間、降り立つことを嫌悪した地面のなかで、かれの魂がしずまるとは誰も思わなかったのです。遺体は森の湧き水で洗いきよめられ、火葬されて、遺骨は「木から降りん人」が谷間を去り森に隠れてから、その高みに小屋を造って永く暮らした大ケヤキの根方のウロにおさめられました。僕ら谷間や「在」の子供たちは、森に遊びに入る時、きまってこの「遺跡」に草花を供えたものです。

13

村への進駐を夜明け方に予定して、夜間行軍して来た軍隊は、「木から降りん人」の出来事に手間どり、昼すぎになって、水没していた痕跡をあらゆる場所にあらわしている谷間へと無血入城しました。中隊長以下の指導部は、すぐさま国民学校の職員室を司令部にして作戦会議を開き、中隊の兵隊たちはむし暑い運動場で、立ったまま休息しました。いたるところ真っ黒の泥で汚れた谷間は、臭いぬかるみが夏のはじめの陽ざしにも乾く気配はなく、腰をおろす場所が見つからなかったのです。

運動場で休憩をとるうち、昼も暗い森をくぐりぬけて行軍する間の、いつ木立から狙撃されるか・いつ第二の鉄砲水に襲われるか、という不安から解き放たれて、兵隊たちの怒りもしずまり、誰もがあの痩せて汚れた老人を殺してしまったことを気の毒に感じはじめていました。これが作戦の第一日目だという気持は稀薄になり、さきの混成一中隊の全滅も、あるいは自然の災害によるものであったかと思われてき、いまにも隊長から、これは大規模な演習であった、日暮までに出発して聯隊《れんたい》へ帰営する、という訓辞があることを疑わない様子だったのです。

ところが午後三時、司令部から出て来た中隊長は、この谷間にむこう十日間駐在して治安出動の目的をとげるため、これから谷間の泥水に汚れた民家に宿舎を徴発し、整備にあたるように、と指令したのでした。まだ泥が柔らかいままでしたから、兵隊たちは家じゅうのその堆積を取りのぞくのに苦労はしませんでしたが、家屋を洗いきよめる段階になると途方に暮れたのです。すべての家屋に井戸がそなわっていながら、どの井戸筒にも、臭く黒い泥のコロップがきっちりつまっていたからです。谷間の底を川が流れ、森に発してそこに流れ込む谷川もあります。しかし川の流れはやはり黒ずんでおり、川水で家屋の泥を洗い落としても、それは泥の下からあらわれた壁、柱、床板をあらためて黒く染めあげる結果としかならないのでした。

効果の疑わしい労働に、泥まみれになって汗を流す兵隊たちを激励してまわるうち、中隊の幹部たちは飲料水の確保が容易でない問題であることに気がつきました。谷間に流れ込んでいる森からの谷川が、どこまでさかのぼれば澄んで飲用可能な水を汲めるものか、谷間を囲む両山腹にひと組ずつ、二小隊の調査班が出発させられたのです。谷間での臭い泥にまみれての労働から解放された調査班の兵隊たちは奮闘しました。夕暮に谷間へ帰還した時には、一小隊が森のきわで谷川が澄みきっているのを発見していました。そこからしばらく流れくだるうち、水は黒く濁ってしまうのです。したがってこの盆地に豊かに生えている孟宗竹のパイプをつなげば、澄んでいる水を谷間までみちびくことができる、という明るい見通しが報告されたのでした。

すでに薄暮となった山道を、とりあえず石油缶を両手に提《さ》げた五人の兵隊が水を汲みに登りました。二時間たって――これは異様な時間のとり方でしたが――、それぞれ両腕の石油缶に美しい水をたたえてはいるが、銃剣他すべての武装を解除された兵隊たちが、それも四人だけ谷間へ戻って来ました。

14

かれらの報告によれば、人はもとより犬一匹いなかった谷間の様子の不自然さに、警戒しなければと思いながら、のんびり谷川ぞいにさかのぼって、その気持も薄れていた五人の兵隊は、美しい水を谷川に流す森の脇のハルニレの根方の湧き水に辿りついて、さらに安堵していました。その時、かれらは五十名を超える民間人の武装集団に包囲されてしまったのです。五人の兵隊のうち下士官のひとりが銃剣をふるって突破しようとし、たちまち打ち倒される。さらにかれは首に綱を巻かれて、傷のように樹皮の剝げ落ちているハルニレの高い枝に吊されました。四人の生き残りたちは、すぐにそれが村へ到る行軍の途中、木の枝から撃ち落とし・殴り殺した、大猿のような老人への報復だとさとったのでした。

そこでたじろいでいる兵隊たちに、武装集団の指揮官の老人が、次のように演説しました。――この谷間からならば、おまえらが汲みにあがることができる生きた水というものは、この水のほかないのやが！　それでもこの湧き水も、わしらの軍事支配下にあることは、いま経験してわかったろうが！　わしらが望むなら、この水を黒い毒水にすることもできるのやぞ！　わしらの「壊す人」は、毒液を採る草の知識を充分に持っておられるのや！　しかしわしらがそうせぬのは、あえてひとつの湧き水を生きた水のまま残すのはな、森のなかの盆地を侵略する大日本帝国軍隊を憎みこそすれ、そこに属するおまえらの、ひとりひとりが許しがたいのではないからや！　しかしおまえらの軍隊が、このさき国際法にもとる犯罪行為をするならば、わしらはなにひとつ容赦せぬことになるのやが！

国際法！　それでは谷間の家屋を泥だらけに放置して森に逃げ込み、そこで武装して待ちうけているこいつらには、自分らの村がひとつの国として独立し、大日本帝国と戦争しているつもりなのかと、生き残りの四人は理解しました。兵隊たちのレベルで、相手方の構想が納得されたのはこれがはじめてで、情報はすぐさま谷間に進駐している中隊のすみずみにまで伝わることになりました。ともかくこうして警告をあたえられ解放された四人の兵隊は、そもそもの目的だった湧き水を汲むだけのことはして、後生大事に運びつつ暗い山道を摺《す》り足《あし》で降りてきたのでした。

水汲みの任務は果たしたものの、ひとり犠牲者を出し、残りもみな武装解除された兵隊たちは、自分らを不意に包囲した連中が、いかに強力な敵であったかを上官に判断してもらえるよう、幾分、事態を誇張しがちな伝え方をしたのです。敵はこれまで見たこともない超・近代兵器で武装していた！　しかもそれらの兵器は、森の奥の兵器工場で生産しうるものであるらしい！　この兵器工場の情報は、兵隊たちをいったん俘虜《ふりょ》にした、森の遊撃隊の指揮をとる老人が、心理作戦としてわざわざもらしたものだったのです。実際、さきに村の人びとは、「壊す人」の夢の指令によって、森の奥に兵器工場を建設していたのでした。もとよりそれは大規模な工場とはいえず、既製の銃器を分解して造りかえ、新しい銃器とする、あるいは玩具の兵器を現実に使えるものに改造する、そのための工場にすぎませんでした。それでも・いやそれゆえに森の兵器工場は、生き残りの四人の兵隊が具体的に目にして報告したとおり、それまで見たこともない超・近代兵器を独自な構想力で造り出していたのです。

15

超・近代兵器、これまで見たこともないような！　ある意味でそれは妥当な言い方でした。さきにのべたとおり、森のなかの盆地の村は、金解禁騒ぎにあたってドル投機を行ない、大きい富を蓄え、フランスのブルドーザーを輸入しうるほどでした。しかしこの時期、軍国主義的な肥大化のさなかにある大日本帝国へ国際的な警戒心の高まりがあり、兵器をそのままのかたちで輸入することは難しかったのです。「壊す人」の夢の指令は、ドイツから多種の模造銃を、つまり玩具として造られた兵器を、大量に輸入することでした。国内・国外を問わず、種々雑多な古機械をかき集めさせてもいたのでした。それに加えて最新式の機能を持ったドイツ製の工作機械が――それは村で「ダライ盤」と呼ばれました――輸入されたのです。

森の兵器工場は、村で生まれた子供の時から機械の虫だった一技師の指導のもとに、幼い者らから中年の婦人たちまでもが、興味を持って参加しうるよう運営されました。まず幾つかに分かれた小グループごとに、改造のもとになるドイツ製の玩具の、小銃なりピストルなりを選びます。技師の助言をあおぎながら、改造にどのような部品が必要かを討論すると、グループの作業員たちは、廃品回収業者の仕切場のような資材置き場で、当の玩具改造に必要な部品を探すのです。ついに探しあてられた妥当な部品は技師による細部の修正をへて本体に組み合わされ、玩具は超・近代兵器と生まれかわるわけなのでした。

　このようにしてドイツ製の玩具を改造した銃器とはまた別に、こちらは超・近代兵器というのとはちがう現実的な威力を発揮した兵器に、やはり森の兵器工場で改造された罠がありました。精巧で強力な、ヨーロッパの狩猟用の罠が幾ダースも輸入されていたのです。技師はそれらの罠を改造して、対人用に仕上げたのでした。獣を狩る際、罠がくわえこんだ下肢をスッパリ切断してしまっては、獣を捕えることはできぬわけですが、戦争の武器として、人間の足を攻撃するためにその配慮は必要でなく、ただ鋭利に研がれてさえいればよかったのです。

　大日本帝国軍隊の進駐の最初の日、ひとりは処刑され残りは武装解除された水汲みの兵士たちの報告が終わると、武装した村の人間の一団、つまり森のゲリラの討伐に五十名の兵隊が森のきわの湧き水まで登って行きました。すでに夜で月はなく、草むらにしのばせられた罠は効果を発揮して、軍隊は深刻な損害をこうむったのです。それ以後、暗くなってからの森への偵察隊の派遣は行なわれぬことになったのでした。

同じ最初の夜、森に隠れた村人たちは、谷間の動物好きが京城《けいじょう》で購入して戻り、永らく飼ってきた、老いたるチョウセンオオカミを、森のキャンプからひそかに谷間へ連れおろして放しました。翌朝、兵隊たちが谷間ではじめて犬を見つけたとして追い廻し、すでに老齢から衰弱の激しかったチョウセンオオカミはショック死してしまったのですが、死骸を調べた軍医は、それが日本では絶滅したはずのオオカミであることを確認したのです。

この四国山脈の深い山奥には、野生のオオカミすら生き延びているのかも知れぬと――現に老いたるとはいえ一頭の標本が手に入ったのです――、軍医は中隊長に、宿舎からの夜間の外出をきびしく禁じるよう助言したのでした。

16

この永かった日のしめくくりに、真夜中になって、川沿いの道の電線と電話ケーブルを鉄砲水の被害から修理しつつさかのぼって来た工兵小隊が、国民学校にもうけられた中隊司令部に辿りつきました。かれらが谷間に到着して電柱によじ登り、最後の仕上げをしてはじめて、占領された村に電気が通じ・電話が恢復したのです。司令部の職員室にともされた電灯は、それまで森ぐるみ真っ暗であった谷間にあかあかと輝いて、罠にやられた負傷兵の手当ては格段に容易となりました。盆地をみたしていた大きい暗闇にこぞって不安を掻きたてられていた兵隊たちは、電灯の光を見ると、谷間にコダマして森の高みに響きわたる歓声をあげたのでした。電気と電話の開通が、この山奥の土地のえたいの知れぬ原住民への制圧を確定したとでもいうように……　そして中隊長以下の将校も、この軍規違反をあえて咎めなかったのです。

　中隊長は、すぐさま聯隊《れんたい》本部へ連絡の電話をかけさせました。しかし副官から受話器をとりあげて、力をこめて耳に押しあてた時、聞こえてきたのは、――おまえたちは無益な戦争を始めましたが！　われわれのことなど放っておいて、明日の朝には谷間から出て行くのがいちばんですが！　という勧告の声なのでした。

　思慮深いが、果断な行動力もそなえているはずの、経験豊かな堂どうたる声。中隊長は受話器を膝におろし、目をパチパチさせて、――無教育な上にも正気を失っている老人が電話にとびいりしてきた！　と副官に説明したのでしたが。じつのところ中隊長は、これは並たいていのものではない指揮官の資質を持った老人らしいと、認めぬわけにゆかなかったのでした。さきに森のゲリラの話に出た、「壊す人」という匿名で呼ばれているのは、この指揮官のことにちがいないと……

あらためて聯隊本部を呼び出させても電話は通じず、副官に工兵小隊の下士官を呼びよせさせて、中隊長が、――これはどうしたことか？ となじった時、電灯もまた消えてしまいました。つづいて遠方から大きい爆発音がつたわって、電力・電話のケーブル施設が、爆破されてしまったことを、谷間に進駐したすべての将兵に告げ知らせたのでした。さきの電話によって行なわれた、森にこもる村の軍隊からの意思表明は、兵器工場の技師が電話線に直接装置をつないで準備していたものでした。直後の爆破も、工兵小隊の通過の後、充分に余裕を持って時限爆弾が配線されていたのでした。

翌朝。これほど多くの出来事にみちた夜を過ごしたにもかかわらず、中隊長は早く起き出して、部下の将兵が進駐している村全体を見わたすために、下士官たちを引きつれ、兵隊多数に警護させて、谷間にせり出している岩鼻に登りました。遥か以前、「巨人化」したた「壊す人」が、毎朝そこに登って外敵が侵入していないかと見廻し、そこに根を張ったドロノキの瘤を摑んで一回転する「体操」をした、「十畳敷き」の岩鼻。中隊長は黒く汚れた土の匂いのせぬ、高みの良い空気を胸いっぱい吸おうとするように、顎を突きだして谷間を囲む森全体を見あげ、幾度も深呼吸すると、立ちどまったまま身体をひと廻りさせてパノラマの全容を頭におさめました。

森の斥候隊《せっこうたい》としてすぐ近くの落葉喬木《きょうぼく》の木立の、きらめき震える明るい葉むらにひそんでいた村の若者は、中隊長の小きざみに足を踏みかえながら回転する様子が、むずかる幼児のジダンダを踏む恰好に似ていた、と司令部の老人たちに報告しました。

17

それでも中隊長にしてみれば、たとえジダンダを踏んでしまったのであったにしても、ぐっと唇を引きしめて黙っていることができたのは、職業軍人らしい自己抑制のつらぬきかたであったというべきでしょう。中隊長が足を小きざみに踏みかえて回転しながら見わたした森の眺め。おなじ色あいのひとつの層の向こうに幾層にもかさなって、遠ざかるほどなだらかな起伏をかさねる森の眺め。このような深い森のただなかの盆地をよく伐《き》り拓《ひら》いて、人間が住みはじめたものだと、不思議なことのようにも中隊長は感じたのですが、その不思議な人びとの末裔たちが、さらに不思議な敵意をあらわす事態に、中隊長は直面していたわけなのでした。

中隊長の目には、見はるかす森のあらゆる場所が、この盆地の全村民が家畜に犬まで引き連れて隠れてしまった敵陣営なのです。それらの人びとは、大きい障壁を築いて谷間を水底《みなぞこ》に沈めた上、ダムを一挙に放水して軍の中隊を全滅させるという、国家への叛逆行為を行なって森の奥に入り込み、さらにも抗戦の意志をあきらかにしているのでした。

　それでも中隊長が見わたすかぎりでは、超・近代兵器の工場すらあるという森のどこにも、人のひそむ気配を感じることはできないのでした。真夜中に谷間に入って来る途中、工兵たちは山深く燃えあがる火を一箇所見たとも報告したのでしたが――それは「木から降りん人」を火葬にするための火だったはずです――、いま朝の光のなかに謀《む》叛人《ほんにん》どもの生活痕跡はいっさい見つけ出すことができません。この広大で深い森から、老若男女の住民をひとり残らず引きずり出して、「二重戸籍のカラクリ」の不正をただすことこそが、課せられた作戦の目的であるのに……

　――おおい、出て来い！　隠れている者らよ、すみやかに出て来い！　なぜそのように無益な抵抗をしているのか⁉　と中隊長にしてみれば、森に向けて大声で叫びたかったはずのものなのでした。

　当の中隊長には、新しい混成一中隊の指揮をとるよう命令された時から、いったいどうしてそのような作戦が決定されたものか、よく理解できぬままであったのです。しかも作戦の命令があたえられた時には、さきの混成一中隊が、自然の災害かと疑われるところもあったものの、しだいにあきらかになる情況では、鉄砲水を作り出す戦術によって潰滅《かいめつ》させられていたのでした。そこで自分の指揮のもとに新しい中隊が出動してみれば、大猿のように木の枝づたいに移動する敵のスパイをひとり撃滅しえたのではあるけれども、まず兵隊をひとり殺され四人の兵隊は武装解除されて、かれらの携行した武器弾薬すべてを奪われてしまったのでした。さらにそのゲリラ隊を討伐に向かった兵隊たちは、敵を発見することができなかったばかりか、仕掛けられた罠による負傷者を多数出して撤退したのです。

すでにこれだけの被害をこうむった以上、中隊長としては大日本帝国軍隊の権威のためにも、作戦を続行して目的を貫徹するほかはありません。しかし中隊長には、そもそもかれの戦う相手たる謀叛人どもが、いったいどうして村ぐるみ森にこもってまで抵抗するのか、よくわからぬ気持が残っていたのです。この盆地の人間は、そもそも大日本帝国が近代国家としての出発をした地租改正の時から、「二重戸籍のカラクリ」を採用して来たのらしい。永年その子供じみた思いつきに、盆地の人間すべてがしたがって、税金と兵役義務とを二分の一の負担ですませてきたとすれば、この非常時にそうした叛逆行為が許されていいはずはない。そこで見せしめの意味もあり、軍隊が治安出動したのは妥当な決定であっただろう……

ところが治安出動の第一陣は、敵の鉄砲水作戦によって全滅させられ、あらためて出動した第二陣の中隊も、疑わしい戦いに引きずり込まれているのでした。いちばんはじめの県首脳部と聯隊《れんたい》幹部のもくろみは、軍隊が進駐することで村民を威圧し、戸籍登録のサボタージュが、いかに反・国家の行為であるかということを肝に銘じさせ、つづいて県庁から係官・職員が、戸籍登録のやりなおしを指導にやって来る。あわせて警察の手によって、村のおもだった者らの責任を追及する。そのように手順が組まれ、ついては谷間の駐在所の巡査はもとより、国民学校の教員、僧侶、神官らが、そのために仲介者の役割を果たすものと期待されていたのです。

ところが最初に治安出動した一中隊は全滅し、次の一中隊にもすでに損害が出て、しかも敵側の村民たちは、仲介者と予定された者らぐるみ森に入ってしまっており、中隊長には事態を打開するどんな手がかりもつかめぬ状態なのでした。

18

森に隠れた村民たちは、その仲介者となるはずだった人びとを、どのようにあつかっていたでしょうか？　治安出動して来る軍隊が、仲介者としてあてにしていた人びとは、谷間と「在」に住んでいる他所者《よそもの》たちでした。寺の住職は、三島神社の神主ともども、銘助さんの一揆の「ワラダ廻状」に名前が出ている古い家柄で、村に根づいている人でしたが、宗教者としての立場から、国との戦争に対しては中立の立場をとり、死者をとむらう役割に加えて、医者、歯医者とともに赤十字的な医療活動にあたりました。駐在所の巡査は、「壊す人」が夢で五十日戦争への最初の予告をした日以来、姿を消して二度とあらわれることはなかったのです。

国民学校と高等科の他所者の教師たちについては、村の側は、はじめかれらを「敵性村民」という呼び方をし、森のなかを移動する強制収容所にいれていました。やはりドイツから輸入してあった、森の木洩れ陽が照らす灌木の色の萌黄《もえぎ》色の、ワンダーフォーゲル用のテントに、人びとは分散して暮らしていたのですが、それらのテントの幾つかを収容所にして、見張りつきで「敵性村民」が配置されたのです。

同じテントを用いて谷間と「在」の人びとも、みな森のキャンプ生活を営んだのでした。兵器工場のみは工作機械の据えつけと配電の関係から、仮小屋が木立のなかに建てられていました。それを除き人びとの住居はみなキャンプ用のテントで、谷間から森を偵察に来る軍隊の動きに応じ、森のなかをしばしば移動したのです。たいていは多い人数の各家族ごと、テントが一張りないし二張り支給されていたので、戦局が安定している間は、子供らも週末各家庭のテントに帰ることができました。それより他の時、子供たちは学校キャンプに集結していたわけです。

学校キャンプは、森のきわから遠い、県境い近くにありました。そこは戦争が続くにつれて負傷者や病人の、森の移動野戦病院では手にあまる者らを、隣県の総合病院に運び出す基地になりました。戦争の終わりがた中隊長はこの学校キャンプについて偵察隊から報告を受けたのですが、そこを目的に定めた作戦は許可しなかったのです。敵の側とはいえ、子供らを戦闘に巻き込むことをかれは望まなかったのでした。

さてその学校キャンプに子供を送り出した、壮年の夫婦に若者らの家族のテントが結集して、戦線をかためる主軸となったのです。幾組にも分かれてゲリラ隊を構成した男たちの機動性のあるテント群と、補給のために働く娘たちのテント群、そしてそれらすべての中核をなす、老人たちの作戦本部のテント。谷間に進駐した軍隊の中隊長は、森に兵隊を送りこむについてすぐにも慎重になりましたから、村びとたちの軍隊のキャンプは、はじめあまり移動する必要がありませんでした。それでも森のキャンプの総体に、相手の出方しだいですみやかに場所を変えることのできる能力がひそめられていたのです。

19

「敵性村民」の教師たちが、この国家と村の戦争に対して示した態度は多種多様でしたが、なかでもきわだって対照的なふたりがいました。ひとりは高等科をひとりで担当して、とくに力をいれて商業を教えていた教師でした。もう初老ながらひとり者のかれは、あまり勉強をする気持のない高等科の生徒たちから——みんな農家の跡とりで、当時としては商業の教科を学ぶ必要はまったくなかったのです——、誰もが認める退屈な教師あつかいされて過ごして来た人です。ところがこの教員は、ダムの障壁が建設され始めた時から強く興味をあらわしていたのですが、森へ村ぐるみ疎開してゲリラ戦術を進める段階となると、——こういうことを、実地になしうるとは思わんかった！　と嘆息するようにいって、自分も参加して一働きする道を探したのでした。

しかし他所者《よそもの》の初老の教員にまかせられる、作戦上の任務があるはずはないのです。そのうちかれは、授業に使うつもりで準備していた『万国商業通信文提要』という教科書を手引きに、中国語、英語、フランス語、ドイツ語、スペイン語それぞれの商業通信文の文体で、それらのいずれかの国語が使われる地域に住む被圧迫民族に向けて、村の側から五十日戦争の意義をうったえる手紙を書きはじめたのでした。具体的な宛先《あてさき》こそ最後まで不確かであったようですが……

もうひとり師範学校の長距離選手として、全国陸上大会に出たことが自慢の、顴骨《かんこつ》の張った小さな赤ら顔の体育教師がいました。かれは堰《せ》きとめられた川水が谷間を埋めてしだいにダムをかたちづくるのを見ても、情勢の進み行きをなにひとつ理解せず、――むちゃくちゃなことをするなあ、いったいどんなつもりで？ と子供じみた抗議をつぶやいているのみだったのでした。

森に疎開してからの体育教師は「敵性村民」のキャンプのなかでも、とくに村の若者たちふたりの見張りとともに生活をしていました。森への疎開とゲリラ戦術についても、――むちゃくちゃなことをするなあ、いったいどんなつもりで？ と不平をのべるのみであったからです。もっとも五十日戦争のはじめのうち体育教師は情報からすっかり遠ざけられていたので、谷間に進駐して来た軍隊と村の遊撃隊との小競合《こぜりあ》いが続いていることは知らなかったのです。ところがある日、見張りを交替した青年が、菊の御紋章入りの銃で武装していることに体育教師は気づいたのでした。

問いかけられた青年は、とくに匿《かく》そうとする態度はなく、――やっつけた敵の兵器は、やっつけた者に第一の選択権があると、老人連中が決めておるのやから！ と答えました。体育教師は、――むちゃくちゃなことをするなあ！ と角ばった小さな顔を真っ赤にして絶句したのでした。その夜、体育教師はキャンプを脱走しようとして青年ひとりに重い傷を負わせたあげく、取り押さえられたのです。

翌日、作戦本部の老人たちは軍事裁判を開いて、この「敵性村民」を追放することに定めました。しかし体育教師には、追放されるにしても谷間に進駐している軍隊には丁重に迎えられるようにと、遊撃隊が分捕っていた大日本帝国軍隊の小銃が、餞別としてあたえられることになりました。体育教師が正午を期して「死人の道」脇の湧き水の所から追放される日、朝のうちに森の遊撃隊は谷間から登って来る軍隊の行列を襲撃していました。自由の身となった体育教師が、大日本帝国軍隊の小銃をかざして、谷間から見通しの良い果樹畑と雑木の斜面を勇んで駈け降りた時、連日そこに展開している軍隊は、かれに一斉射撃をあびせたのでした。

20

中隊長がはじめて積極的にその軍隊を指揮した作戦行動は、全面的な山狩りでした。もっとも限られた数の兵隊による山狩りですから、一度にとりかかることのできる範囲は限定されてしまいます。森の作戦本部の老人たちは、すぐに対応して、かねて訓練しておいた迎撃作戦に出たのでした。

当日の早朝、谷間を見張るパトロール隊は、営舎にした学校や民家から起き出して来る将兵の気配から、大きい作戦がはじまるという予想をたてました。作戦本部の老人たちは、森にめぐらされている連絡網をつうじて、高みのすべてのテント群に、さらに高みへの移動を待機するよう指示しました。その上で高みから軍隊の動きを見おろし山狩りのコースを判断した老人たちは、その範囲にキャンプしていた者らに、女・子供を保護しながら、家財道具すべてを担いで引き揚げるよう指示したのです。

つづいて、三人一組の森の遊撃隊が、大日本帝国軍隊の、山狩り式前進に立ち向かったのでした。この地方で以前から子供が森で迷い子になったり――ほかならぬ僕が森への神隠しにあって、そのお世話になるのですが、それは後の話です――、川下から暴力犯が逃げ込んだりした際の、山狩りのヴェテランである消防団員たちが、遊撃隊を組織したのですから、かれらにとって、こちらははじめて森で山狩りする兵隊たちの先手をとるのはやさしいことでした。

遊撃隊は一組三人が、「右翼」、「中堅」、「左翼」とそれぞれ役割を担って、二・五メートルずつ間隔を置き、横一列に並びます。かれらは自分たちが山狩りをした際、苦労した覚えのある、倒木や岩や大きい窪みのある場所に待ち伏せしています。下方から、やはり横一列になって藪を突つきながら登って来た兵隊たちが、そうした難所にさしかかって仲間のことはかまっていられなくなる時――両脇の兵隊から孤立してグズついている真ん中のひとりを見通せなくなる時──、その難渋している兵隊の正面にぬっとあらわれた「中堅」が、猟銃で兵隊を撃ち倒します。すぐにも「中堅」は背後へと引きさがる。倒された兵隊の右と左から、あわてて駈け寄るふたりの兵隊を、右から来るやつは「右翼」が、左から来るやつは「左翼」が、やはり単発か双発の猟銃で、ドン、ドンと撃ち倒す。一列横隊の三人が倒されては、軍隊の側はそのあたりブランク状態になって、「中堅」につづき「右翼」も「左翼」も、森の奥へゆうゆう引きさがることができたのでした。

このようにして、山狩りが始まるとすぐ、待ち伏せしていた遊撃隊はそれぞれ三人ずつの兵隊を倒し、山狩りの一列横隊は各所でズタズタに切断されたのです。ここでもし森の遊撃隊の側に事故が起こらなかったら、作戦の指揮をとった中隊長は、全面的な失敗を認めなくてはならなかったでしょう。ところが遊撃隊の一班が手ちがいを起こし、その「中堅」の隊員が重傷をこうむって俘虜《ふりょ》となったのでした。

この遊撃隊の三人は、山葡萄の蔓枝《つるえだ》におおわれた大岩のかげで待ち伏せしていました。五十日戦争の「遺跡」といえば、僕はこの有名な大岩の山葡萄を妹に採ってきてやったものでした。子供には登りにくい大岩の東側は藪が茂って、ゴロタ石が積みかさなり足場が悪いのに、西側には湧き水の細い流れの作った道があります。三人は兵隊が岩の西側を登って来ると予想して、その上方にひそんでいたのでした。ところが非常な体力のある兵隊がゴロタ石を踏みしめ藪をこいで東側にあらわれたのです。驚いた「中堅」は撃ち損じてしまいました。わずかに遅れて、湧き水の道からはふたり一緒に兵隊があらわれ、「右翼」と「左翼」が援護してはくれたのですが、もう銃に弾丸のない「中堅」は後退するひまもなく、山葡萄の大岩に跳び上がり、はずみで下方の斜面に転び落ちるようにして、敵陣の内ぶところに入りこんでしまったのでした。

21

俘虜《ふりょ》が一名とらえられた、と連絡が入るやいなや喇叭《ラッパ》が吹かれ、作戦は打ち切りとなって、全員に森から降りるよう命じられました。中隊長は頭の良い軍人だったと思います。作戦が開始されてすぐ、かれは自分の作戦の失敗を見てとっていたのでした。追いつめられていた中隊長は、俘虜を尋問して作戦に明日以降の修正を加える、と言明して、体面をととのえる機会を得たのでした。

もっとも俘虜は、たいした情報を提供したわけではないのです。大岩から落ちて怪我をしていた上、戦友を殺された兵隊たちに銃で殴られゴボー剣で突つきまわされて、谷間の司令部に運び込まれた時には虫の息でした。中隊長じきじきの尋問にもはかばかしい答えをすることはなしに死んでしまったのです。俘虜は、平時には酒や醤油もあきなう雑貨屋で、「犬曳き屋」と呼ばれていた人です。大きい荷箱をハンドル前につけた頑丈な自転車を、短い赤毛の犬に曳かせて、「在」の奥まで雑貨をあきなって廻る、鳥撃ち帽にニッカーボッカーの伊達男が、この不運な遊撃隊員だったのです。

「犬曳き屋」が俘虜になって死んだ日の夕暮、不思議な現象が起こりました。山狩り式の攻撃の進路をさけて避難していたキャンプの住人たちが、もとの場所へ戻って行こうとしている行進のさなかに、「犬曳き屋」の女房と幼い子供たちの、脇をついて進んで来る犬が憐れな鳴き声をたてたのです。重いテントと炊事道具を背負ってうつむいて進んできた「犬曳き屋」の女房が顔をあげると、夕暮の赤黒い木洩れ陽が煙のように漂っている斜め前方の大きい樹木のかげに、全体淡い印象の鳥撃ち帽とニッカーボッカーの「犬曳き屋」がしょんぼり佇《たたず》んでいました。――おかしいなあ、お父さんはなにをしておいでるのじゃろう？　近づいても来なさらんし、こちらを覗いているような、覗かぬような。私らは夢を見ておるのじゃろうか？　「犬曳き屋」の女房が子供たちと犬に話しかけるような、またひとり言のような仕方でそういいながら、心をしずめてじっと見きわめようとすると、淡い人影は消えて行ったのです。

この夜あらためてキャンプを設営してから、「犬曳き屋」の女房は神主を訪ねてこの話をしました。それまでには「犬曳き屋」が俘虜になったがおそらく死んだはずだ、という報告は斥候隊《せっこうたい》から作戦本部をつうじ、家族のところに届いていました。相談を受けた神主は、「犬曳き屋」の魂が、自分の死んだことを知らぬ女房と子供ら、それに犬とが、いつまでも帰りを待ちつづけるのを不憫《ふびん》に思い、自分は死んだ、待ってもむだなことだと示したいのだろう、といいました。そこであらためて「犬曳き屋」の亡霊が姿をあらわすならば、こちらでは自然なふるまいのうちに、「犬曳き屋」の死を納得したことを示して、かれの魂をしずめてやらねばならない。それもあまりにはっきりと亡霊に反応しては、死後の世界にゆっくり移って行こうとしている魂の平安をさまたげることになるかも知れない。そうでなくても、盆地の人間の魂が死後そこに落ち着くという森の高みに、いまは生きた人間が入りこんで、境界が混乱しているのだ……

——本当に私らも、お父さんの姿が見えるということは、身ぶりでなりと示してはならんと思いますが！　と「犬曳き屋」の女房は、悲しみにうなだれつつもきっぱりといいました。あんまり私らが、はっきりお父さんに反応しましたら、あの人の性格として、私らと犬まで呼びよせて連れて行こうとするやも知れませんが！　それがまた今すぐ、死んだお父さんを思い切ったそぶりをあらわしたら、お父さんは恨みがましい心になって、私らや犬に害をするやもしれませんが！　お父さんの死んだことをゆるゆる納得してゆくのやと、そのように示さんとなりませんなあ！

22

「犬曳き屋」の女房は、翌日は近所の人たちからすこし離れた所へテントを移しました。子供たちと犬には、亡霊があらわれても、そちらへ向けて走り寄ったりはしないよう、いいつけもしました。そして実際に亡霊があらわれると、その間、「犬曳き屋」の女房は、子供や犬に向けてこう言ってきかせたのです。――お父さんは、どうなされたんぞやのう？　やっぱりお死にてしもうたのかなあ？　お死にてしもたのならば、安心してあちらへ行ってもらうように、私らはしっかりせなならんわなあ。二、三十年もたったらば、私らもお父さんのおられる所へ行かせてもらいますが！

　そのうち「犬曳き屋」の女房は、兵器工場の「ダライ盤」で削ってもらった板で位牌を作り、木かげに陰膳を供えて祈るようにしました。原生林の、黄色っぽい緑の薄明りを漂う「犬曳き屋」の魂は了解し、いつか亡霊が出現することもなくなったのでした。

「犬曳き屋」の魂と、その女房とが微妙なかけひきを行なっていた間も、五十日戦争はつづいていました。とくに自分の計画した山狩り作戦が失敗に終わったことを内心認めている中隊長は、森のきわでゲリラ活動する森の軍隊と、大日本帝国軍隊との戦闘が繰りかえされている間も、次の決定的な作戦を考えつづけていました。そしてついに決定したのが、「五万分の一地図の戦争」という作戦だったのです。

　司令部にした職員室の机で、中隊長がこの地方の五万分の一地図に、谷間の国民学校を起点として定規で赤線を引く。磁石をひとつ先頭の小隊長が持ち、かれに続いて五小隊の兵隊たちが一列縦隊でまっすぐ森へ入って行く。原生林の奥の奥まで行軍した後、廻れ右してそのまま谷間まで同じコースを引きかえす。翌日は、五万分の一地図のさきの赤線から、十度軸をずらして第二の赤線を引く。あらためて五小隊の将兵の一列縦隊が、原生林をつらぬいてそのコースを往復する。この作戦を三十六回繰りかえせば、森に隠れた連中が無限に広く深いゲリラ闘争の基盤と信じている森の神秘的な力は消え去ってしまう。「五万分の一地図の戦争」を実行に移そうとして、中隊長はそのように考えたのでした。

　森のなかの作戦本部の老人たちは、作戦が始まって三日目には、中隊長の作戦の心理的な意味まで確実に見ぬいていました。当の老人たちのうちには、この五万分の一地図の原図の測量を手つだった者すらおり、流布している地図の不正確さを鼻で笑ったりもしました。現にいったん谷間の軍隊の意図があきらかになった以上、森の軍隊の側では、その日の進路にあたるキャンプ地の人たちを避難させることで対策は充分でしたから、むしろ戦争はやりやすくなったのです。

ところがこの「五万分の一地図の戦争」が、じつは中隊長も予測していたはずのない、大きい戦果をあげることになったのでした。汗まみれの軍服の胸に磁石をさげて森に入って行く、一列縦隊の先頭の小隊長が、前方に森の軍隊の秘密の兵器工場を発見したのです。

23

兵器工場の技師は「五万分の一地図の戦争」の意図がはっきりした段階で、手持ちの地図に赤線を引き、数日のうちに工場が敵軍の進路にぶつかることを予測していました。そこで作戦本部の老人たちと話し合いが行なわれ、工場の機械と資材を疎開させる、森の側の作戦が始まったのです。もっともその時には、谷間から磁石にみちびかれて毎日十度ずつ進路を変えて行軍して来る敵の軍隊は、すでに兵器工場の間近にいました。疎開作戦は急がれねばなりませんでした。まず朝早く、一列縦隊の兵士ら五小隊を原生林の奥へやりすごすと、土地の青年・壮年の男たちは、工作機械の移動の仕事に取りかかりました。

機械技師が徹夜で働いて、工作機械の運搬具を製作していたのです。森のなかで腐らずに乾いていた巨大なヒバの倒木を切り、穴をうがって船のかたちに成形した、「修羅《しゅら》車《ぐるま》」。さかんな体力を持った男たちが、「修羅車」に乗せた工作機械を運んで森を横切ります。さらに別の男たちが、地中に埋めてあった電線を掘りおこし、新しい兵器工場の建設予定地へ向けて、埋めなおします。作業用の工具と半製品の兵器、それに廃品処理場のストックのような、大量の資材を運ぶ仕事には、女たちに子供らまでも総勢で加わりました。原生林の奥から引きかえして来る兵隊たちが、作業の物音を聞きつけないようにと、夕暮までに疎開は完了していたのです。

ところが翌朝、作業の成果を見廻った作戦本部の老人たちを落胆させる事態が発見されました。重い工作機械をのせた「修羅車」の跡が、兵器工場から新しいその予定地までクッキリとついていたのです。これでは疎開作業は役に立たなかったことになりますから、落葉や土で「修羅車」の跡のカムフラージュにつとめながらも大人たちは力を落としてしまっていました。

しかしその時になって、子供らが活発な活動を開始したのです。子供らの代表が老人たちにこういう申し入れをしました。――自分らはこの森のきわから少し入ったところで、つねづね「迷路遊び」というものをやっている。それは追跡班にまわった者らを相手に、自分らの本当の足跡は隠しながら、様ざまなにせの痕跡をつくりだして、いつまでも追いつくことを許さぬ遊びである。しかもそのにせの痕跡に引きずり廻される者らは、いつの間にか仕掛けられた迷路に入りこんで、どうすればそこを抜けてもとの道すじに戻れるかわからなくなる。そのようにして追跡者をたぶらかす遊び。この「迷路遊び」のやり方によって、子供らが幾組にも分かれて迷路を作り、「修羅車」のきざんだ跡の周りににせの跡の八重ムグラを現出させれば、敵軍は迷いこんでしまうと思う……

　老人たちの同意をとりつけると、「迷路遊び」に有能な子供たちを互いに選んで、かれらは幾組もの小隊を編成しました。そして子供たちは、老人たちに約束しただけのことをなしとげたのです。兵器工場跡が「五万分の一地図の戦争」によって発見された時、「修羅車」のつけた跡も見つかったのでしたが、それでいて兵隊たちはどうしても新しい兵器工場へ辿りつくことはできなかったのです。僕は子供の頃、森のなかに岩のように座っているこの「修羅車」の残骸に乗っかって遊んだものです。それを「壊す人」が船材で造った橇《そり》だという者もいました。また日暮までそのあたりで遊んでいると、五十日戦争の際に自分の作り出した迷路に入りこんでまだ出て来られぬ子供から声をかけられるともいわれていました。

24

兵器工場の建物を——すでに工作機械や資材、それに電気設備まで運び去られていたとはいえ——発見した、という報告が谷間の司令部につたわると、中隊長は進駐以来はじめての大きい喜びをあらわしました。そしてすぐさま新しい作戦を指示したのです。谷間と兵器工場の建物を結ぶ、五万分の一地図にもとづく直線にそって、下方から建物へ向けて百メートルの区間、幅三メートルの通路を伐《き》り拓くこと。大きい樹木から下草まで徹底的に！

森にひそんでいる村の人たちは、この広く深い森がどのようにしてできあがったものであるかを知っていました。はじめは山を草がおおっている。ススキやマツの芽ばえもめだつが、それらにましてすばやく成育するベニバナボロギク。しかしススキが育つとベニバナボロギクは枯れ萎《しぼ》んで、ススキ原にマツの若木が頭を出す。マツが林をかたちづくる時、その根方に新しいマツの若木は育たないが、日かげでも耐えうるカシやシイの若木が、やがてはマツにとって代わる…… そのようにして幾百年をへた森のカシやシイの巨木を、他所者《よそもの》の兵隊どもが、百メートル×三メートルにわたって、なにもかも伐り倒してゆくのです。谷間と「在」の老人たちから幼い者らにいたる叛乱者たちは、三日間にわたった巨木の無残な伐採作業を、おなじ森のなかで遠巻きに身をひそめつつ見守りつづけたのでした。

中隊長は、このようにして原生林が伐り拓かれると、剝き出しになった百メートル×三メートルの帯の、兵器工場の建物とは反対側の端へ、三八式野砲一門を運び上げさせました！　兵隊たちにはこれも骨の折れる苦しい仕事であったにちがいないのですが、森を伐り拓く作業が始まって四日目の正午までに、三八式野砲は痛ましい巨木の切株の列の間に据えられて、砲身は水平に兵器工場の建物へと向かっていました。そしてこのためにわざわざ谷間の司令部から登って来た中隊長が、貴重な水で洗いきよめさせた白手袋の右手を、高だかとかかげて号令を発したのです。三八式野砲は火を噴いて、轟音を響きわたらせました。

百メートル×三メートルの、樹木の壁に囲まれた空間を飛ぶ砲弾は、兵器工場の建物に見事命中しました。跳び散った小屋の破片がそれ自体で火を発したかのように、そこらいちめん炎が立ちのぼりもしました。大日本帝国軍隊の将兵は、万歳、万歳！と叫び声をあげたのです。そうしながらかれらは、不思議な眺めを目にしてもいたのでした。

それまでかれらのほとんどが実際に見かけることのなかった、森のなかの謀叛人《むほんにん》どもが、一挙に百名を超えるほどの規模で目の前にあらわれていたのです。

謀叛人どもは、手に手に白いズックのバケツを提《さ》げて、木立の奥からチョコチョコとあらわれ、破壊されて燃えあがる兵器工場の建物と、その周りの樹木の消火作業につとめているのでした。砲撃の轟音と、そこらを燃えあがらせる炎に、イブリ出された狸や狐のような連中が、悪い足場と重そうなズックのバケツに手をやきながら、暗い木立の奥から次つぎにあらわれ、水をザブリとかけては引きさがる……

その眺めを滑稽なものと見る、大日本帝国軍隊将兵の大笑いは、百メートル×三メートルの森の空間から砲撃の煙が薄青く漂っている高みへと、どよめき昇ったのでした。

25

もっともそれはごくわずかな時間の出来事であったでしょう。気をとりなおした中隊長が、これではならぬと傍らの副官をふりむいた時、すでに火を消し終わって空《から》のズックのバケツを提げる者らは、それぞれに木立のなかへ隠れようとしていました。かれらは百メートル下方に陣どっている大日本帝国軍隊の将兵には関心がないというように、湧いた地下水がまた地面にしみこむのとおなじく、森からあらわれて森に消え去ろうとしていたのでした……

そこで中隊長の発した命令は、消火作業のためのズックのバケツしか持たぬ民間人を──たとえかれらが国家に謀叛をおこし、森にひそむ者であれ──、撃ち殺せ、というのではなかったはずです。かれらが森の中へ再び隠れてしまわないよう、ともかくも押しとどめよ、という程度であったでしょう。兵隊たちはなお笑いながら、滑稽な謀叛人どもを捕えようと、百メートル×三メートルの伐り拓かれた空地へ走り出ました。そこへ木立のすぐ奥から、一斉射撃が起こったのです。兵隊らの先頭の四、五名が倒れ、追いかけて跳び出した兵隊らが将棋倒しにその上におおいかぶさりました。兵隊たちの混乱をしり目に、なおも木立の向こうに消えつづける村びとらに向けて、兵隊の側も射撃を始めました。このようにして、森にひそむ軍隊と、大日本帝国軍隊とは、銃撃戦のただなかに入ったのです。

最初に樹木の間から射撃したのは、確かに村の人びとの側でした。しかし村側の銃器がわずかなものでしかなかった以上、その一斉射撃が軍隊に大きい損害をあたえたはずはなかったのです。しかもズックのバケツで消火にあたった者らの数は多く、かれらが樹木の間にもぐりこんでゆくのも手早くはゆかなかったのです。追いすがりつつかれらへ向けて発砲する兵隊たちの銃弾に、消火に働いた者らは次つぎ倒されました。はじめは笑って跳び出した兵隊が、すぐにも憎悪に猛るようにして、銃撃に傷つきながら逃げのびようとする村びとを銃剣で刺したのです。

　森の空地は叫び声と悲鳴に加え、わけのわからぬ喊声《かんせい》でみたされました。さらに新しい叫び声・悲鳴がかさなったのは、三八式野砲のまわりに残っていた軍隊の幹部たちに向けて、いま砲撃でつぶされた兵器工場で造られていた手榴弾が投じられたのでした。手榴弾攻撃がさらにつづけられていたなら、中隊長はじめすべての将校が失われたでしょう。しかし、十発以上準備されていた手榴弾は、その一発が投げられたのみでした。山火事を発生させてはならぬという、森の作戦本部の老人たちの考えがゆきわたっていたからです。

　手榴弾攻撃に、中隊長はいったん三八式野砲のかげに這いつくばって難を避けた後、やっと立ちあがって泥にまみれた白手袋の手をあげ、樹木の向こうに敵を深追いしないよう命令しました。そして傷つき倒れている謀叛人どもを俘虜《ふりょ》にし、自軍の負傷者を収容させて、ひとまず谷間に降りたのです。後に残った兵隊たちが、死体の始末をする辛い仕事に日の暮れまで従事しました。もっとも村の人びとの側の死者は、そのまま放置されていたのでしたが……

26

原生林を山火事から守るために奮闘し、つづいて大日本帝国軍隊の襲撃に負傷して、谷間の国民学校の教室に収容された俘虜たちは、軍医から傷の治療を受けた後、軽傷の者らは一隅に集められて、中隊長の尋問を受けました。教室の板床にムシロを敷いて横たわったままの俘虜たちは、黙秘して抵抗したでしょうか？　まったくその逆に、中隊長を憮然とさせるほどにもかれらは雄弁にしゃべったのです。しかもかれらはみな「壊す人」が現存する指導者であるかのように──実際には見ていなくてもそう感じていたからでしょうが──話しました。中隊長の方でも、谷間に進駐した夜の電話から、「壊す人」にあたる経験豊かな、鋭い頭と威厳ある性格の老人が、村の謀叛人《むほんにん》どもの指揮をとっていると考えていましたから、この点、話はよくつうじたのでした。

尋問された第一号の俘虜は、この抵抗戦争が、中国全土の中国人と長白《ちょうはく》山脈にひそむ朝鮮人の反日ゲリラそれぞれにつたえられ、共同戦線が組織されたので、やがて援軍が到着する見込み、と話しました。「壊す人」の指令によって、直接その連絡をとってきた責任者が自分なのだと、でまかせの中国語、朝鮮語をまじえて力説したのでした。確かに森のなかの作戦本部では、高等科の教師が『万国商業通信文提要』の文体で、さかんに外国語によるアッピールを作成していたのでしたが……

第二号の俘虜《ふりょ》は、原生林で発見された「森のフシギ」という新物質を、ドイツへ送って精錬し、それを原料にした新型爆弾が、いったん分解され鋼鉄製玩具のかたちで輸入されている、と話しました。科学技術者でもある「壊す人」の指導のもとに、新しく場所を移した兵器工場で、新型爆弾はもう組立てが完了した頃でないか？　森の軍隊が、兵器工場跡の消火に挺身したのは、精錬した「森のフシギ」がわずかでも残っていたとすれば、爆発して森の半分ほど吹っとぶのではないかと恐れたからだ、とかれは話したのでした。

俘虜たちの証言が、すべてこのように好戦的なホラ話であったのではありません。森にひそむ軍隊と、大日本帝国軍隊との講和について、その条件を語る者もいたのです。この俘虜は谷間の郵便局長で、読書家として知られた人でした。戦争終結の条件として、「壊す人」から示されたものだと、かれが血と泥に汚れた胸ポケットから取り出したのは、電報の頼信紙に抜き書きした岩波文庫のカント『永遠平和の為に』でした。

《将来戦争を起すような材料を秘かに留保してなされた平和条約は、決して平和条約と見なされてはならない。》《独立して成立しているいかなる国家も、（その大小の如何《いかん》はここでは問題ではない、）継承、交換、買収、或は贈与によって、他の国家の所有とせられてはならない。》《常備軍は時を追うて全廃さるべきである。》《いかなる国家も他国との戦争に於《おい》て、将来の平和に際し、相互の信頼を不可能にせざるをえないような敵対行為は、決して為してはならない。例えば暗殺者や毒殺者の使用、降服条約の破棄、また敵国に於ける暴動の煽動等々。》

中隊長の性格は、たとえ相手への反感をひそめながらであれ、そのいうことを聞くだけは聞く、というものでしたが、これらの俘虜たちの証言にはしだいに忍耐心を失い、わけてもカントにもとづく講和条約の原理を解説しようとした郵便局長には、それをさえぎろうとして、重傷者も寝ている教室の床を軍靴で踏みならしたということです。

27

重傷者たち五人は、はじめから恢復の見込みのない状態で、教室に横たわっていたのです。俘虜となって三日目の深夜、かれらはそろって危篤状態におちいりました。真夜中の教室の、瀕死の俘虜たちの枕もとには、いつの間にか森から谷間に降りて来た家族たちが、老人から幼子までそろって頭を垂れていたのでした。

俘虜《ふりょ》たちが収容されている国民学校には、中隊の司令部もあります。警備に立つ歩哨がいなかったはずはありません。しかし水がしみこむようにして警備陣を突破した家族たちは、危篤の負傷者のムシロの寝床を囲んで静かにかしこまり、膝に両手を置いていたのでした。満月の夜で、谷間を照らし出す月の光に負傷者の顔を家族たちがよく眺められるように、粗末な病床は窓のすぐ下に移されていました。末期《まつご》の水として、森の高みの湧き水が満たされたズックのバケツが置かれ、それにはひとつずつ満月が映っていました。

翌朝、兵隊たちはすでに死者となった五人の俘虜と、枕もとに座って悲しみに暮れている五家族とを発見しました。報告を受けた中隊長は、死んだ俘虜と家族の者らについて、次の処置を命じたのです。俘虜の遺体は、軍の側に収容された謀叛人《むほんにん》のこれまでの死者たちと同様、運動場のはずれの草地に仮埋葬する。埋葬の後で、それぞれの家族は昨夜どのようにして中隊本部の建物にしのび込んだかを取り調べられる。正直に答えさえすれば、森の謀叛人の陣営からはじめて自発的に投降した者らとして、寛大にあつかわれよう……

校舎の日かげを選んで群がり、休息していた兵隊たちの見守るなかを、ムシロに包み込んだ五人の遺体を運ぶ埋葬係の兵隊たちに、老人から乳飲み児《ちのみご》を抱き幼児をまつわりつかせた若い母親まで、遺族らが続いて運動場に出て来ました。死者たちを送る者らの列が運動場の中ほどに達した時、森の高みから葬送の音楽がもの凄い音量で起こり谷間をみたしました。「大怪音」の言いつたえであきらかなように、音のよく響く地形なのです。それもこの盆地の葬儀の慣習によるというより、ドラムやシンバルのリズムにバスーンやホルン、トランペットがメロディーを奏でる、アメリカ黒人の葬送の音楽のようなものでした。死んだ俘虜たちの遺族らが、その大音響にたじろぐことなく、悲しみと悼みの心を深く揺りたてられるようにして、静かに歩きつづけたので、見守る兵隊たちも、この土地にはこのような葬送の音楽があるのかと、粛然とするようだったといいます。

ただひとり作戦本部の窓から行列を見守っていた中隊長だけが、なにやらうさんくさいものを、この大音響に感じとりました。暑さのあまり脱ぎ棄てていた軍服を着けなおし軍靴をはいて外に出て行くと、すでに掘ってあった墓穴に兵隊たちがムシロ包みの遺体を埋めているのに、遺族たちはその脇に立ちどまらず、草地を通り過ぎて、運動場裏の斜面を登って行こうとしているのでした。

——投降して来た者らを、このように敵陣営に戻してよいのか⁉ と中隊長は、われを忘れて喚《わめ》いたのでしたが、つづいている葬送の音楽の大音響に、かれの命令の声は兵隊どもまで届かぬのです。だからといって中隊長には、いかにも自然な葬儀の終わりのように、頭を垂れしっかり斜面を踏みしめて登って行く者らに対し、拳銃の威嚇射撃をすることまではなしえなかったのでした。ジダンダ踏んでくやしがる醜態を部下たちに見せぬためにも、中隊長は歯がみしつつ、司令部に後戻りするよりほかはありませんでした。

しかし汗みずくで怒りに燃える中隊長は、いまや固く決意していたのです。——森の全体へ火をかけて、謀叛人どもをイブリ出してやる！　ひとり残らず、犬までも！

28

その日のうちに、中隊長は聯隊《れんたい》補給部からトラック一台分のガソリンを取りよせる手配をしました。かつはあらためて取り出した五万分の一地図で、森のできるだけ広い範囲へ火をかけるための拠点を検討しはじめました。中隊長が徹夜で作戦計画を練ったその夜、部下の兵隊らも寝苦しい時を過ごしたのです。五十日戦争の間に過ぎ去った夏が最後にブリかえして、翌日は秋めいた最初の朝となる、境い目の夜でした。兵隊たちは汚れた皮膚に汗をにじませて暗闇に目を開き、この盆地に進駐して以来の労苦を思いました。現地の民間人の歓待を受けるどころか、ここで村びとはみな敵であり、陰険な罠を仕掛けてき、有毒でない飲み水汲み場はただひとつという、辛く不愉快で実りのなかった日々。かれらの心身に湧きおこる怒りと憎しみは、中隊長の命令がなくとも明日は森に火をかけるため登って行かずにはいられないと、そのように歯ぎしりして思い決めさせるほどのものだったのでした……

森の作戦本部の老人たちは、この夜あらためて全員、「壊す人」を中心の作戦会議に出る夢を見ました。翌朝、いかにも秋めいた森の大気に、静かに起きてきた老人たちが、みな百歳に達したほど老けこんでいたとつたえられるのは、夢の作戦会議がかつてなく緊迫していたことを示すでしょう。しかし、絶対に森を焼かせてはならぬという、窮極の条件があるかぎり、会議の行く先はあきらかでした。五十日戦争の、無条件降伏による終結が決定されていたのです。

神主と他所者《よそもの》の教師ふたりが、降伏折衝の代表団を組織して、白旗をかかげ谷間に降《くだ》って行きました。中隊長は、森全体への侵攻の最終手段を訓示するため運動場に整列させた兵隊たちの前で、神主ら敵の代表団を迎えました。中隊長は降伏の申し出を受け入れましたが、実際の手つづきについてはきびしく条件をつけたのです。武装解除した謀《む》叛人《ほんにん》たちの全員を、「死人の道」の向こう側に集結させる。その上で村側から提出させた戸籍台帳により、そこに登録されている者のみを、いちいちチェックして谷間におろす。「二重戸籍のカラクリ」によって、台帳に名前のない者らは、「死人の道」の脇にとめおかれる。その上でかれら全員、聯隊本部に護送されることになろう……

中隊長みずから戸籍台帳のチェックにあたりました。副官が台帳から一戸ごと名前を読みあげ、相当する村人が名のりをあげて前へ進み出ると、かれが老人である場合、かならず中隊長はその顔を注視して、――「壊す人」と呼ばれているのは、おまえか？と質問したのでした。

戸籍台帳のチェックには長く時間がかかり、森はすっかり暮れて、「死人の道」の脇の、大きいハルニレに囲まれた窪地にかたまっている、自分のためには戸籍を持たない人びとの前で、副官がついに戸籍台帳を閉じた時には、その動く指先の白さのみがあきらかで、副官の身体も中隊長の身体も夕闇にまぎれてしまうようでした。

――おまえたちこそが、大日本帝国に叛乱して内戦を行なった者らである！と暗がりのなかに中隊長の沈んだ声が響きました。戸籍すら登録していない、まさに非国民のおまえたちが、良民をそそのかして叛乱させたのだ。国家に対し、二重に叛逆した罪は厳重に裁かれ・処罰されねばならぬ。明朝、おまえたちは聯隊本部における軍事法廷に向けて護送される。今夜はここで野営するように！

そこでいったん口を閉ざした中隊長は、つづいてそれまでの剛直な職業軍人の話しぶりとはちがう、懐かしい父親か祖父にでも話しかける声音《こわね》で次のように呼びかけました。

――「壊す人」はこのなかに居られるのでしょう？　居られながら返事はされぬのでしょう？　私はあなたの指揮されたこのたびの戦争はまちがっていたと思います。しかしこのようにして、私のような者が、あなたの永年の村経営の総体を押しつぶしてしまい、後にはありきたりの、普通の村しか残らぬということになれば、それもまた、まちがっているのではないでしょうか？　私はこの五十日間、あなたのことばかり考えてきて、その上で思うことなのですが、……やはり私のような他所者に答えてはくださらないでしょうね。

「死人の道」の脇の窪地に、大きいハルニレに囲まれ、ずっと小ぶりな別種の木立のように、立ったまま夜を過ごす人びとの頭上に、遅い月が昇りました。そしてかれらは、その地点からあまり遠方ではない、谷間に突き出した岩鼻の「十畳敷き」のドロノキの、いちばん低い枝に、軍服姿の中隊長が首を縊《くく》ってぶらさがり、まだ揺れているのを見出したのでした。

第五章　「森のフシギ」の音楽

1

自分の生の始まりを、ふりかえって思い浮かべようとすると、暗く湿っぽい裏庭に向けて——そこにはオシコメの「耳栓の木」が、貧相な枝ぶりを示しているのでしたが——小さな窓が開いている裏座敷で、そのおなじ時間に谷間と「在」で起こっていること、また日本国で起こり世界で起こっていることともすっかり無関係な印象の、ゆったりした笑顔の祖母の前に座り、——とんとある話。あったか無かったかは知らねども、昔のことなれば無かった事もあったにして聴かねばならぬ。よいか？　と唱和してから、——うん！　と返事をし、祖母が話しはじめるのを待ちうける……　その情景が浮かんで来ます。それもずっと以前からそうであったように感じるのです。

おなじくずっと以前から、僕はまた自分の生のしめくくりについて、ひとつの情景を思い浮かべて来たように思うのです。祖母から聞いた・祖母の亡くなった後は村の長老たちから聞いた、谷間と「在」と、そこを深く大きく囲む森の言いつたえを、村で選ばれたただひとりの太安万侶《おおのやすまろ》としてなんとか全部書き終え、安心してか気落ちしてか、死の床でぐったりして静かにしている自分……

ところがそのように自分の生の始めとしめくくりを思いながら、僕には自分が森のなかの盆地の言いつたえを記憶し・書きあらわす役割を引き受けていながら――表面上はそれと無関係な仕事をしている間も、つねにその本来の任務のことを忘れずにいる、と感じていたのに――、しかもそのこと自体の意味はよくわかっていない、という気持があったのです。

なぜ祖母が僕を選んで、谷間と「在」、森の言いつたえを話して聞かせ・記憶させたのか？　なぜそれを自分がいつかは書きあらわさねばならないと、ずっと思いこんできたのか？　僕はこの任務が子供の自分に重すぎるものと感じて、祖母が寝たり起きたりとなってからは、裏座敷へ呼ばれても始終逃れようとしました。さらには、その任務を担っている自分からまるっきり逃れてしまうことをもくろんで、谷間の底の川の「ウグイの巣」に深く潜り、水死しようとさえしたのでした。あとで考えれば、まさにそのような行為であったのを母親に助けられてからは、さすがに自分を恥じて、祖母のかわりに森のなかの盆地の言いつたえを話してくれるようになっていた、長老たちの家を従順に廻ったのでしたが……

しかもその後にすら、僕は気の遠くなるほど恐ろしく重く遥かなことに思われる、この任務を自分が引き受けていることの、根本の意味はわからぬままで来たように思うのです。その意味はわからないが、当の意味をあきらかにするのは他人の仕事、自分はただ祖母や村の長老たちの言いつたえをよく記憶し・やがてはそれを書く、ともかくそれが任務だと納得して来たように思います。

当然ながらそのような僕には、漠然とした大きい不安が胸の奥底にわだかまっていると感じられることがあったのでした。僕の知るかぎり、森のなかの盆地の言いつたえを聞かせられ・記憶させられる、そのために選ばれた子供といえば、村に僕ひとりであった。そうである以上、僕は単に言いつたえを記憶し・やがてそれを書くということよりも、その奥にある、さらに大切な仕事をあたえられていたのではないか？　そうでありながら、当の仕事については、なんだかわからないまま過ごしてきたのではないだろうか？

2

この大きい不安に加えて、もうひとつ、やはり落ち着かぬ気分を呼びおこすようであることがありました。広大な森のなかの谷間と「在」について、その言いつたえをひとり記憶し・やがて書く——考えてみれば、この書くという着想は僕ひとりのもので、祖母も長老たちも、ただ僕に話を聞かせ・記憶させようとしただけじゃなかったか、ともあらためて気がつくのですが――、その重荷から逃れようとして「ウグイの巣」に潜りこんだ日、頭蓋骨に傷がつくほど強く身体を押し・かつは引っぱって僕を助けてくれたのは確かに母親でした。ところがその母親は、祖母や村の長老が話して聞かせる言いつたえに、ほとんど無関心のようだった……　それが気がかりなことに思えたのです。

　母親は、僕に言いつたえを話して聞かせつづけた祖母の娘として、森のきわの蔵屋敷で生まれ、生涯ほとんど谷間から動くことなしに生きてきました。しかも母親にとって森のなかの盆地の言いつたえはとくに関心をそそらぬのらしい。それはなぜなのか？　幼い頃からそうなので、村で母親と暮らしていた間は、祖母の話にも長老たちの話にも、母親が関心をよせぬのが当然のように感じていたのでしたが、やがて森を出て母親と離れて暮らすようになり、僕は時にそれを不思議なこととして思い出す進み行きとなったのでした。

　僕が東京で暮らしはじめて十年ほどもたち、この大都市で結婚した僕に、最初の子供が生まれました。その息子は光《ヒカリ》と名づけ、イーヨーというあだ名で呼ぶことにもしていました。光と名づけたのには、理由があります。息子が生まれた際、かれの後頭部にはもうひとつ頭があるのかと疑われるほど大きい、赤くツヤツヤした瘤がありました。それを手術して取り去らねば生きてはゆけないが、手術が成功しても目が見えぬ恐れは多分にある、とあらかじめ病院ではいわれたのです。祈りのしるしのようにして、僕はまだ大きい瘤をつけたままの息子に、光という名をつけたのでした。手術後、幸いにも目は見えることがわかり、耳も健常で、とくに音楽については人なみ秀《すぐ》れた聴きとり能力を持っていることも、しだいにはっきりしました。しかし脳には障害が残り、いつまでも幼児のままであるような知能の子供であるために、イーヨーというあだ名は、かれに終生しっくりするものと感じられもしていたのです。

そしてこの子供が重い困難を担って生まれて来たことを、森のなかの谷間に住む母親につたえた時から――いかにもひかえめに事情を話したのでしたが――、僕はそれまで知らないできた、母親と森のなかの盆地の言いつたえの、深く切実なつながりに目をひらかれたのでした。

3

母親の近くに暮らしている妹から、赤んぼうの事情をつたえた手紙に返事が来て、母親は彼女としての仕事に熱中して手が放せぬから、かわりに自分が書く、ということなのです。頭に瘤をつけて生まれて来てくださった――と母親は繰りかえし、そのようにいっているというのでした――子供は、大切な子供にちがいないと信じる。正常な出産にくらべて格段に困難だったにちがいない分娩を果たした妻には、身体の衰弱を早く癒して、特別な子供の養育のために力をつくしてもらいたい……

そのように母親のかわりに手紙に書いた後、そこまでを母親に見せて確認したのだろうと思いますが、妹は紙をあらためて彼女自身の通信をつけ加えていました。母親が手を放せない仕事とは、土間の神棚の脇にいちだん低く・暗く祀《まつ》ってある、木の格子で閉ざした神棚を掃除して、そこに古い立派な蠟燭《ろうそく》を点し、じっとその裾の土間にしゃがみこんで祈ることだ……　母親が暗がりにある神棚に御灯明《おとうみょう》をあげているということを聞きつたえて、近所の家いえのみならず、「在」の古い屋敷のおばあさんたちまでもが、古新聞に大きい蠟燭を包み、――蔵のかたづけを思いたったらば、こうしたものがありましたが！　とついでのようによそおって届けてくれた。立派な蠟燭で火の勢いも強く、点したまま出歩いては危ないから、母親がその神棚へのおかしな礼拝に、手を放せぬというのは、あながち誇張でもない……

僕がすぐ気づいたことは、母親は「メイスケサン」に祈っているのだ、ということでした。若い妹こそよく知らないのであるけれども、われわれの谷間と「在」の古い家には、神棚と並んで——低く・暗いところに——「メイスケサン」が祀ってあるのです。「自由時代」の終わりに、少年ながら森のなかの盆地のために盛んに働いた亀井銘助。一揆を成功させた後、かれひとり獄にいれられて死んだ銘助さんの神棚。日頃は無視され・忘れられているような「メイスケサン」に、村の人間にとってまともなやり方では乗り越えられないほどの、重大な苦難がふりかかって来ると、人びとは御灯明をあげて祈る慣《なら》いなのです。その際には、村で晒蠟《さらしろう》を生産していた時分の、古い立派な蠟燭が探し出され点されたのでした。僕にも幾たびかその思い出があります。

そこで僕は、祖母とは逆に森のなかの谷間と「在」の神話と歴史に対し、冷淡であるように思われた母親も、やはり「メイスケサン」への信仰をつうじてそこにつながっているのだと、あらためて感じとったのでした。そういえば僕が新制中学生の時分、「在」から出て来る年上の子供らの圧迫に抵抗して、どうしてそうなったかには説明が必要ですが、二度も森のきわの草地で毒蛇に咬まれる進み行きになった時、危機を脱して病院からリヤカーで家に戻ると、「メイスケサン」に御灯明があげられていたと、そのようなことも思い出したのです。

4

頭の手術の前、息子は大きな瘤をつけながら特児室で元気に育ち、頭自体が盛んな勢いで大きくなるにつれて、瘤も大きくなり、それらはともに血色良く、ベッドを並べている、やはり障害を持った赤んぼうたちを圧していました。その上で息子は手術に耐えうるだけ体力をつけると、瘤の切除を受けたのです。手術が成功したことを電話で妻からつたえられた母親は、安堵と喜びのあまり日頃になくよくしゃべったということでした。妻が手術の傷あとが残るはずだと気にかけていると、母親はその位置を聞きただして、妻としてはそれまで聞いたことのない、村の神話と歴史のはざまにあったひとりの英雄のこと、またその生まれかわりのことを話したともいうのでした。ひとりは戦って頭に刀傷《かたなきず》を受けたために、生まれかわりの子供は生まれた時から、両者は後頭部に傷あとがあった。それはなにか尊いもののしるしだとかれらの同時代の人びとは考えたし、自分もそのように思っている。「メイスケサン」にお礼の御灯明《おとうみょう》をあげねばなりませんが……

頭に刀傷のあった森のなかの盆地の英雄とは、いうまでもなく亀井銘助です。銘助さんが獄死した翌年に、銘助さんの母親とも義母ともいわれている女性から生まれた、童子と呼ばれる男の子は、「血税一揆」に際してめざましい働きを示したのでしたが、かれの頭には、生まれつき後頭部に頭蓋骨の一部分が損傷したような傷あとがあり、うない髪に結って隠していたけれども、童子が元気良く走り廻ると髪の束はポンポン弾み、傷あとはよく見えたのでした。この六歳ほどの童子が、娘ざかりの女の子もかなわぬ美しさだったと祖母は話して、こんなふうにもいいそえたものでした。――傷あとの禿げたところまでが美しいものであるから、「若い衆《し》」らはその真似をしようと、うしろの髪を丸く剃ったほどやったと！

母親は僕の息子の手術による後頭部の傷あとと、銘助さんの刀傷・童子の生まれながらの傷あととを結んで、感銘を受けた様子なのです。彼女は妻に対してのみならず、ことあるごとに人に話し妹もそれを聞かされた模様でした。妹はそして、そういえば自分の兄も――つまり僕のことですが――、子供の頃後頭部に傷を負ったことがあり、そのあとが残ったのを、なにか大切なことのようにして母親が口にしていたと思い出したのです。冗談のようにではありましたが、妹が電話でそれを新発見として話した時、僕も久しぶりに自分の頭蓋骨に残る傷あとを指の腹で辿ってみたものでした。それはさきにいった深い淵の「ウグイの巣」の岩棚に潜り、狭い関門に頭を挟まれて出られなくなった際の傷あとです。いったん僕の身体を岩棚の奥へ突っこんでから、捩《ね》じって引き出してくれた、その非常な大きさの力を持つ腕がつけた傷あとなのです。よくは意識がないまま病院に運ばれた、その出来事の後、僕は直接母親には、自分を助けてくれたのが彼女であることを確かめませんでした。しかし気を失う直前の僕は、自分の頭からの血が煙のように立ちのぼる水の向こうに、濃く短いヘノヘノモヘジ式の眉と怒ったようにパッチリ見開いている目を、つまり母親の眉と目を見たと思ったのです。

5

妹が電話でつづけたのはこういう話でした。そういえばKちゃんの頭にも、小さい時にできた傷あとがあったね、と注意をうながすと、母親は自分でもそのことを考えていたにちがいなく、すぐさま次のように答えたと。――あの子はおなじ傷あとがあるのじゃから、銘助さんのような仕事をする人かと思うたが……　あの子に生まれた子供に童子の傷あとがついておるというのならば、それは私らが考えようとせぬでも心の奥底では知っておった、自然な先行きのような気がしますなあ……

息子が生まれてすぐのことですから、もう二十年も前の話になります。そして母親は、この二十年、とびとびに数日ずつ谷間に戻って同じ屋根の下で寝起きしただけの僕にはもとより、結婚してからも母親のそばを離れず暮らしてきた妹にも、それ以後きわだって「メイスケサン」に執着するふるまいをする、ということはなかったのです。かさねて思い出すのは、息子が誕生日を迎えて、髪がまばらにしか生えていない傷あとに——それは子供の頭として、その全体との比でいえば相当な大きさになるものでしたが——、皮膚の下に頭蓋骨はなくて柔らかいままのところへ、プラスティックの蓋《ふた》をかぶせた折のことです。その手術が瘤の切除とおなじ医師の手でなしとげられ、息子の頭が外部からの衝撃に耐えられることになった、そのあらためての傷あとを見て、母親は妻に、——これは本当に童子の頭の禿げたところのような、きれいな傷あとですが！といったのでしたが、あらためて銘助さんやその生まれかわりの童子の話をすることもなかったのです。

この頭に蓋をかぶせる手術の際には、森のなかの谷間から外へ出ることを好まぬ母親が、めずらしく夜行列車に乗って東京に手伝いに来たのでした。しかし自分のいることが妻のたすけになるより、むしろ彼女に気を遣わせると判断した母親は、手術が行なわれる前日に、すでに入院している息子と妻を見舞うと、その足で再び夜行列車に乗り森のなかへ戻ることにしたのです。病院に寄って東京駅まで同行した僕は、タクシーの車中、いつも神社仏閣の門前ではお辞儀を欠かさぬ母親が、通り過ぎる窓から見えるそれらを、挑戦するように一瞥《いちべつ》するのみであることに気がついていました。母親は、明るい所の神様にではなく、暗がりの神様たる「メイスケサン」に心のなかで祈りつづけていたのです。

僕と母親が病室に顔を出した時はまだ朝早くでしたが、大学病院脇の床屋が、手術をひかえて息子の頭を剃るために出張していました。さきに僕が交渉に行き、特別料金を払って契約しておいたのです。経験充分なはずの四十すぎの床屋が、息子の頭の柔らかい部分にいったん指でふれた後、どうしてもその周囲およびその上の髪の毛を剃ることはできない、といいはじめました。僕も妻も困惑しました。ところが病室の隅の椅子に身体を縮めて腰掛けていた母親が、言葉少なく妻と話していた際の声とはちがう、低いが野太い声で床屋になにか話しかけ、大きい剃刀《かみそり》を受けとって、剃り残してあった部分を素早くきれいにし、また部屋の隅の椅子に戻ったのでした。

——僕の父親は、森のなかでゾーリンゲンの剃刀を使っていて、それも母親が毎朝鬚《ひげ》を剃っていたからね、と妻にささやきかけると、妻はやはり小さな声で不思議なことを答えました。

——いまさっき、床屋から剃刀を取り上げる時、お母さんは、あんたは一揆に出るほどの気性《きしょう》がありませんな、といわれたよ……

6

息子の次つぎ受けねばならなかった処置がすべて終わり、一応安定してから、畸型の出産がもたらしていた心理的な傷から立ちなおった妻は、勇敢に次の子供を生む決心をしました。そして女の子が正常に生まれた直後、妹から僕あてに長い手紙が来ました。それはやはり暗い所の「メイスケサン」に御灯明《おとうみょう》をあげながら母親がずっと考えてつくりあげた構想を、伝えるもののように感じられたのでした。

Kちゃんには愉快でないことだろうが、お母さんが真面目に考えてきたことだから、伝えるだけはしたい、と妹は書いて、その構想を説明していました。僕の妻が、結婚してすぐ始めたことで、母親に年末ごとに幾らかの送金をして来たのでしたが、それを母親は目的をさだめて貯金してきた、というのです――イーヨーがまだ生まれぬうちに始めたというのだから、話におかしいところはあります、と妹は註記していました。もっとも僕としては「メイスケサン」をおなじ家のなかに祀《まつ》って生きている母親の予覚能力ならば、と納得いくように思ったのです――、その金を投じて、廃屋になって久しい蔵屋敷を修理したい。母親はそうねがっている。この蔵屋敷は、「自由時代」にさかのぼるほど古い建物で、例の子供を人質にたてこもった脱藩者くずれの無法者を，計略にかけて殺したという事件は、この蔵屋敷が舞台だった、という話もあったのです。蔵屋敷は、ひとり娘としてそこで育った祖母が相続し、それがまたおなじくひとり娘の母親の、唯一の財産として残っているものなのでした。その蔵屋敷の修理、そして……、周囲の地所と背後の山は売りはらったのに、目的をたてて蔵屋敷だけは残しておいた、と母親はいっているというのでした。

　蔵屋敷を修理して、さてどうするのか？　母親として、きれいになった蔵屋敷でイーヨーとふたりで暮らしたい。あと二十年は生きられるように思うから、イーヨーが成人するまで面倒を見ることができるだろう。そうしたい理由は三つある。一、森のきわの蔵屋敷で暮らすなら、頭に障害のある子供でも辛い目にあうことはないと思う。二、イーヨーの父親は、東京で勉強した後、谷間に帰って暮らすはずであったのに、そうしなかった。あの人に代わりイーヨーが森のきわで暮らしてくれれば、それは先祖に対しても、また「壊す人」のためにも、いいことだと信じる。三、イーヨーの母親には、障害のある子供のために家庭へ閉じこめられず、広い世界で自分を伸ばしてもらいたいし、健康な長女の教育にも励む必要があろう。心をかたくなに持たず、なんとか計画を受けいれてくれるように……

僕は母親の提案によって心の奥深くに波立ちをひき起こされながら、返事はしなかったし、手紙を妻に見せもしませんでした。もっとも、周到なところのある妹は、おなじ内容の手紙を妻にも出していたのです。そこでずいぶん永くたってから、僕と妻とは、母親のこの提案のことをお互いに相手には黙っていたのだと知ったわけなのでした。

7

こうして息子のことを熱心に考えてくれた母親に、プラスティックの蓋《ふた》をつける手術の日からずっと、その息子を会わせることなく、かれが二十歳の誕生日を迎えるまできた、というのは不思議な気がします。もしかしたら僕と妻とには、森のきわの蔵屋敷で母親とふたり暮らす息子という、心の深みにうったえるイメージがあり、それがかえって、軽い気持で息子を四国の森の奥へ連れて行くことをさせなかったのかも知れません。それにしても、いつの間にか二十年がたっていたのでした……

母親の生涯で、四国より外へ出る経験は、四、五回を超えなかったはずですが、息子の手術の際、留守を手伝おうとしたのを最後に、長距離列車に乗らねばならぬ所へは出て行かぬことになっていました。息子の方でも、学齢に達した後、幾年か遅れて入った特殊学級から、中学・高校の養護学校まで、かれなりにいそがしい日々を積みかさねたわけなのです。

息子が二十歳の誕生日を迎えて、僕は家族ぐるみで森のなかの谷間に帰郷する計画をたてはじめ、その年の暮れには実現させました。飛行機が激しく揺れることがあるとして、息子がパニックにおそわれ、頭蓋骨が正常でない以上、気圧の変化が苦痛をもたらすことはないか、それが飛行機の旅を避けさせていた理由でしたが、長時間の汽車の旅はさらに問題がありそうで――結局はとりこし苦労だったのですが――、僕と妻とは様ざまな不測の事態を想定しては、準備に時をかけたのです。

そのようにして作りあげた日程を谷間の母親につたえる電話で、この二十年間そうして来たように、妻は最近の息子の様子も話しました。新しい情報として、生まれて以来ずっと『クマのプーさん』からの、イーヨーというあだ名で呼んできた息子を、二十歳の誕生日から、本名で光さんと呼ぶようにした、本人の希望によるそのいきさつを、笑い話のようにして妻はつけ加えたのです。それは母親同伴の泊りがけの遠足を別にすれば、息子がはじめて家を留守にして一週間暮らした、養護学校の寄宿舎訓練の、最初の帰宅日の出来事でした。

一週間の寄宿舎生活による成長はあきらかで、息子は洗濯物のいっぱい入った布鞄を肩に、元気で戻って来ると、僕と妻とに愛想よく挨拶したのです。もっとも緊張が続いた後の疲労はあきらかで、再生装置の前にべったり腰をおろし、かれの唯一の知的楽しみであるFM放送のクラシック音楽に聴きいるよりほかは、なにもしないで土曜日の午後を過ごしたのでした。

そのうち夕食の時間となり、息子の好物を集めた食卓の準備ができて、日頃の仕方どおりに、——イーヨー、夕御飯だよ、さあ、こちらにいらっしゃい、と呼びかけました。ところが息子は、再生装置に顔を向けたまま、肉のついた広い背をぐっとそびやかすようにして、こう答えたのです。

——イーヨーは、そちらへまいりません！　イーヨーは、もういないのですから、ぜんぜん、イーヨーはみんなの所へ行くことはできません！

8

いったいどういうことが息子の心に起こってしまったのかと、僕は目の前にいる息子をじつは失ってしまっているような思いにとらえられたのでした。かれの妹が、——イーヨー、そんなことないよ、いまはもう帰ってきたから、イーヨーはうちにいるよ、となだめる声をかけても、息子は黙って肩をそびやかしたままです。

弟は、ものをいう前にそれをまず検討して一拍ないし二拍置く性格ですが、それだけ姉に遅れて意見をのべました。——今年の六月で二十歳になるから、もうイーヨーとは呼ばれたくないのじゃないか？ 自分の本当の名前で呼ばれたいのだと思うよ。寄宿舎では、みんなそうしているのでしょう？

いったん論理をたてると、ためらうことがない点もやはり性格の弟は、すぐに立って行って息子の脇にしゃがみこみ、——光さん、夕御飯を食べよう。いろいろママが作ったからね、と話しかけました。

——はい、そういたしましょう！ ありがとうございました！ と息子は、声がわりをはじめた弟よりも幼く聞こえる、澄みわたった声で答えて、家族みなの息苦しさを笑いのうちに解消したのでした……

この話を電話で母親にした妻は、あの日の解放感のままでいたのです。ところがはじめ笑っていた妻が、しだいに恐縮した口ぶりに変わりました。脇で僕はけげんな気持をいだいていましたが。受話器を置いても恐縮したままの妻がつたえるところでは、話を聞いていた母親は、沈黙したのち、打ち萎《しお》れた声音《こわね》で次のようにいったというのでした。

――イーヨーという名前を、私らは良い名前と思っておりましたが、本人は軽んじられておるように聞いておられましたかなあ？　それならば、取りかえしのつかぬ、すまぬことでしたが！　二十年の上も！

裏の座敷に座って待っていた母親の前に、家族みなが勢ぞろいする間も、川面をへだてた対岸の山腹の落葉した雑木の斜面を白い闇に閉ざす勢いで、アラレが降っていました。十数年ぶりで再会した孫に、母親は電話で聞いた新しいしきたりにしたがいながらも、気おくれした小さい声で呼びかけました。

――光さん、よく会いに来てくださいましたなあ……　私は八十歳になりましたが！

息子の挨拶は、再び妻を恐縮させたのです。

――八十歳になりましたか？　ああ、大変なものだなあ！　八十歳になったのでは、もう死ぬのではないでしょうか？　大変なことだなあ！

――そうです、大変なことですが！　心配してくださって、ありがとうございます！

それからの母親は、伸びのびしたふうになりました。アラレが過ぎ去り、川向こうまで再び明るくなってから、天井でパラパラ音がするのへ、聴覚のきわめて敏感な息子が不審げな表情をすると、――あれはな、光さん、瓦の隙間《すきま》に入りこんだアラレがこぼれ落ちるのですが！　と説明しました。母親はこのところ寝たり起きたりでしたから、深夜天井の物音に耳を澄ませて時を過ごすようなこともあったのだろう、と僕は思いました。

9

食事をしてひと休みすると、母親は帰郷した僕の家族とともに、彼女が永年ひとりで管理しているお庚申《こうしん》様に参ることをいいだしました。ずっと足に故障のある母親が、車で連れて行くという僕の妹の申し出をこばんで、自分の足で歩くと言いはりましたから、お庚申様への願かけに類する事情があったのです。子供たちを先にやって、右足を大きいステッキでかばいながら、ゆっくり歩く母親と僕は、谷間中央のコンクリート橋を渡り、対岸の道をお庚申山に向けてくだりました。アラレのやんでいる間も、薄く小さい羽毛のようで融けにくい雪が、深い谷間を浮游している、じつに寒い日でした。

お庚申山につくと、登り口で待っていた子供たちのなかから、母親は自然なふうに息子を呼びよせて、かれに寄りそうようにしながら、磨《す》りへった石段を登って行くのです。まっすぐ登り切れば、対岸にうっそうとした木立の見える——それは森から谷間に張り出した橋頭堡《きょうとうほ》とでもいうものに見え、川上でやはり張り出している、梢をひん曲げられたドロノキのそそり立つ岩鼻と対をなしているのですが――三島神社の、川をへだてた別宮《べつぐう》があります。母親と息子は、石段の途中で脇に入り、お庚申様のお堂への道を辿りました。僕は子供の頃、祖母と母親がお庚申様へ参るのについて来てしたように、ほかの子供たちと石段の曲り角の鳥居脇に立ちどまったのです。母親とその白髪頭の高さに肩がある息子は、互いにかばいあってお庚申様のお堂に入り、うしろに木の扉を閉ざしました。古びた階段脇に、ステッキとゴム底の突っかけ、新調の大きいズック靴のみが見えることになりました。

その時になって僕は、お庚申様のお堂には、当のお庚申様に加え、赤んぼうほどの大きさの「メイスケサン」の木像も祀《まつ》られていることを思い出していたのです。谷間と「在」の古い家で、「メイスケサン」といえば、神棚のかげの暗がりにその棚があるように、お庚申山では頂《いただき》の平たい所に――そこでオシコメが真っ白な裸の身体を横たえ、赤フンドシの若者らがそれによじ登ったり・滑りおりたり、タワケにタワケたのでした――三島神社の別宮があり、石段なかばの脇道の杉木立に囲まれて、お堂があるわけなのです。

遅れて来た妻が子供たちを連れて別宮を見に登って行った後、ひとり残り、僕は鳥居の石段に腰をおろしました。瀬音《せおと》がさかんに聞こえてくる川の、下方の川原に一揆が小屋掛けした際、その母親と指導部に参加しておおいに働いた童子、この森の高みに自分も魂となって昇り、銘助さんの魂に一揆の闘い方を相談した童子のことを思っていたのです。さらにはいま木の扉の隙間《すきま》から覗いてみれば、「メイスケサン」の木像の前の、ひっつめた白髪頭にこまかな雪片をこびりつかせたままの母親と、後頭部に傷あとが白く浮かびあがる息子とが、まったく銘助母と童子のように見えるのではないか？　ふたりして銘助さんに、とくに息子の生のこれからの戦略・戦術を相談しているのではないか、という思いに僕はとらえられていたのでした。

10

やがて母親と息子は、きよめられた喜びを共有するようにして、木の扉の奥からあらわれました。ちょうどお庚申《こうしん》山の頂から降りて来た妻が、階段から地面に足をおろす母親を介添えすると、先に靴をはいていた息子が、うやうやしくステッキを手渡しました。僕が自分を誘う夢想にまだ引きずられて台石に腰をおろしている、その鳥居まで歩いて来る間、母親は上機嫌さのあきらかな口調で妻にこういっていました。

——光さんはずっと正座して、身じろぎもせずにおられた。たいしたものですな！

よくこのように育てられましたな、森の外で！　一方では粉雪のなかにぼんやり腰をかけておるような、変り者の世話もしなければならず、あなたもたいへんなことでしたが！

東京への帰りの飛行機のなかで、息子の妹が彼女としてずっと気がかりであったらしいことを、妻につたえました。——光さんは田舎のおうちから出る時にも、元気を出して、しっかり死んでください、とお祖母《ばあ》ちゃんに大きい声でいったよ。はい、元気を出して、しっかり死にましょう、しかし光さん、お名残惜しいことですな、とお祖母ちゃんはいわれたけど、やはりよくない挨拶じゃなかったのかな……

——あれはね、生きている間しっかり生きて、そしてもう生きていられなくなれば死ぬように、といっているんだと思うよ、と脇から弟がいいました。死ぬ、という瞬間に線を引くとするね、死んだあとでは、元気を出してもなにもないでしょう？　だからね、生きている間、元気を出してがんばって、ということになるはずだよ。

——そうなの？　光さんに直接聞いてみようか、と妹はいって、息子がひとりだけ離れて窓ぎわに席をとり、下方の雲を眺めている所へ立って行きました。そしてゆっくり話し合った後、戻って息子の考えをつたえたのです。——光さんは、サクちゃんのいうとおりだといっていた。それでも、誠に失礼いたしました、いい方が正しくありませんでした、と電話でお祖母ちゃんに言いたいって。本当は、どう挨拶したかったかというと……光さん、どう言ったら正しいんだった？

――元気を出して、しっかり生きてください！　それが正解でした、と窓の明るみに逆光になっているけれども微笑しているのはわかる顔をこちらに向けて、息子はまわりの席にいる乗客をビクリとさせる大声を発したのでした。申しわけございません、電話で訂正いたします！

それからあまり時がたたぬうちに、息子が今度は自分ひとりで祖母に会いに行くと言いだしたのです。養護学校を卒業すると、五月なかばから区の福祉作業所で仕事が始まります。それに先だって四国へ旅行したいと言いはるのです。――私は、失言いたしました！　電話で訂正いたしましたが、どうだったかな？　お祖母ちゃんはよく聴きとったでしょうか？　耳が遠いものですから、大変心配でございます！

つまるところ谷間に住んでいる妹と出迎えの手順を相談した後、とうとう息子をひとり飛行機で四国へ旅立たせることになったのでした。

11

息子は無事、飛行機の旅を終えて迎えの車に乗りつぎ、森のなかの谷間におちついた様子でした。一日のなかばは裏座敷に横たわっている祖母の脇に、自分も寝そべって、息子はFMの音楽放送を聴いている。出歩くにはそれなりに体調の調整が必要な祖母と孫は、穏やかに隠棲《いんせい》している印象だと、電話をかけてきた妹はいいました。ただ僕に妙な気がかりを掻きたてるようであったのは、FMに聴きたい番組がない時、その息子に母親が思い出しながらのようにゆっくりと、長い話をつづけ、息子がいかにも楽しみながらそれに耳をかたむけている、と妹がいったことです。

──光があまりまともな話を理解するとも思えないけれどもね、いったいお祖母《ばあ》ちゃんはなにを話しているのだろう？ と僕が問いかえすと、妹は、お茶を運んで行く際など聞き耳をたてるけれど、光さんより他の人間が聞くとなると、お祖母ちゃんは恥ずかしそうに口をつぐんでしまうから……といったのでした。

そのうち僕と妻とが新しく懸念したのは、息子がそのように祖母となじんでしまったのでは、谷間から東京に戻って来るのを嫌がるのではないか、ということです。息子が出発して六日目の朝、僕はなにかと理由をつけて出たがらぬ電話口にかれを呼び出して、もう帰りの飛行機は予約した、明日はそちらを発たねばならぬ、と強くいったのです。夜になって、あらためて妹が電話をかけてきたところでは、沈みこみ、あれこれ考えこんでいる息子を励ますために、母親はステッキを突いて、廃屋になっている蔵屋敷を見せに出かけた、というのでした。

――私は光さんとな、この家で暮らそうと思うたことがありましたが！　そうしなくてよろしゅうございましたな。ここで育っておられたら、光さんはいまのような人にはなれませんでしたよ！

母親がそういうと、息子は廃屋を眺め、そのまわりのコゴメザクラやグミの花ざかりに目をとめ、いっせいに芽ぶいた雑木のひろがりを、さらには大きく覆いかぶさってくる森の全体を見わたす様子でした。それから思いついた手がかりにすがりつくように、遠慮がちにではあったそうですが、自分の希望をのべたのでした。――私は木工が得意でございます！　こんなに沢山の木がありますから、木工をしてお祖母ちゃんと暮らそうと思います！　こんなに沢山の木があるんですから！

父親の死の際は幼すぎてその記憶のない妹は、これまで母親が泣くところを見たことがありませんでした。蔵屋敷前の敷石にステッキを突き、息子と並んで森を見あげていた母親の、皮膚を三角に畳んだような目に、プーッとふくらんでくる仕方で涙があふれた、と妹はいったのでした。

――お祖母ちゃんは気の強い性格で、泣くことがなかったから、涙をどう始末していいか、手順がわからないのね、あはは。あおむいて頭を振って涙を切ってから、ああ、そういうことができましたらなあ！　と光さんそっくりの大声を出したわ。……すぐに光さんは納得して、私は東京に帰りましょう！　私がいないと弟や妹が笑いませんから！　そういったよ。

12

一週間もの間、ＦＭ放送でクラシック音楽をやっていない時はずっと、僕の母親が息子になにを話して聞かせていたのか？　妹も母親にそれを直接ただしてみたけれども、母親は困ったようなすまし顔でなにも答えなかった、というのでした。僕の家でも、妻と僕は息子に祖母の話はどういうものだったか、尋ねたのです。覚えていることがあれば、話してみてごらん、というようなことを、しばしば息子に問いかけたのですが、かれはうっすら微笑して、遠方を見つめる、スガ目の表情をするのみなのでした。

ところが偶然のようにして、しかし息子としては手順を踏んだ仕方で、かれが母親から聞いた話のいったんをあきらかにしたのです。話はさかのぼりますが、音楽を聴くことが唯一の知的な楽しみである息子に、たまたま友人の夫人が独得な音楽教育観の持ち主であったことを幸いに、息子が幼い頃から、ピアノを教えてもらってきました。もともと指の動かし方が不器用な息子に、そのT先生はピアノの技術の上達をもとめられることはありませんでした。そのかわり音楽をつうじて息子との間にコミュニケイションの道を開くのが、T先生の授業でした。

そのうち息子が、T先生に教えられながら作曲することを始めたのです。養護学校の中学部に入ってすぐの頃、T先生がある練習曲を、楽譜とことなった調で弾《ひ》かれたのがきっかけでした。聴いていた息子は、確信をこめて、――これがいいです！といったのでした。それから息子は、気に入ったメロディーに会うたびに、T先生に様ざまな調性で弾いてもらうようになりました。また自分でも、ピアノに向かっていろいろ試みているのでした。

T先生はこれを授業に取り込んで、調を変える練習とメロディーのしりとりの練習を工夫されたのです。前者が調性についての訓練なら、後者はT先生が、二、三小節のメロディーをピアノで弾かれた後、息子がそれに自分の二、三小節をつけたのを、またT先生に引きとってもらう、そういう仕方での作曲の訓練です。そのうち息子は、ひとりでメロディーをつくり、かつ和音をつけるようにみちびかれました。息子のなにより秀《すぐ》れた能力は、記憶にあります。幼児の頃、かれは五十種を超える日本の野鳥の声を覚えていたのでした。ピアノの授業の後、息子は居間の床に腹這いになって、さきに湧き起こったメロディーと和音を、モヤシのようなかたちの音符で五線紙に書いていくことになりました。作曲が完成すると、息子はローマ字でタイトルを書きつけて紙ばさみにしまいこむのです。

息子がひとり飛行機で旅をして来た青葉の季節から半年ほどもたって、妻が息子の紙ばさみを整理しているうち、新しい作曲の五線紙が出て来ました。タイトルは"Kowasuhito"つまり「壊す人」。祖母が僕に向けて森のなかの谷間と「在」の神話と歴史を話して聞かせたように、母親は一週間の間ではありましたが、おなじことを僕の息子にしていたわけなのでした！

僕はT先生に"Kowasuhito"をピアノで弾いてもらい、カセットに録音して、森のなかの母親に送ったのです。母親が息子に話し始めようとして、――昔のことなれば無かった事もあったにして聴かねばならぬ、といったとして、――うん！という返事も息子にはおぼつかなかったでしょう。しかし、息子は確かにあなたの話の核心を聞きとったようだ、と僕は母親につたえたかったのでした。

13

二年たって――その間にも僕は、西日本に旅行する機会があるごとに谷間へ母親に会いに寄って、彼女のその時どきの考え方にふれてはいたのですが――、妹から次の手紙が来た時には、自然な時の進み行きという思いにかさねてではあるものの、まず驚きを感じました。まずというのは、手紙を読み進めるにつれて、さらにこれまでにないショックを受けとめたのでもあるからです。

《お祖母《ばあ》ちゃんは性格として過度に感情的な反応は好まない人ですから、また永かった生涯についていまは静かに考えたい様子でもあるから、これを読んですぐ見舞いに来るようなことはしない方が良いと思います。その上でおりを見て……》、と妹は書き出していました。しばらく前から身体に新しい異状を感じとって来たらしい母親は、永年の友人である谷間の老医師と相談して、松山の病院に入院し検査を受けることにした。人の善い医師が妹の誘導尋問に引っかかったところでは、母親には手術を受けなければならぬ、それも重大な疾患があるのらしい。医師は母親の、生命力というよりもむしろ意志の力に、ほぼ同年の友達としていちもく置いていて、手術が大変でないはずはないが、それを乗り切れば、ねばり強く恢復して行くだろうと期待をかけている。

母親は自分でも事情をつかんでおり、それこそ彼女の性格で、妹や義弟が気をもみながら、相談をしかけるのを待っている間に、独力で決断し、ことを運んで、谷間を出て行く準備をしていたのらしい。なにもかもしめくくりがついた段になって、妹が入院の手続きをしに松山へ出たが、そちらはあらかじめ谷間の医師が手をうってくれていて支障がなかった。そしてついに一昨日、母親は義弟の車で森の向こう側の地方都市へ向かった……

母親の決断と、それにもとづく準備とは、この老齢で手術を受けるのでは再び谷間に戻ることはできない、という思いに立っているのでした。自分と同じ年輩の、谷間と「在」の友達といえば、もう生き残っているのは、医師と神主のふたりのみですから。そこで彼女は、さきにまわりの地所と背後の山を売りはらって、ただ老朽した建物と地所だけ残っていた蔵屋敷を、同じ買い主に引きとってもらいました。別に幾らかの預金もあり、それらをあてれば、かなりの期間、入院生活ができる見通しがたつというのです。老人医療の保険制度が、手術費や入院費の少なくない割合を受け持ってくれるのでもあります。

谷間を出て行く朝、母親は送りに来てくれた医師と神主に、とくに病状を知っている医師は涙を流して別れを惜しんでくれたのに――、仏頂面で挨拶し、お庚申《こうしん》様の世話はこれから娘がすると神主にいい残して車に乗り込みました。ところがいったん谷間の頸を出たところで、そこに登り口のある林道を森へ向かい、谷間と「在」を眺めて行きたいといい始めて、妹夫婦はそれにしたがったというのです。

14

《この地方選出の議員が、ある意味で有能な人で、森を林道で縦横無尽につらぬいたことは、Kちゃんも知っていると思います。当の議員先生を、性悪だった子供時代のまま、ガキあつかいしてきたお祖母《ばあ》ちゃんは、林道も毛嫌いして、これまで一度も登ったことがありませんでした。しかもお祖母ちゃんが谷間と「在」を見おろしながら林道で破壊された森は見ない、ということもできにくいわけですし、私たちはあまり乗り気でないまま林道の高みへ車を走らせたのでした。

三叉路になっている陣ヶ森の頂上ちかくで車を停めて――道の一本は、隣町と共同で開発されているゴルフ場に続いているのですからね、いやはや――、谷間の川と街並を見おろした後、「在」の方向を眺め、白髪の小さな髷《まげ》をひとめぐりさせて、森のひろがりに遠方まで行先の辿れる林道を、三角に皮膚を畳んだ目で見わたしたお祖母ちゃんは、このところ体調が悪く顔色のよくないことはそのとおりなのですが、やはりあらためて沈んだ暗い顔つきをしていました。

こんな時、御存知のとおり引っ掻きまわすような、軽薄なことをいう性分の私は、思いついてこういったのです。Kちゃんが子供の時、森で神隠しにあって、帰ってからも永い間病気で、お祖母ちゃんの煎じる「あお草」の匂いが家じゅうに漂っていたね。しかしこんなに見通しの良い森ならば、子供の私でもKちゃんを探しに来れて、ムダな苦しい目にあわせなくてすんだのにな。小さい頃の私は、森がこんなふうだと思わなかったから……　するとお祖母ちゃんは私をジロリと見ると――まるで、亀です――、神隠しは、ムダな苦しい目でもありますまいが！　といいました。

私たちは林道いっぱいに停車して窓を開けた車に座っていたのですが、お祖母ちゃんは森の奥の方向へもう一度、白髪頭をぐっと向けて、なにか聞くようにしてから、私の夫に、光さんの“Kowasuhito”の音楽が聴こえませんでしたかなあ？　私には聴こえたような気がしますが！　といったのです。私は朝のうちにお医者さんが鎮痛剤を注射したのではないかと疑っていたから、――そんなことがあるはずはないでしょう、と言下に否定したのです。

ところが夫は、その森の高みでお祖母ちゃんが光さんのカセット・テープを聴きたいのに、素直に言い出せぬのではないかと気をまわしたのでした。そこで自分らは光さんの音楽を二、三度聴いただけでよく覚えていないからわからない、お祖母ちゃんの手荷物からテープを出して車の再生装置で聴いてみよう、といいました。

　音楽が流れる間、お祖母ちゃんが白髪頭をかしげて、林道に荒らされた森の奥の方をじっと覗《うかが》うようにしているのが、谷間から出て行くに際しての、お祖母ちゃんらしいこの土地への別れ方かと、涙が流れて困りましたが……　テープが終わるとお祖母ちゃんは黙りこみ目をつぶって、身体ぜんたい小さく縮んだふうになってしまったので、うしろの座席に横にならせ、私たちの車は松山に向かったのですが、運転する夫が助手席の私にヒソヒソ話したのは、そういえばあの音楽、お祖母ちゃんのいうとおり、はじめに谷間や「在」を見わたしていた間、聴こえていたかも知れないね、ということでした。およそ冗談と無縁な小学校教頭の夫のいうことで、つまり光さんの作曲は、森のなかで自然に聴こえてくる音のような音楽なのではないでしょうか？……》

15

話を続ける前に、息子の作曲の楽譜を示しておきたいと思います。それがこれからの展開に必要であるように感じられますから。

妹が報告したとおり、母親はそのまま入院して検査を受けたのですが、手術の前に体力をつける必要があり、しばらく病院で生活して、それから、ということになりました。母親の性格をいう、妹の申し出を尊重して、僕は病室への電話で見舞いを言うにとどめました。妻は松山まで見舞いに行ったのですが……　予想を超えて衰弱していた母親の様子に、戻って来た妻は言葉少なでした。それでも思いがけないことに、妹から託されて、母親が話を録音したカセット・テープを幾本も持ち帰ったのです。息子の作曲のカセット・テープと一緒に送ったレコーダーに、録音機能もあることを妹が教え、退屈しのぎに昔の思い出話なり録音してみるよう母親にすすめた、その結果なのでした。はじめ母親は自分で録音するより、息子の音楽を聴くためにレコーダーを使うことが多かった様子ですが、入院生活は永びいて、そのうち録音をしてみる気持になったのでしょう。そして母親は、なにかにつけ始めた仕事は熱中してやる人なのです。

——お祖母《ばあ》ちゃんは、Kちゃんに向けてか、光さんに向けてか、遺言を語りのこしているつもりらしいけれど、私のかねがね思うことは、死んでしまった人間の遺言は聞いても仕方がないからね。もし生きている間に、あなたの遺言はようけたまわりました、と言ってあげられたならば、言葉を遺す側も、遺される側も、両者ともに気持がいいと思うわ。

妹はそういう端的な信念にもとづき、母親の同意も得た上で、カセット・テープを妻に託したのです。もっともカセット・テープを受けとった僕の方では、それが本当に遺言であるとしても母親の文字で紙に書いてあるものなら、これほどたじろがせる力はあるまいと思ったほど、再生するまではいっさい予断を許さぬカセット・テープを前に、ためらったのです。ついにはそのまま再生せず書棚の隅に並べて、時がたつのにまかせたのでした。もし生きている間に、あなたの遺言はよくうけたまわりました、と言ってあげられたならば、言葉を遺す側も、遺される側も、両者ともに気持がいいと思う、という妹の考えを妥当なものに思いながら。M／Tの記号につらねていうなら、それはいかにもメイトリアーク的な強さを持つ母親と、彼女に対してはとくにトリックスター的なところを示しがちだった僕との、こちらがもの心ついて以来の関係のあり方に根ざすためらいであったと思うのですが……

そしていま、僕はそれらのカセット・テープをついに聴くことになり、順を追って――それも僕の側の順序づけで――内容を書きうつしてゆくのですが、思いがけぬ喜びとともにそうするのであることを、はじめに言っておきたいとも思います。

"Kowasuhito"　　by Hikari

16

《Kちゃんは小さい時から、祖母様《ばあさま》に森のなかの言いつたえを話して聞かせてもろうて育ちましたが！　その話をよく聞いて覚えて、早くから文章に書き残す工夫もしておりましたな。いま文章を書くことを仕事にしておられるのは、子供の折からのそのつながりのことのように、私は思うておりますが！

フサコが、Kちゃんはどうして自分が村でひとりだけ選ばれて言いつたえを聞かされる役割であったのかわからなかったし、ずっとわからないままじゃとな、そういっておると話しましたがな。それは私には不審なことですが！　言いつたえを聞かねばならぬ役割となったのには、はっきり理由がありました。Kちゃんがそれをよく覚えてないといい、本当にそう思うておるのならば、きっかけになった出来事が、あの子にとって苦しく恥ずかしい辛いものであったから、それを忘れたいという気持ではないでしょうかな？　あの子は、数えの八つで神誘いにおうて森へ登ったのですが！　自分で夜中に私の鏡台から取った紅で真っ赤に塗った素裸でな、森へ登って、三日も暮らしておったのですが！　それから祖母様が、森で力をさずかって来たかも知れんと、そういいはじめたのでしたよ。森から帰ってというものは、ずっと、ボンヤリしているけれども利発そうな目をした、すぐ熱を出してウワゴトをいう、変わった子供でありましたな……森で力をさずかって来た子供ならば、Kちゃんにはこの森のなかの谷間と「在」とが、どのような事情で村として生まれたものか、様ざまなことをへて、どのようにいまに続いておるものか、話して聞かせるのがよかろうと、祖母様がそう思われて、それはKちゃんがなにか村のためになる、特別な人かも知れんということでしたろうがな、そうして祖母様が、毎日毎日、森のなかの言いつたえを、昔のことに始めて、話して聞かせられた理由でしたが！

そうしたことが始まって、幾年かたって、Kちゃんがまだ、ボンヤリしておるのか利発なのか、よくはわからぬ頃でしたがな、なにを考えたものか川の深みにズンズン入ってな、息が苦しゅうないものか、岩の下にあまり長く潜っておるので、私が水に入りました。岩に挟まっておるあの子をな、足がビクビクしておるのを引きずり出しましたらば、頭の骨に傷がつくほどの怪我をさせてしもうて、川の水が真っ赤に染まりましたが！　その怪我のあとが、銘助さんの頭の刀傷《かたなきず》や、童子の禿げとおなじ位置にあるものですからな、私もハッとしましたが！　もう祖母様は死んでおられたが、Kちゃんが村でも言いつたえをよく知っておられる人の所へ、それから進んで話を聞きに行くようになったのが嬉しいことでした。また憐れなことにも思われてな、胸が痛むこともありましたが！　言いつたえをよく聞いて、その言いつたえにつながる自分の役割を見つけ出してしまうならば、そうした人間として働き始めるKちゃんを、私らはとめることができぬと思うてな。童子が森に登るのを銘助母がとめられなんだようにな、おかしな話じゃけれども、そういうことも思いましたが！》

17

子供の時、僕が神隠しにあったというのは事実です。それは祖母や母の言い方では神誘いというのでした。もっともこの経験を、祖母から森のなかの谷間と「在」の言いつたえを話して聞かせられることになった、そのきっかけだとは思ったことがなかったのです。しかしいま僕は、自分が祖母から村の神話と歴史について話して聞かせられることになったのが、確かにあの神隠し以来であったことを認めるほかありません。谷間の子供仲間が、遊びの続きを無視して僕ひとり祖母の待つ裏座敷に帰る、それを繰りかえしてもなにもいわなかったことの背景に、あれは「天狗のカゲマ」やから――つまり神隠しにあった子供だから――特別なのだ、という黙契《もっけい》のようなものがあったのを、その時分から僕がうすうす感じとっていたことも、そういえば事実なのです。それにしてもなぜ僕は、これまで森のなかの盆地の神話と歴史を話して聞かせられる特別な役割と、自分の経験した神隠しとを結びつけて考えることがなかったのか……

　驚きのさめぬままに、こう自分に問いかけて、あらためて自分の幼年時の経験を思い出してゆくと、母親の見ぬいていた、そのふたつを結びつけたくない理由は、くっきり浮かび上がって来るように思われます。ともかくもまだ国民学校の二年生だったある日、僕は神隠し・あるいは祖母と母親の言い方によれば神誘いにあいました。それも子供心ながら進んで勇みたつようにして、そうなったのでした。あの際自分が森に入って行った恰好のことを思うと、お手本があったのではないだけに、自分のことを生まれながらの道化者、トリックスターといいたくなります。

　いまあらためて年月を秩序立てるようにして思い出してみると、僕はこの神隠しにあった時、まだ祖母から森のなかの盆地の言いつたえを話して聞かされる年齢に達していない、それだけ幼い子供であったのです。それでいて僕はずっと、あれはもう村の神話と歴史をあらかた話して聞かせられた後だったと思いこんできたのでした。それは神隠しで森にいる間、終始「壊す人」の勢力下に入っているという気持でいたからだと思います。事実それは神隠しの記憶の核心をなしているのです。

それならば祖母は幾分かは、僕が森にまぎれこむ前から、盆地の言いつたえを話して聞かせてくれていたのか？　そうではなかったでしょう。僕が幼い頃の谷間と「在」には、誰かが話すということもなしに「壊す人」の言いつたえは生きていて、子供らは誰もがその特別な空気を呼吸するようにして生きていたのでした。

そしてその空気に、僕は谷間と「在」の幼い者らのなかでも、とくに影響されやすい感受性を持っていたように思います。それならば神隠しをきっかけに、祖母が森のなかの盆地の神話と歴史を話して聞かせる相手に僕を選んだのは、根拠のあることだったとも思われるのです。

18

四十五年も前のその夜、僕は家族が寝しずまるのを待って、寝床のなかでこっそり寝巻きと下着を脱ぎ棄てました。そして手さぐりで、あるものを取りあげ、脇に抱えると、板の間から竈《かまど》のある土間に降り、「耳栓の木」のある狭い裏庭に出て行ったのです。満月の光のなかでした。僕が素裸の脇に抱えていたのは鏡台の抽斗《ひきだし》。音をたてず汲み上げた釣瓶《つるべ》の水を、露天の井戸端に敷いた平石の窪みに垂らすと、母親の紅の粉をたっぷり溶いたのです。指は真っ黒に見えましたが、これは頭の上の桜の紅葉と同じ色だ、昼見れば赤い、と自分を納得させて、僕は両掌でそれを顔から胸、腹から腿、そして尻の割れ目にまで、塗りたくって行ったのでした。

それから家と家とに囲まれた狭いセダワを歩きぬけ、人目につくことを恐れて、谷間をつらぬく道は走りわたり、雑木林の斜面を登って行ったのです。月の光は茂った枝にさえぎられて、足もとがおぼつかないのですが、しかしそのように自分を急がせるものが身体の内からとめどなく湧くようでした。それも森から呼びよせる力があるせいだと感じられたのです。雑木林から果樹園へと、斜面を登りきると、月の光を透さぬ、黒く高い壁のような森のきわで立ちどまり、はだしの踵《かかと》でクルリと廻って谷間を見おろしました。この夜の谷間の眺めを、僕は永い時の後、川下の村むらの人びとが盆地の村を甕《かめ》棺《かん》になぞらえ、甕村と呼んだという古い記録があることを知った際、くっきりと思い出したのです。月の光に照らされて、谷間は白い濁り水を満たした甕のようだったのでした。

僕が森のきわで立ちどまっていたのは、わずかな時間だったと思います。小さい自分の前にそびえ立つ樹木の黒い壁から、無数の触手を出して来る力にとりつかれたようで、立ちどまっているのが苦しかったのです。しかも僕を引きつける森からの力は、「壊す人」よりほかのものの力ではないと、わかっていたのでした。僕は果樹園のなかで右足の中指を捻挫していたのですが、片足でもバランスをとるのに充分で――わしは足の悪い犬のような、と胸のうちで楽しげにいったことを思い出します――、猛然と「死人の道」を跳びこえ、暗い森の中へズンズン入りこんで行ったのでした……

そして僕は森に三日間とどまり、夜も昼もたえまなく深い森の巨木の間を駈けるように歩き廻り、そのうち発熱したこともあって、ホオノキの大きい落葉に埋まって寝たりもしましたが、やはり森にいる間は、樹木の幹から幹へと合図のように手をふれては歩き廻ることを、自分の任務と感じていたのです。二日目の夜に雨が降り、森が縦に裂けて谷川が流れている鞘と呼ばれる沢で、雨に湧いたサワガニを、「壊す人」と創建者たちが喰ったように生《なま》でガシガシ喰っているところを、山狩りに入った消防団員に取り押さえられたのでした。

19

消防団員に救助されたというかわりに、取り押さえられたといったのは、僕が泣き叫んでかれらに抵抗し、その僕を谷間に運びおろすために、かれらは猿でも運ぶように、まだ赤く塗ったところの残っている裸の身体の、両手・両足を四人がかりでぶらさげねばならなかったからです。

なぜ泣き叫び、抵抗したかといえば、森に入ってすぐ発熱した頭に――それも熱によって、生まれて以来はじめての明敏さで頭のなかの器官が働いている、という感じでした――、自分の果たすべき任務がだめになってしまう、という思いがあったからです。いま自分がはだしで歩いている地面のなかには、「壊す人」の身体がこまかく切りわけて埋めてあり、そのいちいちの肉と筋と骨の上をはだしで歩きとおせば、「壊す人」は生きた人間として元気によみがえって来る……　僕はそう思いこんでいたのです。バラバラにして埋められた「壊す人」の肉と筋と骨のありかは、広い森の地面の下いたるところ、今でいえばレーザー光線が放射されている具合に、昼夜を問わず、くっきりと見えていたのでした。そこで森での三日間、落葉の堆積に倒れこんで眠る時間も惜しみ、片足を引きながら歩きつづけ、もうすこしで「壊す人」の肉、筋、骨、それに皮膚と目や歯に体毛のすべてまでが埋まっている上を歩きつくそうというところで、雨に湧いたサワガニに空腹の身体と心をうばわれたばかりに、僕は消防団員に取り押さえられたのです。泣き叫び、暴れまわるほかはなかったのでした……

いまになって、このように自分の経験した神隠しのあらましを書きつけてみるだけで、僕にはあれからずっとそれについて持ちつづけて来た、両面価値的《アンビヴァレント》な思いをとらえなおせるように思えます。神隠しにあったことは、遊び仲間や救助の場面に立ち合った消防団員の「若い衆《し》」らのからかいを無視していることができるだけ、自分にとって大切な経験でした。それでいて、その大切さの中心にある任務を、やりとげることができなかったと感じていたのです。母親に神隠しについての自分の思いを話した覚えはないのですが、彼女は僕のうちにずっとあったところのものを、よく見ぬいていたのでした。

……このように僕は、母親が入院中の病床でひとり録音したカセット・テープから、さきに書きうつしたところを聞いた後、それを反芻《はんすう》しては、黙り込んで時を過ごしました。この部分についてのみならず、いったん母親の録音を聞き始めてからは、それを繰りかえし聞いては、様ざまな思いのうちをさまよわずにはいられなかったのでした。もっとも母親の録音したカセット・テープが、はじめから終わりまで確かな内容を持っていたというのではないのです。さきに書きうつしたところも――つづいて書きうつそうとしているところも――、話の途中で話題が移ったり・反復されたり・尻切れトンボになったりしているのを整頓し、さらに僕の記憶のなかでの、母親のもっとも元気だった頃の話し方のスタイルに移しかえてのものです。

むしろ語りつづけられるとめどない話自体に、母親の老いと衰弱を聞きとるほかないところが、カセット・テープの過半をしめていたのでした。かつて母親が、息子について書いた僕の小説について、こういったことがありました。――あなたは光さんの気持を考えて、小説を書いておりますかな？　このようなことは書かれたくないと、自分からはいえぬのじゃから、もしも光さんが本を読むならば、不都合なことが沢山書かれておるのではなかろうか？　自分の子供のことならばなにを書いても許されると思うのなら、光さんのようなお子の場合、それはちがうのではないじゃろうか？

現在の母親についても、なにを書いても許されると僕が思っているのではないつもりでいます。

20

しかし僕は、母親がカセット・テープで語っている「森のフシギ」の話については、それからあたえられた驚きと、啓示とさえ言いたいほどの思いを、あらためて胸にきざみながらここに書きうつします。さきにも僕は母親が神隠しの経験と、森のなかの盆地の言いつたえのレッスンとを結びつけたことで、自分の生に影をおとしてきた謎がひとつ解けたように思うと書きました。それにかさねて、僕は自分がこれまで担って来た、谷間と「在」の神話と歴史の、根本的な秘密ともいいうるものについて、母親が森のなかの最後のメイトリアークとして、語り遺そうとしているのを感じるのです。

《私らの生まれて育った、そしてそれぞれに生きるだけのことをして死んでゆく、この谷間と「在」にはな、「壊す人」が村を創られた神世《かみよ》のような話と、銘助さんや童子の活躍する、私らに近しい昔の話とがつたわっておるが、それはKちゃんの聞き知っておるとおり。それとはまた別の、「森のフシギ」という言いつたえがありましょう？　私はずっと以前の、娘の折から、「森のフシギ」の話に胸の奥をつかまえられたような気持がしておりましたが！

それが自分の死んでゆく時を、間近なものに思いなしておりますとな、「森のフシギ」というものは、森のなかにあって、時どき人の話のタネになるばかりでなしに、私らのためになにより大切なものではなかったかという気持もな、固まって来るようですが！「森のフシギ」は、この土地で私らが生まれ育って、生きて死ぬ、いわばそのおおもとではないかとな、いま私はそれに気がついたように感じておりますが！

この村に生まれた者は、死ねば魂になって谷間からでも「在」からでもグルグル旋回して昇って、それから森の高みに定められた自分の樹木の根方に落ち着いて過ごすといわれておりましょう？　そもそもが森の高みにおった魂が、ムササビのように滑空して、赤んぼうの身体に入ったともいいましょうが？

疑う理由もないままに、私はそれをずっと信じてきましたよ。信じての上でということであるのやが、私にはまた別の気持もありましたが！　森の樹木の根方から滑空して降りて、谷間や「在」で赤んぼうとして生まれ、生きて暮らして年をとって、死ねば旋回して森に昇り、樹木の根方に落ち着いて次の滑空を待つ。それの繰りかえしならば、私らのいのちというものはらちもないしきりもないと、思うておりましたよ。それならば生まれることも・死ぬことも、苦しいばかりの繰りかえしで、意味のないことではないかとな、心細く寂しゅうなることもあったのですが！

その片方で、原生林の奥に「森のフシギ」というものがあるとも教えられて、それが本当かどうか疑うことはありませんでしたが！　疑うどころか、こちらには懐かしさのような気持がありましたよ。娘の時分は、心の奥底で「森のフシギ」にあこがれておるようでした。そしてある時、懐かしい気持にみちびかれるようにしてな、ずっと以前から知っておったことを思い出すように――森の高みに魂としてじっと待機しておった時から、知っておったことを思い出したように――、ひとつの考えにゆきあたったのですが！　はじめはそのまま、夢に見たようでしたよ。懐かしい気持に包まれての夢で、懐かしさに介ぞえされてな、自分の力を超えたことが、らくらくと考えられるような！

私が考えたのか、夢で教えられたのか、私らはもともと「森のフシギ」のなかにあったのじゃないかしらん、と……　私らはいま、ひとりひとり個々のいのちであることを大切に思うておるが、「森のフシギ」のなかにあった時には、それぞれ個々のいのちでありながら、しかもひとつであった。大きい、懐かしい思いに充ちたりておった。ところがある時、私らは「森のフシギ」のなかから外へ出てしもうた。ひとりひとり個々のいのちであるから、外へ出てしまうともうバラバラに、この世界のなかへ生まれ出てしもうた……　そういうことじゃなかったろうか、と思うたのでしたが！

21

そのようにバラバラになってしもうて、それぞれ思いおもいにこの世へ生まれ出た私らは、しかし自分のいのちのなかにな、「森のフシギ」という、自分らがもともとそこにあったものに懐かしさを感じておるのじゃなかろうか？　そのいのちが、ある時は、いったんバラバラに離れて行ってしもうておった仲間を集めて、娘らも語ろうて、「壊す人」にひきいられて船に乗り海に出て、また川をさかのぼって・流れの道すじを辿って、この谷間まで戻って来たのやなかったろうか、と私は考えたのですが！

それは「森のフシギ」が、みなを自分のところに引き戻す力を——懐かしさの大きい力とでもいうものを——奮うたのでありましたろうな！　そのようにしてこの谷間と「在」での、私らの暮らしが始まったのやろう……　ここで人が死んだらば、魂になって森の高みに昇って、樹木の根方にとどまる。それも「森のフシギ」が、この森の樹木を特別なものにしておるからでしょうが！　そしてやはり「森のフシギ」に励まされて、魂は新しい赤んぼうの身体に入るのでしょう……

それは確かに同じことの繰りかえしであるけれども、なぜそのような繰りかえしがあるかといいますならば、それは魂がみがかれて、「森のフシギ」のなかにあった、もとのいのちに戻れるまで、清らかになるためやと思いますが！

はじめにこの森のなかへみなを連れて帰った、「壊す人」のような人の魂ならば、すぐにでも「森のフシギ」のなかへ戻られたでしょうな。それが「壊す人」は何度も谷間の人間世界に帰られた。それも赤んぼうの身体に入って成長して、という手間をはぶいて帰られたのは、村の人間をみちびくためでした。「森のフシギ」が私らから遠いものになって、誰の魂も「森のフシギ」に戻ることはもうできなくなるか知れぬような、恐ろしい別れ道で、私らをみちびいてくださるためであったと思いますが！

私はそのように考えてはじめて、この谷間と「在」の神世《かみよ》のような話と、私らにつながっておる話とのな、それぞれ切り離されておるような言いつたえが、みな懐かしい気持のする「森のフシギ」の言いつたえと結びついておるいわれがわかりましたが！》

レコーダーが再生する母親の語りかけは、それから知能に障害のある孫とひとつの部屋にこもるようにして暮らした経験のことに到り、"Kowasuhito"の音楽を聴いての、彼女をあらためてとらえた大切な思いに向けて進んでいます。それが母親自身にとってとおなじく、僕にとっても本当に重要なことをあかしてくれる言葉だと感じるまま、僕はそれを書きうつす前に、やはり自分の子供の頃の経験をつうじての「森のフシギ」を話しておきたいと思います。「森のフシギ」は、年老いて病んでいる母親の幻のような思いというのではないのです。

22

さきにまったく久しぶりで神隠しの経験を思い出していた際にも、頭を横切る、もうひとつのイメージがあったのでした。真夜中、鞘と呼ばれる森の沢へ降りたところで、そこだけ頭上に開いている縦長の空を、鶏卵の黄身のような色とかたちの飛行体が、輝きながら回転して通過するのを見て、このような宇宙からの飛行体がいまも森の空を飛ぶのだから、「森のフシギ」ももともとは地球の外側から来たと、熱っぽい頭に確信するようだったこと……

それというのも僕は神隠しのしばらく前に、科学者の二人組アポ爺、ペリ爺に引率されて、遊び仲間と鞘まで「森のフシギ」の「探検的遠足」に入ったことがあったからです。「森のフシギ」は祖母から聞かされるまでもなく、谷間でも「在」でも子供らによく知られた言いつたえとして、僕らはその大昔の話でありながら今日現在にもつながりのある物語になじんでいたのでした。「森のフシギ」は「壊す人」が若者たちと娘らを引きつれて森のなかの盆地に新世界を拓《ひら》くよりも以前に、空から森に到着したといわれていました。大隕石かなにかのように、森の樹木を根こそぎ薙《な》ぎ倒して、まっすぐな裂け目の草地・鞘の沢を生じさせたとも……

しかし隕石とはちがって、「森のフシギ」は、それ自体で動き・それ自身色とかたちを変えるといわれていました。原生林へ猪狩りに出た者らが、「森のフシギ」の出現に狼狽して鉄砲玉を撃ちこむと、弾丸に糸がついていた具合に、ドンといったと思うと鉄砲までその塊《かたまり》のうちに消えた。森で樹木の下枝を落としていた男が、過《あやま》って落下したが、「森のフシギ」の上に落ちたので怪我ひとつしなかった。そのような時、人はおわびにかお礼にか「森のフシギ」に向けてなにか話をしなければ、その前から立ち去ろうにも足が動かない。そのかわりわずかでも人の言葉を聞くと――「森のフシギ」が喜んで、と子供らはいったのでしたが――、塊はある新しい色あいをおび・新しいかたちを加える……

23

アポ爺、ペリ爺が、「森のフシギ」を見つけに行く子供らの探検隊を考えたのは、「森のフシギ」について新しい噂が盆地に広まったのがきっかけでした。山仕事に入った「在」の男が、全体になめらかで新しい金属体のように見える大きい物体に森のなかで出会って、言いつたえどおり言葉を話しかけるまで、金縛《かなしば》りにされた。子供たちがその噂話をつたえると、科学者の二人組は、ひとつ実地調査をしてみよう、と僕らに持ちかけたのです。

はじめ仲間たちは、――「森のフシギ」？　アゲなもの！　と反撥しました。ところがアポ爺、ペリ爺はこう言って、なおも誘ったのでした。――山仕事に出たお父さんや兄さんたちが、「森のフシギ」らしいものを見られた、というのだろう？　きみらは楽しんでその噂をしながら、実地調査というと、どうしてばかにするんだい？　その物体を見たというお父さんや兄さんたちは、きみらより経験のある人だぜ！　昔からの言いつたえにあるものだから、いま現実にそれを見たといわれても、信じられない？　遠い過去・当時の現実に出現したからこそ、伝説に残ったのかも知れないよ。歴史上の人物じゃないんだから、昔出現したものなら、いま出現しておかしくはないのじゃないか？「森のフシギ」のように、この土地独得の、他に類例のない伝説には、土地に根ざした根拠があると思うね。しかも新しく「森のフシギ」を見たという人が出て来たんだよ、どうして実地調査をしないの？　科学的じゃないから？　自分たちの手で調べられる森のなかのことは、はじめから非科学的だといって受けつけない。ところが実地に調べに行くことのできない土星については、環《わ》のなかに衛星が十一個あることまで信じている。科学的だとして。しかし、十一個の月、ソゲなこと！　と叫んでもおかしくはないはずだよ。

女の子たちもいる探検隊員たちがはぐれないよう、お互いに赤く染めた凧糸で結びあって森に入った「探検的遠足」で――木の枝に糸が引っかかるので厄介でしたが――、もとより僕らは、「森のフシギ」に出会うことはありませんでした。むしろ僕が印象深く覚えているのは、大きい蕗《ふき》の葉が囲む鞘の平たい岩の上で、子供らみなが文部省唱歌を次つぎに歌ったことです。

それはアポ爺、ペリ爺によれば、目につくところに出て来ぬ以上、鞘を囲む深い木立に隠れているのかも知れない「森のフシギ」に、人間の言葉のいちばん良いもの＝子供の歌を聞かせるためなのでした。科学者たちは、「森のフシギ」がいつも出会った村人には言葉を話させることから、人間の言葉を研究するために異星から派遣されて来た存在かも知れない、という仮説をたてていたのです。――「森のフシギ」はなにも書いてない紙のような性質の物体で、はじめそれには色もかたちもない。しかし人間の言葉をひとつひとつ受けとめるたびに、色とかたちが変わるシステムの、記憶装置そのものなのではないか？

楽しい遠足に終わった実地調査の帰りに、クモの巣と泥とが汗でこびりついているところも瓜ふたつの、広い額と細い頸をした双子のアポ爺、ペリ爺が二人で話し合うのを脇で聞いて、胸をドキンとさせたことも覚えています。かれら若い科学者たちは、戦争のさなかに、軍事上の研究の行きづまりから東京の研究所を追われ、このような森のなかの村にトバサレたのだという噂を、日頃僕は気にかけてもいましたから……

――人間の言葉をすべて研究し終わってみると、結局、「森のフシギ」はどういう色とかたちになるんだろうね？　――大きい、ひとしずくの涙というようなことかも知れないね！

24

《私らが自分の魂をみがいたならば、ひとりひとりのいのちでありながら、懐かしいひとつのもののうちにあって、充ちたりた思いのする、「森のフシギ」のなかへ帰って行けるのでしょうが！》とも母親は、もうひとつのテープで話していました。《樹木の根方から谷間や「在」に降りて生まれたり、また森の高みに登ったりの、行ったり来たりをしている間にも、魂をみがいてさえおったならば、いつかは「森のフシギ」のうちに帰って行けると、私は思いますが！　自分の娘の頃を思い出しても、死んで行く日のことを思うてみても、そのたびに「森のフシギ」を懐かしいと思う心は強まるばかりですからな。私はそう考えておりますが！

それでも私が娘の頃から、これはどうしたものかと不審で、胸を痛めるようであったことがありますよ。それを思えば、私は娘の時分もこのような嫗《おうな》になっても、「森のフシギ」のことばかり気にかけて暮らしたようなものでしたなあ！　私が不審に思うたのは、はじめに「森のフシギ」のなかで、ひとりひとりのいのちでありながら、懐かしい思いで結ばれたひとつであったのならば、どうしてそのままでおらずに、バラバラになってこの世界へ分かれて出たものか？　それがおかしいということでしたが！

それで小さな娘ながら、毎日毎日考えておるうちに、その秘密を見てとったという気持がしました。この頃は、たびたびそれを思い出しますが！　私の父親がこの地方にそれまでなかった釣りとして、鮎の友釣りというものを広めようとしたことがありました。自分で四万十川まで習いに出かけて……　谷間の人に仕掛けを分けて、友釣りのタネがいる人には木箱にかこうてある鮎を渡してな。一日、木箱にいれておいた鮎は、夕方、川の金網の生け簀《いす》に放して元気にする仕組みでしたが！　朝にはまた鮎を移すのが私の仕事で、木箱を覗いてみましたらな、穴がいっぱい開けてあって、水の流れも良い暗いところに鮎が身体を寄せおうてじっとしておる。それがな、「森のフシギ」のなかに沢山のいのちが集まっておる様子のような気がしましたが！　そのなかにじっとしておるのは懐かしい気持のものにちがいないけれども、いったん広い生け簀に放たれて、思い思いの方向へサッと泳いで行くのも気持の良いもので、私らはあのようにしてこの世界へ出て来たのかと思いましたが！

それにもう私らは、「森のフシギ」から外に出てしもうたのであるから、なぜ外に出たかと難儀に思うても仕方はありませんが！　そのようにクヨクヨ悔やんでおる者らを慰めるために、あの懐かしさの気持が自分のなかに湧き起こって来るのでもあるのでしょうが！　魂をみがいて、「森のフシギ」のなかへ帰って行けるようにつとめるのを、懐かしさの気持が励ましてくれると私は思うておりますが！

　それでもこの世のなかで暮らすうちにな、誰もが懐かしさの気持を根だやしにしてしもうたらばどうなるか？　おまけに森に登っても「森のフシギ」のひそむことのできる深い木立は伐《き》られて、森のどこからどこまでも見通しということではどうなるのか？　これでは「森のフシギ」の方で私らに愛想をつかして、どこか遠方に行ってしまわれるのではないか？　それこそKちゃんが子供の時分にいうておったように、銀河系より外の星へまでもな、「森のフシギ」が飛んで行ってしまわれたらばどうなるか？　私らの魂はいつまでももう見棄てられたままじゃと、私はたいそう寂しい思いでしたが！「森のフシギ」に帰ることができなくなるといわずとも、魂が仮の宿りをする樹木までもがな、森のあちらでもこちらでも伐り倒されておるのですが！

25

　光さんがひとりで会いに来てくださった折、私の臥《ふ》せった脇でラジオの音楽を聴いてじっとしておられましたから、クラシック番組のない間には、私がこの土地の言いつたえを話しましたが！　よう聞いてくださったけれど、私のような年をとった者のいうことがわかりますか、と訊ねましたらばな、――日本語ですから、わかりますよ！　御心配はいりません！　と元気をつけてくださいましたよ。そのうち光さんは音楽が始まる時間になると、遠慮してラジオをつけられるようでな、あいすまぬことでしたが！

私の方ではな、自分の安らぎのために話をしておるという気持もありましたよ、光さんを良い聞き手に！　今はどうか知りませんが、以前は外で苛《いじ》められて戻った子供が、親の胸に額をすりつけるようにして、熱心に話したものですな？　私も同様で、光さんに、森の樹木は伐《き》られて林道がつけられるし、三島神社の真上にはパラボラ・アンテナが建設されて、この土地の眺めは軽薄なものになりました、深いものはなくなりましたと、泣くかわりにうったえるというふうでしたが！　光さんのように魂のきれいな人は、「森のフシギ」のなかにスーッと帰って行かれるから、「壊す人」にオーバーがついておられたように、童子に銘助母がついておったように、私は光さんにすがって、一緒に向こうへ行けたらと、そうしたことまで思いましてな、昔からの言いつたえを話しておりましたよ……

光さんが東京へ発たれてからは、自分はなぜあのような面白うない話をしたものかと、悔やむ心も強かったですが！　もう自分のまわりには、光さんのように何日もじっと話を聞いてくださる人はおらんようになったなあと、そのようにも思うて…… それじゃからというてあのように長話を毎日したのは、光さんのことは思わず、自分の心が結ぼれておることばかり思うておるからやったと、本当にあいすまぬ思いでしたが！

光さんの作曲された音楽がとどいて、機械にかけて“Kowasuhito”を聴いた時にはな、そのような私の身体の内側と、自分のまわりとが、パーッと光であふれるように思いました！ その折の気持を言葉にしてみますならば、あありがたや、光さんは私の話したことを、みな心にいれてくださった、そして音楽で返事をしてくださった、ということでしたな…… 私が長ながと話したことは、光さんを苦しめたのではなかった、私と光さんは一緒に「森のフシギ」のなかへ帰るための、相談をしたようなものであった、そのようなことになると思いますが！ しかしその時は、パーッと光であふれる気持で……それからは幾度《いくど》も幾度もテープをかけるうちに、これは“Kowasuhito”という題ではあるけれども、「森のフシギ」の音楽じゃと思いましたが！ 「壊す人」もはじめは「森のフシギ」のなかのいのちであったのじゃから、そしてまたそこへ帰って行かれたのじゃから、そうであっておかしくはない、自分も遥かな以前「森のフシギ」のなかにおった時、この音楽を聴いておったのやろうと、そう考えるようになりましたが！

それからは毎日、このテープを楽しみにしましてな――これまではなかなか眠れず苦しい際に、さあ「森のフシギ」の夢を見ましょう、見られたら嬉しいな、と自分にいいましたのやが――、床のなかでもこの音楽を聴くようになって、眠ることと「森のフシギ」の懐かしさのなかに入って行くのとが、かさなるようでした……　夢のなかでもこの音楽は聞こえてきましたよ。「森のフシギ」のなかの、いのちの暮らしの眺めも夢に見えておりましたが！　光さんのいのちは童子のいのちと並んで話しおうておられました。ナマズのポカン釣りの話かと、自然に私のいのちには笑いがこみあげてきましてな、若い娘であった折のように……

26

それでも若い娘になったいのちは夢のなかの話で、この世のなかの私はもう永いこと生きてきましたから、身体もこのままではどうにもならぬことになり、村を出て松山の病院に入ることになりました。病気は確かに私の身体のことであるが、しかも私のいのちのことではないような、よそよそしい気持がしましてな、それで身体の病気は医師の先生におまかせして、自分としてはもうわずかしかない日にちの間、魂のことをしようと思いましたが！　もともと身体が不都合なことになれば、そのようにしようと思い決めて、この四、五年は暮らしておりましたよ……

それでも谷間を出て行く朝は心細く、名残惜しい気持がして、森の高みへ車で乗せて運んでもろうて、谷間から「在」へかけて見おろしてみたいと思いました。はじめてのことですが、実際にそうしてみると、うすうす予想してはおったものの、まことに小さな、狭い場所でしたが！　こういうところを全世界のように思うて生きてきたなあと、そして死んでゆこうとしておるなあと、滑稽なような・腹立たしいような気持もありましたな！　森へ登る際、林道の建設に傷つけられたあたりは見ずにおこうと定めておったのに、その森の奥の方から、リンリンというふうにな、音楽が鳴っておるように感じて、思わずふりかえって見ましたが！　そうしたらば目も耳も悪うなってしもうておるのに、森の奥のひとつの場所がボーッと照りわたっておるのが見えて、そこからリンリンと音楽が聞こえて来るのですが！

それから私は思いたって、病院に持って来ようと荷造りしておった光さんのテープを自動車の機械にかけてもらいました。ピアノの音楽で、リンリンという音はせぬけれども、本当に同じ音楽でしたよ！　……谷間に暮らして慣れておる私らにはわからなんだが、その場所で「森のフシギ」がいつもリンリンと音楽を鳴らしておるのを、昔の子供には大怪音が楽しゅう聞こえたというように、光さんは耳ざとく聴きとっておられて、心におさめて帰られたのですな！　それを紙に書かれたのですな！　私は光さんのテープを聴きながら、林道に挟まれておる「森のフシギ」に、私らはあなたの音楽を聴きとって、それをいまこのように送りかえしておりますよと、誇らしい思いがしました。つつましい気持もありましたが、それはな、「森のフシギ」の懐かしい音楽を聴きとったのは私らではのうて、頭に負傷のあとをつけて生きてきた光さんであったと、そのようにも思うたからですが！　そして私はな、このように「森のフシギ」がリンリン音楽を鳴らしながら、ボーッと照りわたっておるからには、なにも思いわずらうことはないと納得しました。こちらの側から「森のフシギ」に、あなたの音楽は聴きとったと、合図を送ることができたのは、生涯にはじめてのことで、しあわせでした。光さんにそのことを話したい、とも思いたちますが、あのような音楽を紙に書いてくださった光さんは、魂の力で先刻知っておられるのではないでしょうか？　私はこれも生まれてはじめて、もうなんの心配もないように感じますが！》

27

神隠しにあって森に入った時から——その時にはもう「壊す人」への深い感情を持っ

ていたことを思えば、それ以前から――、さらに祖母の話を聞き長老たちの話を聞くことをかさねた時から、僕は森のなかの盆地の神話と歴史の言いつたえに影響されて生きて来ました。

しかもいま僕は、生まれた時から脳に障害のある息子と、老いた母親の、結びあったふたりの力によって、その影響のおおもとにあるところの意味を示されたように感じます。その意味の光に示されるところは、僕にとって神話と歴史のいちいちの言いつたえをはじめはひたすら聞き、谷間を去ってからは様ざまな時と場所に生きながら、記憶のなかにそれを更新しつづけるのが、これまでの生の大切な部分であったということです。

自分の生涯の地図を見わたせば、この物語のいちばんはじめに書いたようにM／Tの記号が、その幾つもの大切な地点にきざみつけられています。いま僕が新しく目を開かれたと感じる、森のなかの盆地の神話と歴史の、自分にとっての切実な意味あいも、母親と僕の息子というM／Tによって示されたのです。柔らかな微光につつまれた「森のフシギ」がリンリンと鳴る音楽だと母親はいい、息子は楽譜のはしに"Kowasuhito"と表題を書きつけた音楽が、さらにその意味をきわだたせるようにも思われるのです。

このところ僕はその音楽に耳を澄ますようにして――もっとも母親に送ったテープをダビングしてもらうことも、あらためてT先生にピアノで弾いてもらうことももとめず、音楽の知識の限られている自分にはごくたまにしか具体的な音を響かせることのない、息子の手書きの楽譜を見つめながら――ひとり書斎で時を過ごすことがあります。もう五十歳を超えて、おおいにトリックスターの仕方でながら、生の経験をかさねることはしてきた僕の前に、微光に照らし出された「森のフシギ」がリンリン鳴る音楽の合図をよこし、魂をみがくためにもっとも頼りになる最後の言いつたえを、おそらくはメイトリアークの女性の声音《こわね》で、語りかけてくるのを待ち受けながら……

――とんとある話。あったか無かったかは知らねども、昔のことなれば無かった事もあったにして聴かねばならぬ。よいか？　僕は自分の生涯の職業のための用具、紙とペンとを準備して、――うん！　と答えようと待っているのです。

語り方《ナラティヴ》の問題 (一)

大江健三郎

一九五〇年代の終わりに、私はまだ二十代なかばで小説の仕事を始めました。小説の仕事とあえていうのは、ほとんど習作というような水準のものをふくむ、おもに短篇小説を書き、それを発表することで生活していたからです。私はフランス文学科の学生で、アメリカ文学にも関心をよせていました。「戦後文学者」と呼ばれる、わが国の作家たちの仕事が、創作のひとつの規範をなしていた頃です。かれらは第二次世界大戦の直前に、おもにロシア、ヨーロッパの文学、哲学を学ぶことで自己形成し、戦争を経験し、そして敗戦のもたらした表現の自由のなかで——連合軍の占領下ではあったのですが——戦前の日本には見られなかった構造性を持つ小説を作り出していた作家たちです。

当時、私はまず小説を書く若者というにすぎませんでした。かつ自分がなにをやっているのか、どういうふうにやっているのか、ということを反省するタイプでもなかった。したがって自覚的にというのではなかったけれど、この頃の自作を読み返せば、さきにあげた三者に、つまり同時代のフランス文学、アメリカ文学、そして日本の戦後文学にあきらかな影響を受けています。

ことなった国語の文学間で、どのように影響が行なわれうるかは、複雑な過程を介して検討されなければなりません。また、決定的にちがった人生の経験を持つ壮年の男と若者との間に、本当に影響の通路がひらかれうるかも難しい問題です。しかし若者がいま書いたばかりの一篇の小説をふりかざして、自分はフランスやアメリカの現代作家なにがしの、またはは先行するこの国の文学世代の誰かれの影響を受けた、といいはることはできると思います。両者間のズレ、まったくの無関係、後者の誤解、思いこみという事態すらが、新しい小説を生む媒介役、触媒の役を果たすことはおおいにありうるのです。むしろ文学史は、そのようにしばしば脱臼する関節のような相互関係をつないで成立しているものかも知れません。時間的につないでも、空間的につないでも……

さて私はこうした状態で小説の仕事を始めたのですが、幸いなことに当初からかなりの数の、それも持続的に新作を読んでくださる読者を持っていました。それはこの国の文学読者がおもに若い世代であること、私が戦時の少年としての経験、戦後の荒あらしく不安な社会の青年としての経験を、小説に書く作家であったからでしょう。当然のことながら、そのような若い作家にとって、行きづまりはすぐにあらわれました。むしろ私は小説の仕事を始めてしまった後で、はじめて小説とはどういうものか、書くとはなにか、ということを考えつづけねばならぬ成りゆきとなったのでした。

具体的にいえば、それは私にとって、ひとつひとつの作品をつうじ、書きながら目先の困難の壁を乗りこえる仕方であり、乗りこえた時が作品を書き終えた時でもあるということでした。したがって私は、自分が容易には解決のつかぬ大きいコンテクストの困難のなかにいる、とは感じていなかったと思います。しかし次の作品にとりかかろうと発心《ほっしん》するやいなや、きまって新しい困難はあらわれて来たのでした。

もっとも、小説とはなにか、書くとはどういうことかを考えること自体が、私に当の小説の主題とスタイルをあたえてくれるようでもあったのです。そのようにして、いわば自己言及的な小説を幾つも書くうち、私は最初の生きいきした読者との関係を失って行ったようにも思います。しかし私にとってそれらの作品は必要だったのです。そのような作品をつうじてはじめて私には、小説とはなにか、書くとはどういうことかの、本当の問題のありかがつかめたからです。かならずしも当の問題の解答までがあきらかになったとはいえないのですが……

さてそのようにすることで自分への問いかけを繰りかえしつつ、作家の生活を生きてくるうち、とくにこの十年間ほど、自分なりの解答に近づいていると感じるようになりました。それをいってしまうと、まさに当の言葉がブーメランのように飛びかえって、現に準備している小説のノートを書く手を打つ、そして自分がとらえかけた答えの無効性を確かめる、ということになるのかも知れないのですが。さらに私はいま、自分の考えを具体的な仕事の展開のための作業仮説として単純化しており、そうである以上、読者に広く知的な関心をよびさますことはないかとも恐れられるのですが……

ともかく私が考えているのは、こういうことです。自分にとって、小説とはなにか、書くとはどういうことか、と考えつめるのは、つまり小説の叙法、語り方《ナラティヴ》を発見するためだった。小説をひとつ書きあげようとする瞬間に、こちらを不意撃ちして、危機におちいらせるのがつねだったのは、この語り方《ナラティヴ》は自分にとっていま本当に必要な語り方《ナラティヴ》ではない、という発見なのでした。この仮の語り方《ナラティヴ》と、自分が真に発明しなければならなかった語り方《ナラティヴ》とは、まったくちがうものだと考えながら、私は作品を書き終わるのがつねだった。むしろそのふたつの語り方《ナラティヴ》の間のズレを模索することで次の小説に向かって行った、というのが実情なのです。

そうしたことがもっとも端的にあらわれている作品として、ふたつの小説を示したいと思います。『同時代ゲーム』と、ほかならぬ『M／Tと森のフシギの物語』。もしフランス語に関心を持つ読者がおられるなら、注意していただきたいこと。『M／Tと森のフシギの物語』のガリマール版のタイトルは、"M/T et l'histoire des merveilles de la forêt" で、そのとおりで良いのですが、私が同じ書店から出している "Le jeu du siècle" は、じつは『同時代ゲーム』ではなく、『万延元年のフットボール』の翻訳なのです。それはつまり私が自分にとって大切な主題を、ことなった語り方《ナラティヴ》で繰りかえし書いて来たために、ひとつの作品のタイトルがむしろ別の作品にこそふさわしい、ということが生じた例のひとつに感じられます。

さて私は自分が生まれて育った四国の森の村の、神話と伝承のはらんでいる独自の宇宙観・死生観を小説に表現したいと考えてきました。ところが問題はあるのです。私がこの森のなかの谷間の村で戦時に過ごした少年時、またさらにさかのぼる幼年時に、とくに祖母によって語り聞かせられた神話と伝承は、歴史の時間に比較的近いものも、祖母と彼女の背後にある、数代にもわたる「物語を話す人」たちの、それこそ語り方《ナラティヴ》と想像力によって自由な語りかえが行なわれているからです。明治維新とその前後の二度の一揆の物語も、地方史として出版されているものは、祖母の語ってくれた私の家系につらなる男たちの、グロテスクだが生命感にみちたドラマとはすっかりちがっているのでした。しかも、私が祖母の話に見出していた宇宙観・死生観は、子供の私がそのなかで生きていた地形学《トポグラフィー》にあわせて自分自身作り出したところが多分にあるらしいのでもあります。それは同じ話を聞いて育った妹と、後年話しあって発見したことです。

また私は自分が祖母の物語に聞きとったとして記憶している神話や伝承を、はっきり意識化してとらえなおすために、小説を書くに際してミハイル・バフチンや山口昌男の仕事にたよる、ということをしました。伝承のうち祖母のよく語りえなかった部分については——彼女にとってもすでに意味のよくわからない、過去の暗い時の蔭に沈んでしまっている細部については——沖縄や韓国の民俗誌から光をあたえられて、祖母の見失っていたリンクを私がつなぐ、ということも幾たびかあったのです。

そこで『同時代ゲーム』では、まずなにを書くかが肝要な関心事となりました。具体的な出来事や人物やシンボリズムをどのように決定してゆくか、それも単なる幼・少年時の記憶の再現でなく、それとつないで表現したいと思っている宇宙観・死生観とどのように均衡させるか、それがこの小説を書く際の実際の手つづきとなったのでした。

その結果、私の採用した語り方《ナラティヴ》は、バフチンや山口昌男の文体に、沖縄や韓国の民俗誌の声《ヴォイス》、そしてもとより祖母の語りの木霊《こだま》を取りこむというものとなり、およそ捩《ね》じくれ曲がった、複雑な構造をとってしまいました。しかもこの作品を長い苦労の後に書き終わった時、私には次の作品、つまり『M/Tと森のフシギの物語』を書くために必要な語り方《ナラティヴ》がいかにも明瞭に示されていたのでした。

つまりこの時点で私にはすでに確定したこととして、なにを書くかはわかっていたのです。つまり新しい作品でも、『同時代ゲーム』を構想し、書いてゆく過程で確かめ、あらたに発見もした出来事、人物、シンボリズムを書けばいいのです。そこで私が専心したのは、自分の記憶の耳と魂のなかに響きつづける祖母の語り口を、新しい小説の語《ナラティヴ》り方として再現することでした。それも、仏教のテキストにこういうスタイルがありますが、如是我聞《にょぜがもん》、私はこのように聞いたと物語る語《ナラティヴ》り方のやり方で私はやろうとしたのです。

そのようにして私は『M／Tと森のフシギの物語』の語《ナラティヴ》り方を作り出したのですが、この小説を書いて初めて経験したこともありました。『M／Tと森のフシギの物語』のために作った語《ナラティヴ》り方で書いてゆくうち、『同時代ゲーム』ではどうしてもリアリティーを持たせて取りこむことのできなかった幾つかの神話と伝承を、遠い祖母の語りの記憶のなかから、あらためて生きたものとしてよみがえらせることができたのです。

加えてとくに意味深く感じられたのは、私がまずその表現を目標として『同時代ゲーム』を書き始めた、自分の生まれて育った森の谷間の宇宙観・死生観は、この小説および『M／Tと森のフシギの物語』に書かれた内容によりは、後の作品の語《ナラティヴ》り方にこそ端的にあらわれているということでした。

私は自分の作品をフランス語に翻訳してくれる友人たちが、ほぼおなじ内容をあつかったふたつの小説のうち、『M／Tと森のフシギの物語』をとくに選んで訳したことに興味をいだきます。『同時代ゲーム』は過度の翻訳調として批判されるたぐいの、逆にいえば欧文脈になおしやすい文体のものですし、『M／Tと森のフシギの物語』の文体は、もう四十年以上も昔のこと、戦時の灯火管制の谷間で、いつ締めくくられるとも知れぬ祖母の語りに耳を澄ませていた少年の、心の薄暗がりに波紋をひろげた声《ヴォイス》のスタイルとでもいうものが再現されている、端的に訳しにくい文体なのですから。

私がいま次の仕事として、あるいは次の幾つかのかたまりとしての仕事として、書こうとしている小説は、青年時から五十代なかばの現在まで小説を書くことにのみ集中して生きてきた自分のこの生は、それとして意味があったのか、と問いかけるものとなるはずです。自分の死についても生なましい想像をいだきつつ、私がいまつねに考えつづけているのはそのことにほかなりません。

じつのところ、もしそのための書き方《ナラティヴ》のスタイルが本当に発見できたなら、私としては自分の作家としての生を、そのひとつあるいは幾つかの作品で締めくくってもいいと思っています。あるいはそれを書き終えた段階で、再び新しい生を始めるようにして、その次の過程での、小説とはなにか、書くとはどういうことかという問いが自分に生まれ、つまりはもうすこし長く小説を書くことができれば幸せだとも、もとより苦しくもある予想として考えているのですが……

（一九九〇年）

語《ナラティヴ》り方の問題 (二)

私は岩波文庫版『M／Tと森のフシギの物語』に先だって、同じ版の『大江健三郎自選短篇』を作りました。それは自分の作家としての生涯を締めくくる年齢に達しているという思いがあってのことで、そのあとがきの文章を書きながら、同じ編集方針に立って「大江健三郎自選長篇」を作ることへ気持が働きましたが、それはきびしく選んでも大きい分量の企画になりそうで、すでに各種の文庫になっているものをできるかぎり手に入りやすくしてもらう方向へ、と気持が移りました。

さらに今入手できないという声の届いていた『M／Tと森のフシギの物語』を、もともと自分の敬愛する友人たちと作った雑誌『へるめす』に連載した、その発行元の文庫に帰還させたい、と考えました。もっと文学的なキッカケもあります。それはこの作品が講談社文庫に入った際、小野正嗣さんに書いていただいた「解説」が特別なものであったからです。それは私の長篇小説のほぼ全体への展望に立っている評論です。とくにこの長篇と対をなす『同時代ゲーム』(今も新潮文庫で生きています)との関係を明らかに示して、私が五十代に入ったところでひとつの到達点にいたっていることを示してくださっています。さらに、それ以後の私の進み行きについても。

私はそれを再録させていただき、自分が一九九〇年に持っていたこの長篇への思いと今現在のそれとを「語り方《ナラティヴ》の問題」㈠㈡としておさめることにしました。

また、『大江健三郎自選短篇』のあとがきの短い文章に自分が作家生活で持ち続けてきたひとりの敬愛する(といってこの方にお会いすることはなかったのですが)作家フラナリー・オコナーの「言葉」を、若い人たちに手渡すつもりで書きつけたと同じく、こちらは実際に会って話をすることもできたもうひとりの敬愛する作家の忘れがたい「言葉」を記しておきたいとも思います。

ミラン・クンデラの「言葉」で、出典は"Le rideau"(Gallimard)です。*la morale de l'essentiel* という句をクンデラは最初の定冠詞より他の文字を斜めの書体にしています。やはり私の訳にして、音はルビに生かすことにしました。本質的なもの《レサンシエル》としてのモラル。当の「言葉」をふくむ文章の一節は、西永良成さんの翻訳から引用します(『カーテン　7部構成の小説論』)。

クンデラは、作家が書くもののうち、なにより「作品」としてなしとげられた小説を大切に考えます。たとえばフロベールの書簡集は魅力的だけれども『ボヴァリー夫人』とはまた別の種類のものだ、といって次のように続けます。《作品とは、ある美的な計画に基づく長い仕事の成果なのだ。／私はさらに一歩進めてこう言おう。作品とは小説家がみずからの人生の総決算のときに認めることになるものなのだと。（中略）どの小説家もまず隗《かい》より始めて（ここのちょっと古めかしい言い廻しは、原文では仕事を始めるにあたって、と平易に語られています）、二義的なもののすべてを排除し、自分のために、そして他の者たちのために、本質的なもののモラルを説くべきだろう。》

　私がこの岩波文庫を読んでくださる若い人たちに伝えたいのは（もう幾度も書いたり話したりしてきたことですが、村にできた新制中学の生徒の時、母親から郵便為替の作り方を教わって私が初めて注文したのが、岩波文庫のドストエフスキー『罪と罰』でした）、このクンデラの本質的なものとしてのモラル《ラ・モラル・ド・レサンシエル》、という言葉を忘れないでいただきたい、ということです。

　そして私は、本質的なものとしての《ド・レサンシエル》という言葉の使い方は特別だ、とも念を押したいのです。しかし私は大学こそ、これはそれより上に望むことはできないフランス文学者の教室で学ぶことができたのですが、途中で研究者になるより小説家として生きよう、と思い立ったために、フランス語でのこの言い方の特別さを説明することができません。

　そこで私が例としてあげるのは、この国にも読者が多い、サン＝テグジュペリの『星の王子さま』《ル・プティ・プランス》から。それも私は若いフランス文学者の短いエッセイで教わったのです。『星の王子さま』の三種のタイプ原稿のひとつに、いったんタイプした語句を抹消して書き込んだものが定稿となってるところがある、というのですが、二十一章の、王子さまと別れて自分の星に帰るキツネが、人の表情には心を込めて見なければ見えないものがある、と教えます。それに続いての一節が"L'essentiel est invisible pour les yeux."で、いったん書かれていたLe plus importantが消されて、そのあとがL'essentielとなっている。

私は、もっとも重要なものという表現では足りないとしてこのように書きかえられたということに、サン＝テグジュペリの強い意図がある、そしてそれはクンデラもまた本質的《レサンシエル》なものという言葉を押し出すようにしているのにまっすぐ通うだろう、といいたいのです。

私はこの数年、原発を全廃しようという市民運動に加わっています。ひとつの集会で、——次の世代がこの世界に生きることを妨害しない、というのがクンデラのいう本質的なものとしてのモラル、放射性物質によってひとつの地域が人の生きてゆけなくなるようなことを起こさないというのが、いま私らに緊急な、本質的なものとしてのモラルだ、と話しました。

さて私はこれから読まれる小野正嗣さんの評論の結びの、涙に関わっての文章に、それが『M／T』の作者を評しておられるところ、カッコヨスギルという思いを抱きます。そこで私の今のところ最終の長篇小説だと考えている『晩年様式集《イン・レイト・スタイル》』に、「三・一一後」の始まりにおいて自分がどういう涙との関わりを示しているか、その実態を書いている部分を引用します。

《この日も、福島原発から拡がった放射性物質による汚染の実状を追う、テレビ特集を深夜まで見た。終ってから、書庫の床に古い記憶とつながるブランディーの瓶が転り出ていたのを思い出して（東京の私の家にも地震の、その程度の影響はあったのです）、コップに三分の一注いで戻り、録画の再現に切り替えたテレビの前に座った。あらためて二階へ上って行く途中、階段半ばの踊り場に立ちどまった私は、子供の時分に魯迅の短編の翻訳で覚えた「ウーウー声をあげて泣く」ことになった。》

（二〇一四年）

《解説》
流されないひとしずくの涙をつたえてゆく

小野正嗣

大江健三郎は、読むことと書くことからなる――これらふたつの行為だけからなる、とさえ言えるほど――身体である。読む本と書く本の一冊いっさつとつながるこの身体は、本書『M／Tと森のフシギの物語』に描かれる四国の森の谷間の神話と歴史の源にある、「壊す人」と「創建者たち」の身体と同じように、年齢を重ねるにつれてどこまでも「巨人化」してゆく。それぞれの書物が独自の時空間(空間×時間)をかかえ込んでいる以上、そして大江健三郎にとって書物は何よりも彼自身と他者、そして社会とをつなげるものである以上(この作家ほど彼個人および人間社会の直面する窮境《プリディカメント》を理解しようと、そのつど関連する書物を探し求め、真摯に読んできた人はいないだろう)、そうしたすべての結節点としてある「大江健三郎」という一個の身体は、途方もなく多様で巨大な広がりとなる。たぶん、ある時から大江健三郎にとって「書く」とは、ただひたすらそのような広がりのなかへと踏み入っていくこととなったのだ――ちょうど森のなかで「壊す人」のバラバラにされた身体の「いちいちの肉と筋と骨の上をはだしで歩きとおし」そうとする『M／T』の「僕」(そして『同時代ゲーム』の「僕」)のように。「僕」の試みが未完成・未完遂を運命づけられていたように、「書く」ことはつねに、「大江健三郎」という広がりのなかに、立ち戻り再発見すべき痕跡を残し、それがみずからを読み直し・書き直すことの呼び水ともなるだろう。

大江健三郎は、彼自身の作家としての根本的なあり方《ビーイング》を決定づけた重要な三つの出来事・主題として、敗戦による超国家主義からの解放感と結びついた四国の谷間での幼少期、広島の被爆者たちとの出会い、そして障碍を持って生まれた長男光さんとの共生を挙げている。「この個人の内部に深く入り込んでゆかざるをえない傾向と、社会、世界に向けて自分を開こうとする態度は、私のうちにつねに同時的に実在して、私の文学を作り出しました。私はフランス文学を専攻する学生としてサルトルから社会参加《コミットメント》を学んだのですが、それ以降、繰りかえし、この個人の内面の課題と社会、世界に向けて自分を開いて行くことへの課題の、重なりあう原点に戻っては、再出発を繰りかえしてきたと思います」(「北京講演二〇〇〇」『鎖国してはならない』所収)。内面に沈潜することと外部世界へ自己を開くこと。一見正反対なこれらふたつのことは矛盾しない。つまり大江健三郎という身体において、書くとは、個を深く掘り下げていくと同時に、そのことによって広大な普遍的なものへとつながることなのである。

読むことと書くことからできた「大江健三郎」というあり方を考える上で、『同時代ゲーム』から『新しい人よ眼ざめよ』を経て、本著『M／Tと森のフシギの物語』へと至る過程はとても興味深い。書物(ウィリアム・ブレイクの予言詩《プロフェシー》)からの引用と「イーヨー」と呼ばれる長男光さんの物語とが寄り添いあう二本の旋律となって作品を形作る『新しい人よ眼ざめよ』が方法論的に重要な意味を持つことは、作家自身が『私という小説家の作り方』で明晰に語っている。以後の作品において、引用という手法が大江作品の特徴のひとつとなるとすれば、『M／T』において引用されるのは、自作品である『同時代ゲーム』なのである(より正確に言えば、前者は後者を書き直した――つまり徹底的な「エラボレーション」を加えた――ものであり、両作品には文章として一言一句変わらぬ箇所なども見受けられる)。どのようないきさつから大江健三郎が『同時代ゲーム』を解体し、『M／T』へと再構成したのかは、本著のあとがき「語り方《ナラティヴ》の問題」に詳述されている。『M／T』と『同時代ゲーム』がともに表現しようとしているのは、四国の森のなかの村で祖母が幼い健三郎少年に語って聞かせた物語にはらまれる宇宙観、死生観であったことは作家の言葉にあるとおりだ。『同時代ゲーム』での語り方が「自分にとっていま本当に必要な語り方《ナラティヴ》ではない」と発見した大江健三郎が本作で採択したのが、「記憶の耳と魂のなかに響きつづける祖母の語り口」だったことは、両作品の語り方のみならず、作品世界のありよう、構築のされ方そのものに大きなちがいを導き入れることになるだろう。そしてこのちがいこそが、個人的な体験の内的深化と普遍的な広がりとの共存という大江健三郎的な身体を、さらに感動的な光で満たすことになったのだと思う。

では、そのちがいとはどのようなものだろうか? 作品――「大江健三郎」という身体あるいは宇宙――が女性化、母性化したことである。そのことは、『M/T』のMが英語のmatriarch(メイトリアーク)「女家長、女族長」を意味していることからも明らかだ。森のなかの谷間の土地に受けつがれてきた神話と伝承は、何よりもまず祖母によって健三郎少年に開かれたものであるにもかかわらず、『同時代ゲーム』ではほとんど女性に言葉は与えられていなかった。

両作品ともに、物語を語るのは「僕」という男性である。彼は幼い頃からこの神話と歴史を聞きつたえ書きしるす役割を背負わされ、そのことに大きな負担を感じている。ここで注目したいのは、土地の神話と歴史の伝承のされ方である――『同時代』においては「他所者《よそもの》」である「父＝神主」の「スパルタ教育」によって「僕」に叩き込まれるのに対し、『M/T』では、この土地に生まれ育った祖母が「僕」に話して聞かすのである。なるほど、『同時代ゲーム』には、双子の「僕」と「妹」という「二人組《カップル》」が見られるが(「露己《つゆき》」と「露巳《つゆみ》」という名前によっても両者の相同性は強調されている)、基本的には「僕」が「妹」に手紙を送るという書簡形式で書かれ、妹からの返事がない以上、両者の関係は一方向的であり、決して対等ではない。一方、『M/T』においては、「壊す人」とオーバー(そしてオシコメ)、そして幕末の一揆の指導者亀井銘助と銘助母(あるいは義母)が、トリックスター的存在とメイトリアーク的存在からなるカップルとして対等に並び立っているし、神話と歴史の重要な事件のそれぞれにおいて、オシコメや銘助母といった女性登場人物に、対《つい》になる男たちと同等の、いや、それ以上の役割と言葉が与えられている(例えば大逆事件を知って「懊悩する」のが、『同時代ゲーム』では原重治という男性であるが、『M/T』では銘助母になっている)。

物語を運ぶ文体に関しても、『同時代ゲーム』では、文中に頻繁に差し挟まれる「妹よ」という呼びかけが、文の「主語」として伝承のいちいちにつき思索的な態度を示す「僕」とともに、どうしても書き手の存在とその明らかな男性性を際立たせずにはおかない。ところが『M/T』では、「僕」という一人称代名詞は、流れゆく水面に時おり浮かんではふっと消える泡のように控え目な現れ方を示すのみだ。加えて、きわめて中性的で柔らかな「です・ます」調で書かれているがゆえに、「僕」という個は物語全体に拡散され、語っているのが「僕」であるとしても、あたかもこの「僕」を含み込む物語そのものが語っているような印象を与えるのである。『同時代ゲーム』の文体が能動的・男根的とすれば、『M／T』のそれは受容的・女性器的と言いかえてもよいかもしれない。

女性的なものが積極的な役割を——登場人物としても文体としても——果たすこの変化は、両作品のあいだに書かれた『新しい人よ眼ざめよ』のある一節を読むと、必然であったことがわかる。それは「魂の離陸」というひとつの「夢」の思い出に関わる挿話である。語り手の作家「僕」は、白血病で入院している大学の同級生H君を見舞うようになる。ある日、「僕」の書いた『同時代ゲーム』を読んだH君は言う。「……どうしてきみはあの挿話を小説からはぶいたの？　この年になって考えてみると、滑稽なというより懐かしいような、切実な話なのにね」

この問いかけに対して、「僕」は谷間の村で過ごした幼年期に見たひとつの夢を思い出す。

　魂は肉体を離脱すると谷間の宙空に飛びあがって、（中略）グライダー滑空をつづけている。それからさらに大きい輪を描いてのぼり、谷間をかこむ森の高みへ着地するのだ。魂は森の樹木のなかで永い時をすごす。あらためて新しい肉体に入るために、グライダー滑空して谷間へ下降する日まで……　この死と再生の手つづきを円滑ならしめるための、谷間の子供らが坂道で、両腕を脇に伸ばしブーンと声に出しながら駈《か》ける、「魂の離陸」の練習。

この夢のことを『同時代ゲーム』に書かなかったのは、白血病の病床にあるH君ほどに、あの長篇を書いていたさなかの僕が、死と再生について切実に考えていなかったからではないか？

この一節は、女性的・母性的なテクストとしての『M／T』の成立——いや、誕生と言うべきだろう——にとってとても重要な意味を持っている。ここで「僕」は、「魂の離陸」の「夢」が欠落していたがゆえに、『同時代ゲーム』が「死と再生」の物語たりえなかったと考えている。『同時代ゲーム』では、「村＝国家＝小宇宙」の宇宙観と死生観を語るのみならず、そうしたいっさいの始源にある「壊す人」の再生と回復もまた目指される。たしかに語り手の「妹」の外性器を経由して、「キノコのようなもの」としで冬眠していた「壊す人」は、「犬ほどの大きさのもの」にまで復元されはする。しかし胎児でも赤ん坊でも幼児ほどでもなく、「犬ほどの」という表現があえて選びとられていることは、自作の結末に対する作家の両面価値的感情を表してはいないだろうか（大江健三郎の読者は、この作家のデビュー作「奇妙な仕事」が「犬殺し」の物語であり、そこでは犬はひたすら「殺されてぶっ倒れ、皮を剝がれる」存在だと知っているだけになおさら……）。

しかも、「壊す人」を復活させようとする試みが、双子の兄のいわば硬く膨張した言葉を妹の身体に挿入することによってなされなければならないとしても、それが近親相姦的行為である以上、そこから全面的に肯定的なものが生み出されることを想像するのはむずかしい。また、『同時代ゲーム』では、森の谷間の村には新しい子供が生まれないという設定にもなっている。したがって谷間の土地の伝承を語りつたえながらも、この物語は未来へとはみだしてゆかない。語りつたえというものに含意されるはずの世代から世代を超えてつたえてゆく・つないでゆくという側面が見えにくくなっている。

「晩年の仕事」を語るようになった近年の大江健三郎は、小説ではもちろん講演やエッセイのなかでも、四国の谷間の歴史と神話に結びついた幼年期の記憶について触れることが多い。そのなかに読む者にとっても忘れがたい三つの記憶がある。

ひとつは、「自分の木」の伝承である。先ほど見たように、これは『新しい人よ眼ざめよ』を書くことによって作家の身体の奥底からよみがえってきた、「魂の離陸」の

「夢」が、森の谷間に古くからつたわる物語として豊かに発展させられたものだ。『「自分の木」の下で』では、健三郎少年が祖母から語り聞かされたことになっているこの伝承は、『M／T』では作者本人とおぼしき「僕」に、遠からぬ死を見つめる老いた母親から語られる。

　この村に生まれた者は、死ねば魂になって谷間からでも「在」からでもグルグル旋回して昇って、それから森の高みに定められた自分の樹木の根方に落ち着いて過ごすといわれておりましょう？　そもそもが森の高みにおった魂が、ムササビのように滑空して、赤んぼうの身体に入ったともいいましょうが？

魂の再生を語るこの言葉が母から子へと受けわたされていることを見逃してはいけない。さらにこの挿話は、ふたつ、あるいは複数の世代をつなぐというモチーフを持つ点で、大江健三郎的身体＝宇宙の原初にある他のふたつの決定的事件と文字どおりつながってゆく。興味深いことに、それらの出来事はふたつとも、ちょうど「魂の離陸」の「夢」のように、『同時代ゲーム』からは欠落しているのである。そして『新しい人よ眼ざめよ』のなかで、まず作家の個人的な経験として喚起され、ついで『M／T』のなかで谷間の土地の神話と伝承と結びついて、以後の大江健三郎的身体＝身体宇宙のさらなる深化・拡大を予兆している。

この「自分の木」の挿話につながるふたつ目の記憶は、「ウグイの巣」事件と呼べるようなものだ。『新しい人よ眼ざめよ』のなかで、その出来事は、何よりも「死の定義」に関わるものとして語られ、「もうひとつの頭のような真っ赤な瘤《こぶ》」を後頭部につけて生まれた息子の生後間もない、その瘤の切除の手術の際に、「僕」の脳裏に鮮明によみがえってくる。ほぼ同じ内容の逸話が、大江健三郎が母親の思い出を語るエッセイ「数十尾のウグイ」(『「新しい人」の方へ』)に読めるから、これは作家が幼年期に実際に経験した事故なのだろう。祖母と父親が相次いで亡くなった時期のある朝、少年の「僕」は、川のミヨート岩と呼ばれる大岩の下にある空洞に群れるウグイ——「ウグイの巣」——を見るために川に入り、大岩の下に潜水するが、岩棚のあいだに頭を挟まれて溺れ死にそうになる。

「僕」はこの事件を振り返り、それを自身の死の願望と解釈し、こう書く。「僕はあの朝、生まれたばかりの赤んぼうが泣くのと正反対に(考えてみれば、それにマイナスの符号をつけた具合に)大喜びで水面の光を蹴ちらし、ミヨート岩の淵に到ろうとしていた。象徴的にいうならば、出生と逆方向の道を辿《たど》り(やはりマイナスの符号をつけた方向への進み方で）母親の胎内へ戻ろうとしていたのだ」。死と誕生が方向は正反対だがまったく同じものとして重ねあわせられていることは確認しておきたい。

　さて、少年は誰かの手によって岩棚から引っ張り出され、一命をとりとめるのだが、自分を救い出してくれたのが母親であったと「僕」は考えている。このことの持つ意味は大きい。まず、このとき「僕」は頭部に怪我をする。「もし水の底で救助してくれた者が母親であるなら、僕の後頭部にのこる傷をつけたのも、また母親であるわけだ」。つまりこの傷は、母が子をこの世につなぎとめてくれたことの身体的な徴《しるし》なのだ（——しかしそもそも私たちの存在そのものが母によってこの世界の表面にのこされた傷痕ではないのか？）。そして「僕」はこの傷を通して、瘤の切除手術の傷痕を持つ息子と、血のつながりのみならず、いわば象徴的にも一体化する。「息子は僕の少年時の、ウグイどもの巣での危機に際して、頭に受けた傷がもたらしたかもしれぬ、僕自身の癲癇《てんかん》を引きうけてくれてもいるのだと、考えることがあったのである。息子の頭蓋骨の欠損《ディフェクト》と同じ場所にある、自分の頭の傷痕に指でふれてみつつ、そのように考えると、あのウグイどもの巣での巨大な力の顕現《けんげん》と、息子の畸型《きけい》の誕生をもたらしたものとは、まっすぐつながるように思われた……」。こうして「僕」は、母親と息子に守られた、二重に受動的な存在としてある。

『M／T』では、息子を父に結びつけたこの傷痕に、四国の森の神話と歴史からの光がさらに当てられることになる。祖母が「僕」に語ってくれた伝承のなかで、幕末の一揆の指導者亀井銘助とその生まれ変わりの童子は「後頭部に頭蓋骨の一部分が欠けているような傷あと」を持つ存在として——この傷痕があるからこそ、童子は銘助の生まれ変わりとして——認知されているからである。注目すべきは、『M／T』において、「僕」と息子のカップルに、銘助と生まれ変わりの童子のカップルとの象徴的なつながりを見出すのが、僕の「母親」だということだ。孫の傷痕を見て、「これは本当に童子の頭の禿げたところのような、きれいな傷あとですが！」と声を発する母親は、「Kちゃんの頭にも、小さい時にできた傷あとがあったね」と娘に言われ、こう答える。「あの子はおなじ傷あとがあるのじゃから、銘助さんのような仕事をする人かと思うたが……　あの子に生まれた子供に童子の傷あとがついておるというのならば、それは私らが考えようとせぬでも心の奥底では知っておった、自然な先行きのような気がしますなあ……」。頭部の傷を介して父と息子を結びつけるのが母なら、これら自分につながる二人の者らをより大きな過去へとつなげてゆくのも母である。

『新しい人よ眼ざめよ』の終わり近くに出てくる次のような何気ない（いや、自分の書いたものに徹底的なエラボレーションをほどこさずにはおかないこの作家の文章に何気なく書いた文章などあるはずもないのだが）一文――そこに読める「童子」という言葉の意味は明らかに異なるとはいえ、この言葉と同時に、「僕」という人間にとってもっとも大切な絆、作家が妻とともに作った別の本のタイトルを借りれば「ゆるやかな絆」で結ばれた家族全員が現れるがゆえにそれだけ象徴的な一文――に、「イーヨー」と「童子」とのつながりがすでに約束されていたのだと夢想したくはならないか？

――はい、そういたしましょう！　ありがとうございました！　とイーヨーは声がわりをはじめている弟とはまったく対極の、澄みわたった童子の声でいい、妻とイーヨーの妹は、緊張をほぐされた安堵と、それをこえた脱臼したようなおかしさにあらためて笑い声をあげていた（傍点は引用者）。

さて、「自分の木」、そして「ウグイの巣」事件の挿話とともに、作家の幼年期をしるしづける三つ目の挿話とは、「生まれかわり」の伝承に関わるものである。『M／T』の冒頭で、一揆のあと牢獄に入れられて生涯を終えることになる銘助さんに、その若い義母がこう呼びかける。「大丈夫、大丈夫、殺されてもなあ、わたしがまたすぐに生んであげるよ！」。大江健三郎の読者は、この「不思議な呼びかけ」が本当は誰によって発せられたものなのか知っている。「なぜ子供は学校に行かねばならないのか」(『「自分の木」の下で』)というエッセイで語られ、ついで『取り替え子《チェンジリング》』においてほぼそっくりそのまま引用されていることからも、これがいかに作家にとって重要な出来事であるかがわかる。もう学校には行かず、ひとりで樹木の勉強をしようと決意した健三郎少年は、ある日森のなかで道に迷い、数日後、熱を出して倒れているところを消防団の人たちに救出される。「熱風につつまれた夢の世界にいるようだった状態から、すっかり目がさめて、頭がはっきり」した少年は、蒲団に横たわったまま母に尋ねる。「お母さん、僕は死ぬのだろうか?」

驚くべきことに、それに対して母はこう答えるのである。

——もしあなたが死んでも、私がもう一度、産んであげるから、大丈夫。

つまり『M/T』の冒頭にある、若い義母による「不思議な呼びかけ」は、まず『同時代ゲーム』、ついで『M/T』において二度にわたって、読後に強烈な印象を残す「神隠し」の場面——壊す人とつながろうとして、少年の「僕」が森の原生林を彷徨する——に由来することがわかる。おそらくこの夢の世界にも似た幻視的な情景を書いているうちに、作家は「私がもう一度、産んであげる」という母の言葉を記憶の古層のうちから新たな意味とともに掘り当てたにちがいない――壊す人との一体化は果たされない代わりに、懐かしい思いが回復されたと言うべきだろうか。大江健三郎という身体においては、思い出す・記憶することは同時に自分自身を読み直し・書き直すことなのだ。いずれにせよ、この「神隠し」事件もやはり母親と結びつく記憶である。銘助義母の「不思議な呼びかけ」が含意しているのは、母の胎内においては死と生が共存しているということだろう。死と生が未分節な状態としてある「懐かしい」場としての母胎。これこそ「森のフシギ」ではないだろうか？　そしてそのような死生観を語るのも、ほかならぬ母親なのである。

私が考えたのか、夢で教えられたのか、私らはもともと「森のフシギ」のなかにあったのじゃないかしらん、と……　私らはいま、ひとりひとり個々のいのちであることを大切に思うておるが、「森のフシギ」のなかにあった時には、それぞれ個々のいのちでありながら、しかもひとつであった。大きい、懐かしい思いに充ちたりておった。ところがある時、私らは「森のフシギ」のなかから外へ出てしもうた。ひとりひとり個々のいのちであるから、外へ出てしまうともうバラバラに、こ

じて、未来の「人間」、未来の人類につながっている。それを大切にしなきゃならない。

ここに表明されているのは、ひとつひとつの個を大切にすることは、自己を閉じるような形で他者よりも自己のこと——自分の魂のこと——に専心するのではなく、みずからを他者へと開くことによって実現できるはずだという信念である。この思いは、作家が『形見の歌』と名付けた私的な詩集のうちに収められた一篇の末尾の二行と響きあう——そしてこの詩は、現時点(二〇一四年)で作家の最後の小説とされている『晩年様式集《イン・レイト・スタイル》』で引用され、やはりこの二行が小説の締めくくりの言葉となっていることからも、そこにどれだけ深く切実な希望がこめられているかがわかる。

私は生き直すことができない。しかし
私らは生き直すことができる。

『ヒロシマ・ノート』と『沖縄ノート』以来、ひとりの作家・知識人として、ひとりの人間として、大江健三郎が生涯にわたって一貫して「希求」——これも、健三郎少年が戦後間もなく、憲法と「教育基本法」のなかで出会い、戦争という大きな窮境《プリディカメント》から立ち直り新しい民主主義と平和主義の秩序を作り上げることを願った人々の気持ち、倫理観のにじみ出た表現として、作家にとっては一貫して大切なものであり続けている言葉だ——してきたのが、世界の非核化と沖縄の米軍基地からの解放であったことを思い出すとき、「つながり」、「連続性」こそ人間存在にとっての本質的《レサンシエル》なものなのだと子供たちに語りかける大江健三郎の胸のうちには、かつて『ヒロシマ・ノート』で引用した、「原爆のもたらした悲惨とそれに屈伏しない人間の威厳について、もっとも秀れた詩をのこした」峠三吉《とうげさんきち》の叫び、「われわれ生き残っている者たちのためにこそ発せられた詩人の声」が、響いていたにちがいない。

こどもをかえせ
わたしをかえせ
わたしにつながる
にんげんをかえせ

この解説の冒頭で、大江健三郎は個を掘り下げることによって、より普遍的なものに開かれてゆく、と書いたが、個、すなわち「わたし」につながるこの普遍的なもの、本質的なものこそ、「人間」だということだ。どんな窮境《プリディカメント》にあっても、「人間」というものを信じる——祈るように信じることを決して諦めない点で、大江健三郎は、二人の偉大な人文主義者《ユマニスト》、彼の生涯の師渡辺一夫と彼の友エドワード・W・サイードと深くつながっている。

子供たちに語りかけること。それは、子供たちのなかにある「人間」にはたらきかけることであり、その「人間」に「注意」をはたらかせる、その声に耳を傾けることでもあるはずだ。個と全体のつながりの原初的状態とでもいうべき「森のフシギ」には、ある特徴と形が付与されていたことを思い出そう。村の子供たちのあいだでは、宇宙から飛来されたものともされる「森のフシギ」は、「人間の言葉をひとつひとつ受けとめるたびに、色とかたちが変わるシステムの、記憶装置そのもの」(しかしこれこそ「人間」の本質的な姿ではないだろうか!)と考えられ、これに「人間の言葉のいちばん良いもの=子供の歌」を聞かすことが試みられる。つまり人類の最良のものは子供に見いだされ、その子供たちの声を聞きとどける・受けとめるものが「森のフシギ」なのだ。そして「森のフシギ」は、「大きい、ひとしずくの涙」の形をしているものとして想像されていたことも思い出したい。つまり「森のフシギ」とは、子供の歌とひとしずくの涙がひとつになったものだとも言えるだろう。

　すると、ここで私たちはどうしても、大江健三郎が「ひとりの子供が流す一滴の涙の代償として」（『「伝える言葉」プラス』）という講演のなかで引用した、シモーヌ・ヴェイユの『カラマゾフの兄弟』（大江健三郎がこの作品をどれだけ愛読しているかは誰もが知るところだ）についての言葉を思わずにはいられない――「ひとりの子どもが流す一滴の涙の代償として、いかなる理由をあげようと、わたしにこの子の涙をうけいれさせることはできない」。ひとりの子供の不幸は人類全体の幸福よりも重たい。「森のフシギ」とは、したがって人類全体にも等しいものとしてある。

　この「ひとしずくの涙」としての「森のフシギ」は、大江健三郎という作家のなかにある「人間」の一貫性をあかしだてるものだ。というのは、大江健三郎の最初に活字になった言葉は、「雨のしずく」から喚起された詩だからである。

雨のしずくに
景色が映っている
しずくのなかに
別の世界がある

この詩について、大江健三郎は『私という小説家の作り方』のなかでこう書きとめている。「そこに少年時の自分の現実に対する態度の、あえていうなら世界観の、原型が示されているように思う」。そしてこう続ける。「事実、私はこの『詩』を作ってから半世紀にもわたって、しずくのなかの別の世界を――そこには自分のいるこの世界が映っている、という自覚もある――、文章に書き続けることになった」。世界のなかにあるひとつのしずく。その一個のしずくのなかに世界全体が映し出されている。これは「ウグイの巣」事件――健三郎少年はウグイの群れを見つめると同時に、一尾のウグイとなり、岩の裂け目に引っかかっている少年＝自分を見つめている――にも見られる、主体と客体が分離しがたくたがいを含みあう構造そのものである。

もしも大江健三郎がヴェイユと同じく、人類全体の幸福の代償としてひとりの子供にたとえ一滴でも涙を流させることはできないと強く信じるならば、にもかかわらず、個と全体がつながるこの「森のフシギ」が「大きい、ひとしずくの涙」の形をしているのはどうしてなのだろうか？

それは、「森のフシギ」が子供の代わりに流す「ひとしずくの涙」にほかならないからだ。だからこそ私たちは『M／T』の最後のほうで、森を媒介にして、過去と未来をつなぐ、そして祖母と孫とのあいだのたとえ死であろうとも決して壊すことのできない絆を描く、感動的な場面に立ち会い、涙を流すことになるのだ。

――私は光さんとな、この家で暮らそうと思うたことがありましたが！　そうしなくてよろしゅうございましたな。ここで育っておられたら、光さんはいまのような人にはなれませんでしたよ！

母親がそういうと、息子は廃屋を眺め、そのまわりのコゴメザクラやグミの花ざかりに目をとめ、いっせいに芽ぶいた雑木のひろがりを、さらには大きく覆いかぶさってくる森の全体を見わたす様子でした。それから思いついた手がかりにすがりつくように、遠慮がちにではあったそうですが、自分の希望をのべたのでした。

――私は木工が得意でございます！　こんなに沢山の木がありますから、木工をしてお祖母ちゃんと暮らそうと思います！　こんなに沢山の木があるんですから！

父親の死の際は幼すぎてその記憶のない妹は、これまで母親が泣くところを見たことがありませんでした。蔵屋敷前の敷石にステッキを突き、息子と並んで森を見あげていた母親の、皮膚を三角に畳んだような目に、プーッとふくらんでくる仕方で涙があふれた、と妹はいったのでした。

たったひとりの子供にも涙を流させないために、その流れるかもしれない涙をあらかじめ引き受け、代わりになって泣くことはできないものだろうか？　敵意を滅ぼし、和解を達成する「新しい人」の到来を待ちながら、私たちは、流されることのない涙を受けわたしてゆかなければならない。

〔編集付記〕

本書は、岩波書店から単行本として一九八六年に刊行後、一九九〇年に同社の同時代ライブラリーに収録され、二〇〇七年には講談社文庫に収められた。今回の岩波文庫化にあたっては、講談社文庫版を底本としたが、それに加えて作者による加筆修訂が施されている。また、「語り方《ナラティヴ》の問題(二)」を追加し、解説にも解説執筆者によって若干の修訂が加えられている。

（岩波文庫編集部）

M/T と森《もり》のフシギの物語《ものがたり》

2014 年 9 月 17 日　第 1 刷発行
2020 年 10 月 26 日　第 2 刷発行

作　者　大江健三郎《おおえけんざぶろう》

発行者　岡 本　厚

発行所　株式会社 岩波書店
〒101-8002 東京都千代田区一ツ橋 2-5-5
案内 03-5210-4000　営業部 03-5210-4111
文庫編集部 03-5210-4051
https://www.iwanami.co.jp/

印刷・精興社　製本・牧製本

ISBN 978-4-00-311972-3　Printed in Japan

読書子に寄す

――岩波文庫発刊に際して――

岩波茂雄

真理は万人によって求められることを自ら欲し、芸術は万人によって愛されることを自ら望む。かつては民を愚昧ならしめるために学芸が最も狭き堂宇に閉鎖されたことがあった。今や知識と美とを特権階級の独占より奪い返すことはつねに進取的なる民衆の切実なる要求である。岩波文庫はこの要求に応じそれに励まされて生まれた。それは生命ある不朽の書を少数者の書斎と研究室とより解放して街頭にくまなく立たしめ民衆に伍せしめるであろう。近時大量生産予約出版の流行を見る。その広告宣伝の狂態はしばらくおくも、後代にのこすと誇称する全集がその編集に万全の用意をなしたるか。千古の典籍の翻訳企図に敬虔の態度を欠かざりしか。さらに分売を許さず読者を繋縛して数十冊を強うるがごとき、はたしてその揚言する学芸解放のゆえんなりや。吾人は天下の名士の声に和してこれを推挙するに躊躇するものである。このときにあたって、岩波書店は自己の責務のいよいよ重大なるを思い、従来の方針の徹底を期するため、すでに十数年以前より志して来た計画を慎重審議この際断然実行することにした。吾人は範をかのレクラム文庫にとり、古今東西にわたって文芸・哲学・社会科学・自然科学等種類のいかんを問わず、いやしくも万人の必読すべき真に古典的価値ある書をきわめて簡易なる形式において逐次刊行し、あらゆる人間に須要なる生活向上の資料、生活批判の原理を提供せんと欲する。この文庫は予約出版の方法を排したるがゆえに、読者は自己の欲する時に自己の欲する書物を各個に自由に選択することができる。携帯に便にして価格の低きを最主とするがゆえに、外観を顧みざるも内容に至っては厳選最も力を尽くし、従来の岩波出版物の特色をますます発揮せしめようとする。この計画たるや世間の一時の投機的なるものと異なり、永遠の事業として吾人は微力を傾倒し、あらゆる犠牲を忍んで今後永久に継続発展せしめ、もって文庫の使命を遺憾なく果たさしめることを期する。芸術を愛し知識を求むる士の自ら進んでこの挙に参加し、希望と忠言とを寄せられることは吾人の熱望するところである。その性質上経済的には最も困難多きこの事業にあえて当たらんとする吾人の志を諒として、その達成のため世の読書子とのうるわしき共同を期待する。

昭和二年七月

《日本文学（現代）》〔緑〕

怪談 牡丹燈籠	三遊亭円朝
真景累ヶ淵	三遊亭円朝
塩原多助一代記	三遊亭円朝
小説神髄	坪内逍遥
当世書生気質	坪内逍遥
役の行者	坪内逍遥
ウィタ・セクスアリス	森鷗外
青年	森鷗外
山椒大夫・高瀬舟 他四篇	森鷗外
渋江抽斎	森鷗外
妄想 他三篇	森鷗外
舞姫・うたかたの記 他三篇	森鷗外
ファウスト 全二冊	森林太郎訳
みれん	シュニッツラー 森鷗外訳
森鷗外 椋鳥通信 全三冊	池内紀編注
浮雲	二葉亭四迷 十川信介校注
其面影	二葉亭四迷
今戸心中 他二篇	広津柳浪
河内屋・黒蜴蜓 他一篇	広津柳浪
野菊の墓 他四篇	伊藤左千夫
漱石文芸論集	磯田光一編
吾輩は猫である	夏目漱石
坊っちゃん	夏目漱石
草枕	夏目漱石
虞美人草	夏目漱石
三四郎	夏目漱石
それから	夏目漱石
門	夏目漱石
彼岸過迄	夏目漱石
行人	夏目漱石
こころ	夏目漱石
硝子戸の中	夏目漱石
道草	夏目漱石
明暗	夏目漱石
思い出す事など 他七篇	夏目漱石
文学評論 全二冊	夏目漱石
夢十夜 他二篇	夏目漱石
漱石文明論集	三好行雄編
倫敦塔・幻影の盾 他五篇	夏目漱石
漱石日記	平岡敏夫編
漱石書簡集	三好行雄編
漱石俳句集	坪内稔典編
漱石・子規往復書簡集	和田茂樹編
文学論 全二冊	夏目漱石
坑夫	夏目漱石
漱石紀行文集	藤井淑禎編
二百十日・野分	夏目漱石
五重塔	幸田露伴
運命 他一篇	幸田露伴
努力論	幸田露伴

幻談・観画談 他三篇　幸田露伴
連環記 他一篇　幸田露伴
天うつ浪 全二冊　幸田露伴
子規句集　高浜虚子選
病牀六尺　正岡子規
子規歌集　土屋文明編
墨汁一滴　正岡子規
仰臥漫録　正岡子規
歌よみに与ふる書　正岡子規
獺祭書屋俳話・芭蕉雑談　正岡子規
金色夜叉 全二冊　尾崎紅葉
三人妻　尾崎紅葉
二人比丘尼 色懺悔　尾崎紅葉
不如帰　徳冨蘆花
謀叛論 他六篇 日記　徳冨健次郎 中野好夫編
北村透谷選集　北村透谷 勝本清一郎校訂
武蔵野　国木田独歩

愛弟通信　国木田独歩
蒲団・一兵卒　田山花袋
田舎教師　田山花袋
東京の三十年　田山花袋
藤村詩抄　島崎藤村自選
破戒　島崎藤村
春　島崎藤村
千曲川のスケッチ　島崎藤村
桜の実の熟する時　島崎藤村
新生 全二冊　島崎藤村
夜明け前 全四冊　島崎藤村
藤村随筆集　十川信介編
生ひ立ちの記 他一篇　島崎藤村
にごりえ・たけくらべ　樋口一葉
大つごもり・十三夜 他五篇　樋口一葉
高野聖・眉かくしの霊　泉鏡花
歌行燈　泉鏡花

夜叉ケ池・天守物語　泉鏡花
草迷宮　泉鏡花
春昼・春昼後刻　泉鏡花
鏡花短篇集　川村二郎編
日本橋　泉鏡花
婦系図 全二冊　泉鏡花
外科室・海城発電 他五篇　泉鏡花
鏡花随筆集　吉田昌志編
化鳥・三尺角 他六篇　泉鏡花
鏡花紀行文集　田中励儀編
俳諧師・続俳諧師　高浜虚子
泣菫詩抄　薄田泣菫
有明詩抄　蒲原有明
上田敏全訳詩集　山内義雄 矢野峰人編
赤彦歌集　斎藤茂吉 久保田不二子選
宣言　有島武郎
小さき者へ・生れ出ずる悩み　有島武郎